KB111983

채만식 단편소설 10선

레디메이드 인생

채만식 단편소설 10선
레디메이드 인생

초판 1쇄 인쇄 2014년 09월 19일
초판 1쇄 발행 2014년 09월 26일
지은이 채 만 식
엮은이 편 집 부
펴낸이 손 형 국
편집인 선 일 영 편 집 이소현 이윤채 김아름 이탄석
디자인 이현수 신혜림 김루리 제 작 박기성 황동현 구성우
마케팅 김회란 이희정
펴낸곳 에세이퍼블리싱
출판등록 2004. 12. 1(제2011-77호)
주소 153-786 서울시 금천구 가산디지털 1로 168,
우림라이온스밸리 B동 B113, 114호
홈페이지 www.book.co.kr
전화번호 (02)2026-5777 팩스 (02)2026-5747

ISBN 979-11-85742-26-7 04810 978-89-6023-773-5 04810(SET)

에세이퍼블리싱은 ㈜북랩의 문학 전문 브랜드입니다.

이 도서의 국립중앙도서관 출판예정도서목록(CIP)은 서지정보유통지원시스템 홈페이지(http://seoji.nl.go.kr)와 국가자료공동목록시스템(http://www.nl.go.kr/kolisnet)에서 이용하실 수 있습니다.
(CIP제어번호: CIP2014027153)

채만식 단편소설 10선

레디메이드 인생

편집부 엮음

레디메이드 인생

치숙

미스터 방

두 순정

쑥국새

논 이야기

해후

맹 순사

낙조

소망

25

SAY

일러두기

※ 〈일제강점기 한국현대문학 시리즈〉로 출간하는 한국 근현대 작품집은 공유 저작물로 그 작품을 집필하신 저자의 숭고한 의지를 받들어 최대한 원전을 유지하였다.
※ 오기가 확실하거나 현대의 맞춤법에 의거하여 원전의 내용 이해에 문제가 없을 정도의 선에서만 교정하였다.
※ 이 책은 현대의 표기법에 맞춰서 읽기 편하게 띄어쓰기를 하였다.
※ 이 책은 원문을 대부분 살려서 옛글의 맛과 작가의 개성을 느끼도록 글투의 영향이 없는 단어는 현대식 표기법을 따랐다.
※ 한자가 많이 들어간 글의 경우는 의미 전달이 어려운 경우에 한해서 한글 뒤에 한자를 병기하여 그 뜻을 정확히 했다.
※ 이 책은 낙장이나 원전이 글씨가 잘 안 보여서 엮은이가 찾아 볼 수 없는 경우에는 굳이 추정하여 쓰지 않고 원전의 내용을 그대로 살렸다.
※ 중학생 수준의 독자가 이해하기 어려운 단어, 어휘에 대해서는 본문 밑에 일일이 각주를 달아 가독성을 높였다.

들어가는 글

레디메이드 인생이란 만들어놓고도 팔리지 않는 임자 없는 기성품 인생을 뜻한다. 세계적인 경제공황의 파급 속에서 극심한 취업난에 시달리는 주인공 P는 실제 당시 지식인들이나 여러 차례 실업 상태에 놓였던 저자 자신의 모습을 반영한 인물이다. 재미있는 사실은 P의 어린 아들은 다른 인물들이 모두 영어 이니셜로 이름을 가지고 있는 데 비해 창선이란 제 이름을 가지고 있다는 것이다. 이를 통해 P, M, H와 같은 이름들은 저자가 기본적으로 품고 있는 마르크스적 세계관이나 소설 제목이 갖는 의미로 비추어 볼 때 이미 만들어져 있으나 팔리지 않는 제품들의 일련번호를 뜻한다는 것을 알 수 있다.

이 소설이 쓰인 1934년이나 현 2014년이나 상황은 크게 다르지 않아 보인다. 대졸 실업자가 33만 명에 육박하는 현재, 고등교육을 받은 상당수가 취업 자리를 구하지 못해 학자금 대출, 빠듯한 생활비에 허덕이는 실정이다. 연애도 결혼도 출산도 포기한 삼포 세대라는 용어 또한 극심한 취업난에서 비롯된 것임은 말할 것도 없다.

이토록 과거나 현재나 다를 바 없는 악순환의 고리 속에서 P의 아들 창선은 과연 그는 일련번호로 불리는 기성세대의 전철을 밟지 않고 자신의 이름을 지켜갈 수 있을까? 이 책에는 실업 문제를 다룬 레디메이드 인생 외에도 사회 여러 형태의 문제들을 채만식 특유의 문체로 다루고 풍자한 총 10편의 단편작품이 담겨 있다.

2014년 초가을

편집부

차 례

레디메이드 인생

1

“뭐 어디 빈자리가 있어야지.”

K 사장은 안락의자에 폭신 파묻힌 몸을 뒤로 벌떡 젖히며 하품을 하듯이 시원찮게 대답을 한다. 두 팔을 쭉 내뻗고 기지개라도 한번 쓰고 싶은 것을 겨우 참는 눈치다.

이 K 사장과 둥근 탁자를 사이에 두고 공손히 마주앉아 얼굴에는 ‘나는 선배인 선생님을 극히 존경하고 앙모합니다.’ 하는 비굴한 미소를 띠고 있는 구변 없는 구변을 다하여 직업 동냥의 구걸求乞 문구를 기다랗게 늘어놓던 P…, P는 그러나 취직운동에 백전백패百戰百敗의 노졸老卒인지라 K 씨의 힘 아니 드는 한마디의 거절에도 새삼스럽게 실망도 아니 한다. 대답이 그렇게 나왔으니 인제 더 졸라도 별수가 없는 것이지만 헛일 삼아 한마디 더 해보는 것이다.

“글쎄올시다. 그러시다면 지금 당장 어떻게 해주십사고 무리하게 조를 수야 있겠습니까마는… 그러면 이담에 결원이 있다든지 하면 그때는 꼭….”

이렇게 말하고 P는 지금까지 외면하였던 얼굴을 돌리어 K 사장을 조심성 있게 바라보았다. 그러나 K 사장은 위선 고개를 좌우로 두어 번 흔들고는 여전히 하품 섞인 대답을 한다.

"결원이 그렇게 나나 어디… 그리고 간혹가다가 결원이 난다더라도 유력한 후보자가 몇십 명씩 밀려 있어서…."

P는 아무 말도 아니하고 고개를 숙였다. 인제는 영영 틀어진 것이다. '안녕히 계십시오.' 하고 일어서는 것밖에는 별수가 없다.

별수가 없이 되었으니 '네 그렇습니까?' 하고 선선히 일어서야 할 것이지만 지금까지의 은근히 모시고 있던 태도에 비하여 그것이 너무 낯간지러운 표변임을 알기 때문에 실망이나 하는 체하고 잠시 더 앉아 있는 것이다.

"거 참 큰일 났어."

K 사장은 P가 낙심해하는 것을 보고 밑천이 들지 아니하는 일이라서 알뜰히 걱정을 나누어준다.

"저렇게 좋은 청년들이 일거리가 없어서 저렇게들 애를 쓰니."

P는 속으로 코똥을 '흥' 하고 뀌었으나 아무 대답도 아니하였다. K 사장은 P가 이미 더 조르지 아니하리라고 안심한지라 먼저 하품 섞어 '빈자리가 있어야지.' 하던 시원찮은 태도는 버리고 그가 늘 흉중에 묻어 두었다가 청년들에게 한바탕씩 해 들려주는 훈화를 꺼낸다.

"그렇지만 내가 늘 말하는 것인데… 저렇게 취직만 하려고 애를 쓸 게 아니야. 도회지에서 월급생활을 하려고 할 것만이 아니라 농촌으로 돌아가서…."

"농촌으로 돌아가서 무얼 합니까?"

P는 말중동을 잘라 불쑥 반문하였다. 그는 기왕 취직운동은 글러진 것이니 속 시원하게 시비라도 해보고 싶은 것이다.

"허 저게 다 모르는 소리야… 조선은 농업국이요, 농민이 전 인구의 팔할이나 되니까 조선 문제는 즉 농촌문제라고 볼 수 있는데, 아 지금 농촌에서 할 일이 오죽이나 많다구?"

"저는 그 말씀 잘 못 알아듣겠는데요. 저희 같은 사람이 농촌에 가서 할 일이 있을 것 같잖습니다."

"그럴 리가 있나! 가령 응… 저…."

K 사장은 끝내 대답을 하지 못한다. 그것은 무리가 아니다. 그가 구직하러 오는 지식 청년들에게 농촌으로 돌아가 농촌사업을 하라는 것과 (다음에 또 꺼내는 일거리를 만들라는 것은) 결코 현실에서 출발한 이론적 근거가 있는 것이 아니었다. 그저 지식계급의 구직군이 넘치는 것을 보고 막연히 '농촌으로 돌아가라', '일을 만들어라'고 해왔을 따름이다. 따라서 거기에 대한 구체적 플랜이 있는 것도 아니었던 것이다. 한편으로는 한 행세거리로 또 한편으로는 구직군 격퇴의 수단으로 자룡이 헌창 쓰듯 썼을 뿐이지… 그리하여 그동안까지는 대개는 그 막연한 설교를 들은 성 만성하고 물러가는 것이 그들의 행투였었는데 오늘이 P에게만은 그렇지가 아니하여 불가불 구체적 설명을 해주어야 하게 말머리가 돌아선 것이다. 그래서 그는 떠듬떠듬 생각해 가면서 생각나는 대로 주워섬기는 것이다.

"가령 응… 저… 문맹퇴치운동도 있지. 농민의 구 할은 언문도 모른단 말이야! 그리고 생활개선운동도 좋고… 헌신적으로."

"헌신적으로요?"

"그렇지… 할 테면 헌신적으로 해야지."

"무얼 먹고 헌신적으로 그런 사업을 합니까…? 먹을 것이 있어서 그런 농촌사업이라도 할 신세라면 이렇게 취직을 못해서 애를 쓰겠습니까?"

"허! 그게 안 된 생각이야… 자기가 먹고살 재산이 있으면서 사회를 위해서 일도 아니하고 번들번들 논다는 것은, 그것은 타락된 생각이야."

P는 K 사장의 억단을 내세우는 것을 보고 속으로 싱그레 웃었다.

"그렇지만 지금 조선 농촌에서는 문맹퇴치니 생활개선이니 합네 하고 손끝이 하얀 대학이나 전문학교 졸업생들이 모여오는 것을 그다지 반겨하기는커녕 머릿살을 앓을 것입니다. 농민이 우매하다든지 문화가 뒤떨어졌다든지 또 생활이 비참한 것의 근본 원인이, 기역니은을 모른다든가 생활개선을 할 줄 몰라서 그런 것이 아니니까요. 그리고 조선의 지식 청년들이 모두 그런 인도주의자가 되어집니까?"

"되면 되지 안될 건 무어야?"

"그건 인도주의란 그것이 한개[1] 공상이니까 그렇겠지요." "허허… 그러면 P 군은 ××주의잔가?"

"되다가 찌부러진 찌스러깁니다. 철저한 ××주의자라면 이렇게 선생님한테 와서 취직운동도 아니합니다."

"못써. 그렇게 과격한 사상으로 기울어서야 쓰나… 정 농촌으로 돌아가기가 싫거든 서울서라도 몇 사람 마음 맞는 사람이 모여서 무슨 일을, 조국에 신문이 모자라니 신문을 하나 경영하든지 또 조그맣게 하자면 잡지 같은 것도 좋고 또 영리사업도 좋고… 그러면 취직운동하는 것보담 훨씬 낫잖은가?"

"좋을 줄이야 압니다만 누가 돈을 내놉니까?"

"그거야 성의 있게 하면 자연 돈도 생기는 거지."

P는 엉터리없는 수작을 더 하기가 싫어 웬만큼 말을 끊고 일어섰다.

속에 있는 말을 어느 정도까지 활활 해준 것이 시원은 하나 또 취직이 글렀고나 생각하니 입안에 서 쓴 침이 고여 나온다.

복도에서 편집국장 C를 만났다. P는 C와 각별히 사이가 가까운 터이었다.

"사장 만나러 왔소?"

---

1) 한개: 한낱. 기껏해야 대단한 것 없이 다만.

C는 묻는 것이다.

"아—니."

P는 거짓말을 하였다. 그는 지금 K 사장을 만나 거절당한 이야기를 하기가 어쩐지 창피하기도 할 뿐 아니라 또 전부터 C더러 K 사장에게 자기의 취직운동을 부탁해왔던 터인데 직접 이렇게 찾아와서 만났다고 하기가 혐의쩍기도 하여 시치미를 뚝 뗀 것이다.

"아주 단념하오."

C에게 부탁한 취직운동을 단념하란 말이다. 그러면 벌써 C가 K 사장에게 이야기를 하였고 그 결과 일이 틀어진 것을 P는 모르고 와서 헛노릇을 한바탕 한 것이다. P는 먼저 C를 만나보지 아니하고 K 사장을 만난 것을 후회했다. C는 잠깐 멈췄던 말을 계속한다.

"어제 아침에 사장더러 P 군의 사정이 퍽 난처하니 어떻게 생각해봐 주면 좋겠다고 여러 말을 했다가 코떼었소. 신문사가 구제기관이 아닌데 남의 사정이 난처한 것을 어떻게 하라느냐고 그럽디다…. 하기야 그게 옳은 말이지만…."

신문사가 구제기관이 아니라고 한다는 그 말이 P의 머리에는 침 끝으로 찌르는 것같이 정신이 들 게 울리었다.

'흥, 망할 자식들!'

P는 혼잣말로 이렇게 투덜거리며 C와 작별도 아니하고 밖으로 나와버렸다.

2

P는 광화문 네거리의 기념비각紀念碑閣 옆에서 발길을 멈추고 망설였

다. 어디로 갈까 하는 것이다.

봄 하늘이 맑게 개었다. 햇볕이 살이 올라 포근히 온몸을 싸고돈다. 덕석 같은 겨울 외투를 벗어버리고 말쑥말쑥하게 새로 지은 경쾌한 춘추복의 젊은이들이 봄볕처럼 명랑하게 오고 가고 한다. 멋쟁이로 차린 여자들의 목도리가 나비같이 보드랍게 나부낀다. 그 오동보동한 비단 다리를 바라다보노라니 P는 전에 먹던 치킨 카츠가 생각이 났다.

창을 활활 열어젖힌 전차 속의 봄 사람들을 보니 P도 전차를 잡아타고 교외나 나가고 싶었다. 그러나 크림 맛을 못 본 지 몇 달이 된 낡은 구두, 구기적거린 양복바지, 양편 포켓이 오뉴월 쇠불알같이 축 처진 양복저고리, 땟국 묻은 와이샤쓰와 배배꼬인 넥타이, 엿장수가 이 전어치 주마 던 낡은 모자, 이렇게 아래로부터 훑어 올려보며 생각하니 교외의 산보는커녕 얼핏 돌아가서 차라리 이불을 뒤쓰고 드러눕고만 싶었다.

마침 기념비각 앞에 자동차 하나가 머물더니 서양사람 내외가 내린다. 그들은 사내가 설명하고 여자가 듣고 하면서 기념비각을 앞뒤로 구경한다. 여자는 사진까지 찍는다.

대원군이 만일 이 꼴을 본다면… 이렇게 생각하매 P는 저절로 미소가 입가에 떠올랐다.

3

대원군은 한말韓末의 '돈키호테'였다. 그는 바가지를 쓰고 벼락을 막으려 하였다. 바가지는 여지없이 부스러졌다. 역사는 조선이라는 조그마한 땅덩어리나마 너무 오래 뒤떨어뜨려놓지 아니하였다.

갑신정변甲申政變의 싹이 트기 시작하여가지고 한일합방의 급격한 역사적 변천을 거치어 자유주의의 사조는 기미년에 비로소 확실한 걸음을 내어 디디었다.

자유주의의 새로운 깃발을 내어 걸은 시민市民의 기세는 등등하였다.

'양반? 흥! 누구는 발이 하나길래 너희만 양발(반)이라느냐?'

'법률 앞에서는 만인이 평등이다.'

'돈… 돈이 있으면 무어든지 할 수 있다.'

신흥 부르죠아지는 민주주의의 간판을 이용하여 노동자 농민의 등을 어루만지고 경제적으로 유력한 봉건귀족과 악수를 하는 동시에 지식계급을 대량으로 주문하였다.

유자천금이 불여 교자일권서遺子千金不如敎子一券書라는 봉건시대의 진리가 자유주의의 세례를 받아 일단의 더 발전된 얼굴로 민중을 열광시켰다.

'배워라, 글을 배워라… 지식만 있으면 누구나 양반이 되고 잘살 수가 있다.'

이러한 정열의 외침이 방방곡곡에서 소스라쳐 일어났다.

신문과 잡지가 붓이 닳도록 향학열을 고취하고 피가 끓는 지사志士들이 향촌으로 돌아다니며 세 치의 혀를 놀리어 권학勸學을 부르짖었다.

'배워라! 배워야 한다. 상놈도 배우면 양반이 된다.', '가르쳐라! 논밭을 팔고 집을 팔아서라도 가르쳐라. 그나마도 못하면 고학이라도 해야 한다.'

'공자 왈 맹자 왈은 이미 시대가 늦었다. 상투를 깎고 신학문을 배워라.'

재등齋藤 총독이 문화정치의 간판을 내어 걸고 골고루 학교를 증설하였다. 보통학교의 교장이 감 발을 하고 촌으로 돌아다니며 입학을 권유하였다. 생도에게는 월사금을 받기는커녕 교과서와 학용품을 대어주었다.

민간의 유지는 돈을 거둬 학교를 세웠다. 민립대학도 생기려다가 말았다. 청년회에서 야학을 설시하였다. '갈돕회'가 생겨 갈돕만주 외우는 소리가 서울의 신 풍경을 이루었고 일반은 고학생을 존경하였다.

여학생이라는 새 숙어가 생기고 신여성이라는 새 여인이 생기어났다.

이와 같이 조선의 관민이 일치되어 민중의 지식 정도를 높이는 데 진력을 하였다. 즉 그들 관민이 일치하여 계획한 조선의 문화 정도는 급속도로 높아갔다.

그리하여 민중의 지식보급에 애쓴 보람은 나타났다.

면서기를 공급하고 순사를 공급하고 간이농업학교 출신의 농사개량 기수技手를 공급하였다.

은행원이 생기고 회사원이 생겼다. 학교 교원이 생기고 교회의 목사가 생겼다. 신문기자가 생기고 잡지기자가 생겼다. 민중의 지식 정도가 높았으니 신문 잡지 독자가 부쩍 늘고 의사와 변호사의 벌이가 윤택하여졌다.

소설가가 원고료를 얻어먹고 미술가가 그림을 팔아먹고 음악가가 광대의 천호賤號에서 벗어났다.

인쇄소와 책 장사가 세월을 만나고 양복점 구둣방이 늘비하여졌다.

연애결혼에 목사님의 부수입이 생기고 문화주택을 짓느라고 청부업자가 부자가 되었다. 그리하여 부르죠아지는 가보를 잡고 공부한 일부의 지식군은 진주(다섯 끗)를 잡았다.

그러나 노동자와 농민은 무대를 잡았다. 그들에게는 조선문화의 향상이나 민족적 발전이나가 도리어 무거운 짐을 지워 주었을지언정 덜어주지는 아니하였다. 그들은 배梨주고 속 얻어먹은 셈이다.

인테리… 인테리 중에도 아무런 손끝의 기술이 없이 대학이나 전문학교의 졸업증서 한 장을 또는 조그마한 보통 상식을 가진 직업 없는 인테리… 해마다 천여 명씩 늘어가는 인테리… 뱀을 본 것은 이들 인테리다.

부르죠아지의 모든 기관이 포화상태가 되어 더 수효가 아니 느니 그들은 결국 꾀임을 받아 나무에 올라갔다가 흔들리우는 셈이다. 개밥에 도토리다.

인테리가 아니었으면 차라리… (日帝時 九字 削除: 編輯者 註) 노동자가 되었을 것인데 인테리인지라 그 속에는 들어갔다가도 도로 달아나오는 것이 99%다. 그 나머지는 모두 어깨가 축 처진 무직 인테리요 무기력한 문화 예비군 속에서 푸른 한숨만 쉬는 초상집의 주인 없는 개들이다. 레디메이드 인생이다.

4

"제길—."

P는 혼자 두덜거리며 지금까지 섰던 기념비각 옆을 떠났다.(日帝時 六行 削除: 編輯者 註)

P는 자기 자신이고 세상의 모든 일이고 모두 짜증이 나고 원수스러웠다.

광화문 큰 거리를 총독부 쪽으로 어실어실 걸어가노라니 그의 그림자가 짤막하게 앞에 누워 간다. P는 그 자기의 그림자를 콱 밟고 싶었다. 그러나 발을 내어 디디면 그림자도 그만큼 앞으로 더 나가곤 한다. 이 그림자와 자기 자신에서 그리고 그림자를 밟으려는 자기 자신과 앞으로 달아나는 그림자에서 P는 자기의 이중인격의 모순상을 발견하였다.

동십자각 옆에까지 온 P는 그 건너편 담뱃가게 앞으로 갔다.

"담배 한 갑 주시오." 하고 돈을 꺼내려니까 담뱃가게 주인이,

"네 마꼬입니까?" 묻는다.

P는 담뱃가게 주인을 한번 거들떠보고 다시 자기의 행색을 내려 훑어

보다가 심술이 번쩍 났다. 그래서 잔돈으로 꺼내려던 것을 일부러 일 원짜리로 꺼내 드는데 담뱃가게 주인은 벌써 마꼬 한 갑 위에다 성냥을 받쳐 내어민다.

"해태 주어요."

P는 돈을 들이밀면서 볼멘소리를 질렀다. 그러나 담뱃가게 주인은 그저 무신경하게,

"네에." 하고는 마꼬를 해태로 바꾸어주고 팔십오 전을 거슬러다준다.

P는 저편이 무렴해하지 아니하는 것이 더욱 얄미웠다.

그는 해태 한 개를 꺼내어 붙여 물고 다시 전찻길을 건너 개천가로 해서 올라갔다. 인제는 포켓 속에 남은 것이 꼭 삼 원하고 동전 몇 푼이다. 엊그제 겨울 외투를 사원에 잡혀서 생긴 것이다.

방세와 전깃불 값이 두 달 치나 밀리었다. 삼원은 방세 한 달 치를 주고 일원에서 전등 삯 한 달 치를 주고도 싶었으나 그리고 나면 그 나머지로 설렁탕이나 호떡을 사 먹어도 하루밖에는 못 지낸다.

그래 그대로 넣어두고 한 이틀 지내는 동안에 일 원이 거진 달아났던 판인데 공연한 객기를 부리느라고 당치도 아니한 해태를 샀기 때문에 인제는 일원 돈은 완전히 달아나고 삼 원만 남은 것이다.

P는 포켓 속에 손을 넣고 잔돈과 지폐를 섞어 삼 원 남은 돈을 만지작거렸다. 그러면서 왼편 손으로는 손가락을 꼽아가며 삼 원을 곱쟁이쳐 보았다. 육 원, 십이 원, 이십사 원, 사십팔 원, 구십육 원, 백구십이 원, 팔 원 모자라는 이백 원… 사백 원, 팔백 원, 일천육백 원, 삼천이백 원, 육천사백 원, 일만 이천팔백 원, 팔백 원은 떼어버리고 이만 사천 원, 사만 팔천 원, 구만 육천 원, 십구만 이천 원, 삼십팔만 사천 원, 칠십육만 팔천 원, 일백오십삼만 육천 원….

삼 원을 열여덟 번만 곱집으면 일백오십삼만 원이 된다. 일백오십삼만

원, 그놈이 있으면… 이렇게 생각하매 어깨가 으쓱해졌다. 삼 원의 열여덟 곱쟁이가 일백오십만 원이니 퍽 쉬운 일이다.

그놈만 있으면 백만 원을 들여서 오십 전짜리 십육 페이지 신문을 하나 했으면 위선 K 사장의 엉엉 우는 꼴을 볼 수가 있을 것이다.

그러나 아쉬운 대로 십오만 원만 있어도, 일만 오천 원 아니 일천오백 원만 있어도 아니 일백오십 원만 있어도 십오 원만 있어도 우선 방세와 전등 삯을 주고 한 달은 살아가겠다.

P는 한숨을 내쉬었다. 한 달? 한 달만 살고 나면 그담은 어떻게 하나…? 그래도 몇백 원은 있어야지, 아니 몇만 원은….

P는 늘 하는 버릇으로 이런 터무니없는 공상을 되풀이하였다. 그는 최근 이러한 공상을 하면서부터 취직을 시들하게 여겼다. 취직이 된댔자 사오십 원이나 오륙십 원의 월급이다. 그것을 가지고 빠듯빠듯 살아간들 무슨 아기자기한 재미가 있을 턱도 없는 것이다.

가령 근실히 해서 월괘저금月掛貯金 같은 것도 하고 집도 장만하고 여편네도 생기고 사장이나 중역들의 눈에 들어 지위도 부장쯤으로는 올라가고 그리하여 생활의 근거도 안정이 되고 하면 지금 같은 곤란은 당하지 아니하겠지만 그러나 P에게는 아직도 젊은 때의 야심이 있어 그러한 고식된 안정이나 명색 없는 생활은 도리어 피하고 싶었던 것이다. 좀 더 남의 눈에 띄며 좀 더 재미있고 그리고 자유로운 생활….

물론 그는 지금이라도 누가 한 달에 삼십 원만 줄 테니 와서 일을 해달라면 마치 주린 개가 고기를 보고 덤비듯이 덮어놓고 덤벼들 것이다. 그러나 속으로는 그와 딴판으로 배포를 부리고 있는 것이다.

P가 삼청동으로 올라가느라고 건춘문 앞까지 이르렀을 때에 저편에서 말쑥하게 몸치장을 한 여자 하나가 마주 내려왔다. 역시 삼청동 근처에 사는 여자인지 P와는 가끔 마주치는 여자다. P는 그 여자와 만날 때마다

일부러 눈여겨보지 아니하는 체는 하면서도 실상은 고비샅샅 관찰을 하였고 그리고 속으로는 연애라도 좀 했으면 하던 터이었다. 무엇보다도 동그스럼한 얼굴에 이목구비가 모두 모지지 아니하고 얼굴의 윤곽이 동글 듯이 모가 나지 아니한 것, 그래서 맘자리[2]도 그렇게 동글려니 하는 것이 P의 마음을 끈 것이다.

그 여자는 자주 만나는 이 협수룩한 양복장이 P를 먼빛으로도 알아보았는지 처녀다운 조심스런 몸매로 길을 가로 비켜 가까이 왔다.

P는 고개를 꼿꼿이 쳐들고 앞만 쳐다보면서도 속으로는,

'저 여자가 지금 내 옆으로 다가와서 조그만 소리로 정답게 구애求愛를 한다면? 사뭇 들이 안긴다면… 어쩔꼬?'

이런 생각을 하면서 히죽이 웃는데 여자는 벌써 지나쳐 버렸다.

'홍! 어쩌긴 무얼 어째…? 이년아, 일없다는데 왜 이래! 하고 발길로 칵 차 내던지지.' 하고 P는 어깨를 으쓱하였다.

삼청동 꼭대기에 있는 집, 집이 아니라 사글세로 들은 행랑방에 돌아왔다. 객지에 혼자 있으니 웬만하면 하숙에 있을 것이로되 밥값이 밀리고 그것에 졸릴 것이 무서워 P는 방을 얻어가지고 있던 것이다. 먹는 것이야 수중에 돈이 있는 때에 따라 호떡도 설렁탕도 백화점의 런치도, 그렇잖고 몇 끼씩 굶기도 하여 대중이 없었다.

별 구경을 잘 못해서 겨울에도 곰팡이 슬고 이불을 며칠씩 그대로 펴두는 방바닥에서는 먼지가 풀신풀신 올랐다. 하도 어설퍼 앉으려고도 아니하고 방 가운데 우두커니 서서 있노라니까 안방문 여닫는 소리가 들리며 주인 노파가 나와서 캑하고 기침을 한다. P는 또 방세 졸릴 일이 아득하였다. 그러나 노파는 방세보다도 우선 편지 한 장을 들이밀어 준

---

2) 맘자리: 마음자리(마음의 본바탕)의 준말.

다. 고향의 형에게서 온 것이다. 편지를 뜯어 읽고 난 P는 말가웃一斗半이 나 되게 한숨을 푸 내쉬었다. 그리고는 편지를 박박 찢어버렸다.

5

편지의 요건은 P의 아들에 관한 것이다.

P에게는 연전에 갈린 아내와의 사이에 생긴 창선이라는 아들이 있다. 금년에 아홉 살이다. 아내와 갈릴 때에 저편에서 다만 어린애만이라도 주었으면 그것을 데리고 길러가는 재미로 혼자 사는 세상에 낙을 붙이겠다고 사정하였다. 그리고 적어도 중학까지는 마치게 하겠다는 것이었다. 그렇게 했으면 P도 한 짐을 덜었을 것이다. 그러나 그는 듣지 아니하였다.

어릴 적부터 소박데기 어미의 손에서 아비의 원망과 푸념을 들어가면서 자란 자식은 자란 뒤에 그 아비에게 호감을 가지지 못한다. P는 자식을 꼭 찾고 싶은 것은 아니나 아무튼 장성하면 아비라고 찾아올 터인데 그때에 P는 이미 늙고 자식은 팔팔하게 젊은 놈이 제 어미를 소박한 아비래서 아니 꼽게 군다면 그것은 차마 못 당할 노릇이다.

이러한 생각으로 P는 창선이를 내주지 아니한 것이다. 그러나 빼앗아 놓고 보니 인제 겨우 너덧 살밖에 아니 먹은 것을 자기 손으로 어찌할 수가 없다. 그리하여 할 수 없이 어렵사리 지내는 그 형에게 맡기어 놓고 다시 서울로 올라온 것이다. 보통학교에 다닐 나이가 되면 서울로 데려오겠다고 해 두고.

P의 형은 작년에 조카를 보통학교에 입학시켰다. 그러나 극빈 축에 드

는 집안인지라 몇 푼 아니되는 월사금과 학비를 대지 못하여 중도에 퇴학시켰다. 애초에 입학시킬 상의로 P에게 편지를 했을 때에 P는 공부 같은 것은 시켰자 소용이 없으니 차라리 뼈가 보드라운 때부터 생일勞動을 시키라고 하였다. P의 형은 그러나 백부伯父의 도리로나 집안의 체면으로나 창선이를 생일을 시킬 수가 없었다. 차라리 자기 손에 두어 헐벗기고 헐입히면서 공부도 시키지 못하느니 제 아비인 P더러 데려가라고 작년부터 편지를 하던 터이다.

금년도 입학시기가 당함에 P의 형은 P에게 누차 편지를 하였다. 금년에 입학을 시키지 못하면 명년에는 학령이 초과되어 들여주지 아니할 것이니 어서 데려다가 공부를 시키라는 것이다.

'그 어린것이 굶기를 먹듯 하고 재주는 있으면서 남의 집 아이들이 학교에 다니는 것을 부러워하는 꼴은 차마 애처로워 볼 수가 없다. 차라리 이 꼴 저 꼴 보지 아니하는 것이 속이나 편하겠다.'

이번 편지에는 이러한 구절이 있고 끝에 가서, '여비가 몇 원 변통되면 차를 태우고 전보를 칠 테니 정거장에 나와 데려가거라. 나도 웬만하면 객지에 혼자 있는 너에게 어린 자식을 떠맡기듯이 보내겠느냐마는 잘못하다가 그것을 굶겨 죽이겠기에 생각다 못하여 단행하는 것이다.'

이러한 말이 씌어 있었다.

P는 박박 찢은 편지를 돌돌 뭉쳐 방구석에 내던지고 한숨을 푸 내쉬었다.

인제는 자식을 데리고 있기가 피할 수 없이 되었는데 어떻게 했으면 좋을까 하는 것이다. 그는 형이 원망스럽고 아니꼬왔다. 군이 제 아비를 따라 보낸다는 것이 아니라 부둥부둥 공부를 시키라는 것 때문이다. 기왕 서울로 보내나 시골서 데리고 있으나 고생시키기는 일반이니 차라리 시골서 일찍부터 생일이나 시켰으면 P에게는 여러 가지로 좋은 것이었다.

'흥! 체면! 공부! 죽어도 인테리는 만들잖는다.'

P는 혼자 이렇게 두덜거렸다.

"집에서 온 편지유? 무슨 걱정이 생겼수."

말거리를 찾지 못하여 머뭇거리고 섰던 안방 노인이 동정이나 하는 듯이 이렇게 묻는다.

"아—니요."

P는 마지못해 코대답을 하였다.

"필경 무슨 걱정이 생긴 게구려!"

노인은 자기의 말거리를 만들려고 아니라는데도 이렇게 걱정을 내어놓는다.

"그게 모두 가난한 탓이지… 저렇게 젊고 똑똑한 이가, 저게 모두 가난한 탓이야! 어디 구실職業자리 말한다더니 아직 아니 됐수?"

"네 아직…."

"거 큰일 났구려! 어서 돼야 할 텐데… 나두 꼭 죽겠수… 이 늙은 것이… 돈 좀 마련되잖았수…?"

"네 아직 좀…."

"저걸 어쩌나! 오늘은 물값이야 전깃불 값이야 사뭇 받으러 달려들 텐데!"

"며칠만 더 미루십시오. 설마하니 마나님이야 아니 드리겠습니까…?"

"아무렴! 실수야 없을 줄 알지만 내가 하도 옹색하니깐 그러는 거지…."

P는 노인이 지껄이게 두어두고 혼자 생각하였다. 전에 아는 집에서 셋방을 얻어들었을 때에는 두 달이고 석 달이고 세가 밀려야 조르는 법이 없었다. 밀려도 조르지 아니하는 아는 집… 이것이 P는 도리어 미안해서 이곳으로 옮겨온 것이다. 옮겨 와가지고 막상 졸림질을 당하니 미안해도 졸리지는 아니하던 옛집이 그리워지는 것이다.

노인이 문을 가로막고 서서 수다스런 소리로 더 지껄이려고 하는데 마침 P의 동무 M과 H가 찾아왔다.

"어디 나가나?"

M이 그렇잖아도 벌씸한 코를 한 번 더 벌씸하고 사이 벌어진 앞니를 내어 보이며 상긋 웃는다.

몸집은 M과 같이 통통하지만 키가 작아 M의 뒤에 섰던 H가 옆으로 나서며,

"안녕하시오." 하고 인사를 한다.

P는 싱긋이 웃었다. 이 M과 H는 같은 하숙에 있는데 두 사람은 곧잘 같이 돌아다닌다. 같이 가는 것을 나란히 세워놓고 보면 하나는 키가 커서 우뚝하고 하나는 키가 작아서 납작 붙어가는 것 같다.

얼굴도 M은 우들부들한 게 정객 타입으로 생기었고 잘못하면 빽싱 링에 내세워도 좋겠고 H는 안존한 게 사무원 타입이다.

일상의 언행을 보아도 H는 무슨 이야기가 자기 전문인 법률에 관한 것에 다다르면 육법전서의 조목을 따르르 외이면서 이렇고 저렇고 하다고 설명을 하고 M은 동경서 학생 ××에 제휴를 했던 만큼 그리고 전문이 정경과인만큼 좌익 진영에서 쓰는 어투가 그대로 나온다.

"여전히 모두 동색冬色이 창연하군!"

P는 두 사람의 특특한 겨울 양복을 보고 그리고 자기의 행색을 내려보며 웃었다.

M이 신을 벗고 들어와 먼지 앉은 책상 위에 걸터앉으며,

"춘래불사춘일세." 하고 한마디 윈다. H도 따라 들어와 한편에 앉으며 한마디 한다.

"아직 괜찮아… 거리에서 보니까 동복 입은 사람이 많데…."

"괜찮기는 무어 괜찮아… 우리가 길로 돌아다니니까 사방에서 아이구

야! 소리가 들리데."

"왜?"

"봄이 발밑에서 짓밟히느라고."

"하하하하."

세 사람은 소리를 내어 웃었다.

"참 시험 본 것 어떻게 되었소?"

P는 H가 일전에 총독부에서 본 고원 채용시험을 생각하고 물어보았다.

"말두 마시우··· 인제는 꼭 들어앉아 공부나 해가지고 변호사 시험이나 치겠소."

사람이 별로 변통성도 없고 그렇다고 여기저기 발련도 없어 취직이 여의하게 되지 못하는 것을 볼 때에 P는 가엾은 생각이 늘 들곤 하였다.

"가만있게··· 어서 변호사 시험만 파스하게. 그러면 인제 내가 백만 원짜리 주식회사를 조직해 가지고 자네를 법률고문으로 모셔옴세."

이것은 M이 늘 농삼아 하는 농담이다. M도 일 년 동안이나 취직운동을 하면서 지냈건만 그는 되려 배포가 유하다. 조금 더 재빠르게 했으면 M은 벌써 취직이 되었을는지도 모르나 그는 타고난 배포와 그리고 남에게 아유구용을 하기 싫어하는 성질로 말하자면 취직전선의 낙오자다.

별로 만나야 할 일도 없다. 그러나 제가끔 혼자 있으면 우울해지니까 이렇게 서로 찾으며 자주 만나게 된다. 만나 앉아서 이야기라도 지껄이면 그동안만은 명랑하여진다. 지금 서울 안에 P니 M이니 H와 같이 매일 만나 하는 일 없이 돌아다니고 주머니 구석에 돈푼 있으면 서로 털어 선술잔이나 먹고 하는 룸펜의 패가 수없이 많다.

무어나 일을 맡기었으면 불이 번쩍 일게 해낼 팔팔한 젊은 사람들이다. 그렇건만 그들은 몸을 비비 꼬고 있다.

아무 데도 용납지 못하는 사람들이다. ××적 ××에서 그들을 불러들이

기에는 ××적 ××의 주관적 정세가 너무도 미약하다. 그것은 그들의 몇 부분이 동경서 학생으로 있을 시절에는 그 속에서 활발하게 ××을 계속하던 것이 조선에 나오면서 탈리[3]되는 것으로 보아 그러한 해석을 내리지 아니할 수가 없다.

그렇다고 부르죠아지의 기성 문화기관에 들어가자니 그곳에서는 수요를 찾지 아니한다. 레디메이드로 된 존재들이니 아무 때라도 저편에서 필요해야만 몇씩 사들여간다.

M이 마꼬를 꺼내놓고 붙여 문다. P는 포켓 속에 들어 있는 해태를 차마 내놓기가 낯이 따가와 M의 마꼬를 집어 당겼다.

…(日帝時 六行 削除: 編輯者 註)…

P는 설명을 시작한다. P 자신 그러한 장난 비슷한 공상을 하면서 일단 해보라고 하면 주저할 것이지만 어쨌거나 그랬으면 통쾌하리라는 것이다.

"먼첨 경무국에 들어가서 아주 까놓고 이야기를 한단 말이야. 우리가 지금 대상으로 하는 것은 총독부가 아니라 조선의 소위 민간 측 유지들이니까 간섭을 말아 달라고."

"그러면 관허官許 메데로구만."

"그래 관허도 좋아… 그래가지고는 기에다가는 무어라고 쓰느냐 하면 '우리에게 향학열을 고취 한 놈이 누구냐?'… 어때?"

"좋―지."

"인테리에게 직업을 내라… 이렇게 노래를 지어 부르거든." …(日帝時 一行 削除: 編輯者 註)…

"응 유지와 명사의 가면을 박탈시키라고 한 몇십 명이 그렇게 데모를 한단 말이야."

---

3) 탈리: 벗어나 따로 떨어짐. 이탈.

"하하하하."

M은 이렇게 웃고 H는 시원찮은 핀잔을 준다.

"들그럽소 여보… 아, 글쎄 멀끔 멀끔한 양복쟁이들이 종로 네거리로 기를 받고 그렇게 다녀 봐! 애들이 와서 나 광고지 한 장 주! 하잖나."

"하하하하."

"허허허허."

창밖에서 냉이 장수가 싸구려 소리를 외치고 지나간다. M이 그에 응하여,

"이크, 봄을 덤핑하는구나."

"흠, 경제학자라 다르군… 참 우리 하숙에서는 채소를 좀 먹여 주어야지!"

"밥값을 잘 내보지."

"그도 그렇지만."

"나는 석 달 치 밀렸네."

"나도 그렇게 될걸."

"그러니까 나처럼 이렇게 아파트 생활을 해요."

이것은 P의 말이다. 아파트라고 말해놓고 서글퍼서 허허 웃었다.

"조선식 아파트! 그렇지만 우리가 아파트 생활을 했다면 아마 두어 달 전에 굶어 죽었을걸."

"나는 돈을 보면 초면 인사를 해야 되겠네… 본 지가 하도 오라서 낯을 잊었어."

"여보게." 하고 M이 의젓하게 H를 달군다.

"돈 구경한 지 오래됐다지?"

"응."

"존 수가 있네."

"뭣?"

"자네 책 좀 삼사三四구락부에 보내세."

"싫으이."
"자네 돈 구경하고… 구경하고 나서 그놈으로 한잔 먹고…."
"한잔 말이 났으니 말이지 요즘 같으면 술이나 실컷 먹고 주정이라도 했으면 속이 시원하겠네."
"그러니까 말이야… 가세. 가서 다섯 권 잽혀."
"일없다."
"내가 찾아주지."
"흥."
"정말이야."
"싫어."

6

그날 밤.
P와 M은 H를 졸라 그의 법률 책을 잡혀 돈 육 원을 만들어 가지고 나섰다.
선술집에 가서 엔간히 취하도록 먹은 뒤에 C라는 카페에 가서 술 두 병을 놓고 자정이 되도록 노닥거렸다. 그곳에서 나올 때는 육 원 돈이 이 원 남았다. 이 원의 처치를 생각하다 세 사람은 일제히 동관으로 가기로 하였다.
세 사람이 모두 다리가 비틀거렸다. 그 중에도 P는 더욱 취하였다.
닐닐이 가락으로 들어박힌 갈보집, 다 쓰러져가는 초가집을 세 사람이 아는 집 들어서듯 쑥쑥 들어서니,

"들어오십시오."

"어서 오십시오."라고 머리 딴 계집애와 배가 북통 같은 애 밴 계집이 마루로 나선다.

P가 무심결에 해태곽을 꺼내어 붙여무니까 머리 딴 계집애가 P의 목을 얼싸안고 볼에다 입을 쪽 맞추더니,

"나도 하나." 하고 손을 벌린다. P는 기가 막혀 담배곽을 내미는데 H와 M은 박수를 하며,

"부라보…." 하고 굉장하게 큰 소리로 외친다.

건넌방에 들어가 앉으니 마루에서 따그락따그락 소리가 난다.

배부른 계집은 푸대접을 받고 머리 딴 계집애가 H와 M의 손으로 옮아다니면서 주물린다. 깩깩 소리를 지르며 엄살을 한다. 말을 붙이고 대답을 주고받고 하는 것이 H와 M은 전에 한 번 와본 집인 듯하다.

술상이 들어왔다. 잔은 사발만한데 술주전자는 눈알만하다. 술을 부어놓으니 M이 척 받아놓고는 노래를 투정한다. 계집애는 그보다 더 약아서 제가 그 술을 쭉 들이마시고는 빈 잔만 M의 입에 대어준다.

P는 개숫물같이 밍밍한 술을 두어 잔 받아먹는 동안에 비위가 콱 거슬려서 진정하느라고 드러누웠다. H가 계집애를 무릎에 올려놓고 신이 나게 노래를 부른다. 물론 고저도 장단도 맞지 아니하는 노래다.

M이 애 밴 계집을 실컷 시달려 주다가 머리 딴 계집애를 빼앗아 가더니 귀에 대고 무어라고 속삭거린다. 그러면서 둘이서 연해 P를 건너다보며 싱긋벙긋 웃는다.

조금 있다가 계집애가 P에게로 오더니 귀에다 입을 대고 속삭인다.

"저이가 나더러 당신하고 오늘 저녁… 응, 어때?"

"그래라."

P는 불쑥 성난 것처럼 대답했다.

"아이! 싱거워!"

계집애는 P를 한번 꼬집어 주고 다시 M에게로 달아났다.

M에게로 가서 또 무어라고 속삭거리더니 재차 와가지고는 귓속말을 한다.

"자고 가, 응?"

"그래 글쎄."

"꼭."

"응."

"정말?"

"응."

술은 네 주전자가 들어왔는데 세 사람 손님은 두서너 잔씩밖에 아니 먹었다. 그 나머지는 다 저희가 먹었다. 계집애가 술이 곤주가 되게 취해가지고 해롱해롱 까분다.

술값을 치르는 것을 보고 P도 따라 일어섰다. M이 몸뚱이로 슬쩍 밀어서 방안으로 들여보내고 뒤에서 계집애가 양복 뒷깃을 잡아당긴다.

"그래라, 자고 간다."

P는 방 가운데 벌떡 드러누웠다.

"너희 집이 어디냐?"

계집애가 옆에 와서 앉는 것을 보고 P가 물었다.

"××도 ××."

"언제 왔니?"

"작년에."

P는 몸을 일으켰다. 또 속이 왈칵 뒤집혀 좀 더 진정하려고 하는 생각인데 계집애가 콱 밀어뜨린다.

"나이 몇 살이냐?"

"열여덟."
"부모는?"
"부모가 있으면 여기서 이 짓을 해?"
"왜 이 짓이 나쁘냐?"
"흥… 나도 사람이야."
"에꾸! 나는 네가 신선인 줄 알았더니 인제 보니까 사람이로구나!"
"듣그러!"
계집애는 눈을 쪽 흘기고는 갑자기 웃으면서 P의 목을 끌어안는다.
"자고 가, 응."
"우리 마누라한테 자볼기[4] 맞고 쫓겨난다."
"그러면 내한테 와서 나하고 살지… 여기 내 빚 팔십 원만 물어주면…."
"팔십 원이냐?"
"응."
"가겠다."
P는 또 일어나려는 것을 계집이 껴안고 놓지 아니한다.
"자고 가… 내가 반했어."
"아서라."
"정말!"
"놓아."
"아니야, 안 놓아. 자고 가요 응… 자고… 나 돈 좀 주어."
"돈? 내가 돈이 있어 보이니?"
"돈 소리가 절렁절렁 나는데?"

---

4) 자볼기: 자막대기로 때리는 볼기.

미상불 P의 포켓 속에는 아까부터 잔돈 소리가 가끔 잘랑거렸다.
"자고 나 돈 조…금 주고 가 응."
"얼마나?"
"암만도 좋아… 오십 전도, 아니 이십 전도."
계집애의 말이 떨어지기도 전에 P는 불에 데인 것같이 벌떡 일어섰다. 일어서면서 그는 포켓 속에 손을 넣고 있는 대로 돈을 움켜쥐어 방바닥에 홱 내던졌다. 일 원짜리 지전 두 장과 백통전이 방바닥에 요란스럽게 흐트러진다.
"앗다, 돈!"
내던지고는 P는 뛰어 나왔다. 그의 눈에는 눈물이 고였다.

7

P는 정조貞操적으로 순진한 사나이가 아니다.
열네 살 때에 소꿉질 같은 장가를 갔고 그 뒤 동경 가서 있을 동안에 거기 여자와 살림도 하였다. 조선에 돌아와 직업을 가지고 있는 사이에 기생과 사귀어 한동안 죽을 둥 살 둥 모르게 지내기도 하였다.
그 밖에도 정 두어 지낸 여자가 두엇 더 있다. 그러나 삼십이 되도록 지금까지 유곽을 가거나 은근 짜 집을 가거나 동관의 색주가 집에 가서 잠자리를 한 일은 없다.
그것은 P의 괴벽이다. 어떠한 여자를 물론하고 그가 정이 들지 아니한 여자이면 절대로 관계를 아니한다는 것이다.
그 대신 한번 P의 눈에 들고 따라서 정이 들면 아무것도 돌아보지 아니하고 심각한 열정에 맡기어 완전히 그 여자를 움켜쥐어 버리며 또한 그 여자에게 전부를 내주어 버린다. 그리하여 그는 늘 all or nothing을 말한다.

이것이 처세상 퍽 이롭지 못한 것을 P도 잘 안다. 또 공연한 승벽이요 고집인 줄 알건만 그는 그것을 고치지 못한다.

이날 밤에도 그는 그 계집애를 조금도 어떻게 하겠다는 생각은 나지 아니하였다.

술 취한 끝에 속이 괴로우니까 진정을 하자는 판인데 '오십 전, 아니 이십 전도 좋아' 하는 소리에 버쩍 흥분이 된 것이다.

너무도 인간이 단작스럽고 악착스러운 것 같았다. P가 노상 보고 듣는 세상이 돈을 중간에 놓고 악착스럽게 으르렁으르렁 하는 것임을 모르는 바는 아니나 정조 대가로 일금 이십 전을 요구하는 것은 처음 보았다.

P는 그러한 여자가 정조를 파는 데 무신경한 것도 잘 알고 있으며 따라서 그것이 비도덕이니 어쩌니 하는 것도 아니다. 그의 관점과 해석은 그런 것보다 더 나아간 입장에 있었다.

그러나 '이십 전만 주어도….' 소리에는 이것저것 생각하고 헤아릴 나위도 없었다. 더럽고 얄미우면서 눈물이 고였다. 삼 원쯤 되는 전 재산을 털어 내던지고 정신없이 뛰어 나온 것이다.

술 취한 P를 혼자 남겨둔 H와 M은 골목에 기다리고 서서 있었다. P가 뛰어 나오는 것을 보고 그들은 우선 농을 건넨다.

"한 턱하오."

"장가간 턱 하게."

P는 고개를 흔들었다. 그리고 멍하니 서서 생각을 하였다.

다분의 가면 밑에서 꿈틀거리는 인도주의에 몹시 증오를 느끼는 P는 이날 밤 자기의 행동을 어떻게 해석할지 몰라 괴로워하였다.

내일을 굶어야 할 그 돈이지만 돈이 아까운 것이 아니다. 정조 값으로 이십 전을 주어도 좋다는 데 왜 정조는 퇴하고 돈만 있는 대로 다 털어 주었는가? 왜 눈에 눈물은 고였는가?

8

P는 머리가 띵하고 속이 뉘엿거리어 정신을 차릴 수가 없었다. 그는 두 친구에게 인사도 변변히 하지 아니하고 코를 베인 듯이 삼청동으로 올라왔다. 어서 바삐 좀 드러눕고만 싶었던 것이다.

아무리 방구들은 차고 지저분하게 늘어놓았어도 제 처소는 반가운 것이다. 더구나 몸이 괴로울 때는….

P는 누더기 양복이나마 벗으려고도 아니하고 그대로 펴 두었던 이부자리 속에 몸을 파묻었다. 드러누우니 취기가 새삼스레 더하여 영영 옷 벗을 생각도 잊어버리고 그대로 잠이 들었다.

얼마를 자고 났는지 괴로워 부대끼다 못하여 잠이 깨었을 때는 목이 타는 듯이 말랐다. 물은 없다. 물이 없어 못 먹느니라 생각하니 목은 더 말랐다.

밤은 어느 때나 되었는지 짐작할 수가 없다. 전등은 그대로 켜져 있다. 밖에서는 사람 지나다니는 발자국 소리도 들리지 아니한다. 전차 달리는 소리도 들리지 아니하고 가끔가다가 자동차의 경적이 딴 세상의 소리같이 감감하게 들리어 온다.

밤이 깊지 아니했으면 잠긴 안대문을 두드려 주인 노인에게라도 물을 청하겠지만 이 깊은 밤에 그리하기도 미안하다. 그것도 방세나 여일하게 내었을 제 말이지 얼굴 대하기를 이편에서 피하는 판에 차마 못할 일이다. 물지게 장수의 삐득거리는 소리가 들리나 하고 귀를 기울였으나 감감히 소리가 없다.

목은 더욱더욱 말라 들어온다. 입술이 바싹 마르고 입안이 침기가 없고 목구멍이 바삭바삭 소리가 날 듯이 마르고 그리고는 창자 속까지 말라 내려가는 듯하다.

방금 미칠 듯하다. 눈앞에 용용하게 흘러가는 푸른 한강이 어릿어릿하고 쏴 쏟아지는 수통 꼭지가 보이는 듯하다.

P는 배고픈 고비는 많이 겪어 보았으나 이대도록 목마른 참은 당하기 처음이다.

배는 고프면 기운이 없이 착 가라앉을 뿐이었지만 목이 극도로 마름에는 금시 미치고 후덕 후덕 날뛸 것 같다.

일어나서 삼청동 꼭대기로 올라가면 산골짜기의 물도 있고 또 우물도 있기는 하다. 그러나 이 어두운 밤에 어디가 어디인지 보이지 아니할 테고 또 우물에는 두레박도 없을 것이다.

겨우겨우 참아가며 몇 시간을 삐대었다. 실상 한 시간도 못되는 동안이지만 P에게는 여러 시간인 듯만 싶었다.

그런 뒤에 겨우 물지게 소리를 듣고 그는 수통 있는 곳을 찾아 뛰어 나갔다.

사정 이야기도 변변히 하지 아니하고 쏟아지는 수통 꼭지에 매어달리어 한 동이는 되리만치 냉수를 들이켰다. 물장수가 어이가 없어 물끄러미 치어다 보고만 있다가 P의 끔벅하고 돌아서는 등 뒤에다 혀를 끌끌 찬다.

P는 새삼스레 양복을 벗어 던지고 다시 자리에 파묻혔다. 인제는 잠이 십 리나 달아나고 눈이 초랑 초랑 하여진다. 그러면서 어젯밤 일이 머리에 떠오른다.

그것은 마치 못 먹을 것을 먹은 것처럼 꺼림칙한 기억이다. 아무렇게나 씻어 넘겨버리재도 그러나 머리 한구석에 박혀 가지고 사라지려 하지 아니하는 어룽斑點과 같다. 어떻게 해서라도 시원스러운 해석을 내리고라야 마음이 놓일 것 같다.

정조 대가貞操代價로 일금 이십 전을 부르는 여자….

방금 세상에는 한번 정조를 빼앗긴 것으로 목숨을 버려 자살하는 여자도 있다. 그러는 한편 '이십 전도 좋소.' 하는 여자가 있다.

여자의 정조가 그것을 잃었다고 자살을 하도록 그다지도 고귀한 것이라면 '이십 전에라도 팔겠소.' 하는 여자가 눈을 멀끔 멀끔 뜨고 살아 있는 사실은 무엇으로 설명할 것인가?

또 정조를 '이십 전에도 팔겠소.' 하는 여자가 있도록 그것이 아무렇지도 아니한 것이라면 그것을 한 번 빼앗긴 때문에 생명을 내버리는 여자가 있는 것은 무엇으로 설명할 것인가?

이 두 여자가 모두 건전한 양심의 소유자라고 볼 수는 없다.

그러나 그 가운데 나무라기로 들면 차라리 정조를 빼앗긴 것으로 자살한 여자를 나무랄 것이지 '이십 전에 팔겠소.' 하는 여자는 나무랄 수가 없다.

열여섯 살부터 시작하여 이래 삼 년이나 색주가 집으로 굴러다니는 여자다. 언제 누구에게 귀 떨어진 도덕관념이나 정당한 인생관을 얻어들은 적이 없을 것이다.

술잔을 들고 앉아 한잔이라도 오는 손님에게 더 먹이어 한 푼어치라도 주인의 수입을 도와주면 칭찬이 오니 그만이다.

"고년 어여쁘다. 나하고 ××." 하고 손님이 말하면 그에 좇아 비록 조발早發일지언정 생리적 만족을 얻는 한편 그야말로 단돈 이십 전이라도 벌면 그만이다.

옆에서 그것을 시키기는 할지언정 그것이 나쁘다고 가르쳐 주는 사람이 있을 턱이 없는 것이다. 사실 일반 매춘부가 정조적으로 양심을 가진 듯이 보인다는 것은 그 대부분이 되려 한 가식假飾에 지나지 못하는 것이다.

그것은 그들에게 있어서 일종의 정당성을 가진 노동인 것이다. 그러니까 그것을 보고 불쌍하다고 여기고 동정을 하는 것은 의문의 패은이다.

지금 세상은 정당한 성도덕性道德이 서 있는 때도 아니다. 그것은 한 세대世代에 여러 가지의 시대사조가 얼크러져 있는 때문이다. 그러니까 여자의 정조에 대하여도 일률적으로 선악과 시비를 가릴 수는 없는 것이다.

하룻밤 몸값으로 '이십 전도 좋소.' 하는 여자, 그에게는 다른 사람이 갖는 성도덕도 없고 따라서 자신을 타락이래서 슬퍼하지도 아니한다. 그 여자 자신을 나무랄 필요도 없는 것이요 동정할 여지도 없는 것이다. 그 여자 자신은 결코 불쌍한 사람이 아니다.

예수의 사랑(?)도 아무리 그 사랑이 크고 넓다 했을지언정 그것은 '불쌍한 사람', '죄지은 사람'에게 미칠 수 있는 것이다.

'불쌍하지 아니한', '죄짓지 아니한' 동관의 색주가 계집애에게는 누구의 동정이나 사랑도 일없는 것이다.

'뭣? 관념적이라고?'

그렇다. 관념적이라도 할 수 없다. 그러나 그것은 그 여자의 주관을 객관화한 것이다. …(日 帝時 二行 削除 : 編輯者 註)…

또 그 병적 현실에 메스를 대는 것은 집단의 역사적 문제이지만 룸펜 인테리의 결벽과 홍분쯤으로는 문제가 되지 아니한다.

다만 취객이 삼 원 각수[5]를 던져 주었으므로 해서 그 여자는 감격 없

---

5) 각수(角數): 돈을 원이나 환 단위로 셀 때, 그 단위 아래에 남는 몇 전이나 몇십 전을 이르는 말.

는 기쁨을 맛보았을 뿐일 것이다.

'이게 웬 떡이냐… 어제저녁에 꿈이 괜찮더니 이런 땡을 잡을 양으루 그랬구나… 웬 얼간 망둥이냐.'

그 계집애는 응당 그렇게밖에는 더 생각되지 아니하였을 것이다. 그것이 결코 무리가 없는 당연한 일이다.

P는 여기까지 생각하고 입맛 쓴 고소를 띠었다.

'홍! 되지 못하게… 장님이 눈병 앓는 사람더러 불쌍하다고 한 셈인가.'

P는 돌아누우면서 혀를 끌끌 찼다.

9

일천구백삼십사 년의 이 세상에도 기적이 있다.

그것은 P가 굶어 죽지 아니한 것이다. 그는 최근 일주일 동안 돈이 생긴 데가 없다. 잡힐 것도 없었고 어디서 벌이한 적도 없다. 그렇다고 남의 집 문 앞에 가서 밥 한술 주시오 하고 구걸한 일도 없고 남의 것을 훔치지도 아니하였다.

그러나 그동안 굶어 죽지 아니하였다. 야위기는 하였지만 그래도 멀쩡하게 살아 있다.

P와 같은 인생이 이 세상에 하나도 없이 싹 치워진다면 근로하는 사람이 조금은 편해질는지도 모른다. P가 소 부르죠아지 축에 끼이는 인테리가 아니요 노동자였더라면 그동안 거지가 되었거나 비상수단을 썼을 것이다. 그러나 그에게는 그러한 용기도 없다. 그러면서도 죽지 아니하고 살아있다. 그렇지만 죽기보다도 더 귀찮은 일은 그를 잠시도 해방시켜

주지 아니한다.

그의 아들 창선이를 올려보낸다고 어제 편지가 왔고 오늘은 내일 아침에 경성역에 당도한다는 전보까지 왔다.

오정 때 전보를 받은 P는 갑자기 정신이 난 듯이 쩔쩔매고 돌아다니며 돈 마련을 하였다. 최소한도 이십 원은… 하고 돌아다닌 것이 석양 때 겨우 십오 원이 변통되었다.

종로에서 풍로니 남비니 양재기니 숟갈이니 무어니 해서 살림 나부랭이를 간단하게 장만하여 가지고 올라오는 길에 전에 잡지사에 있을 때 알은 ××인쇄소의 문선과장을 찾아갔다.

월급도 일없고 다만 일만 가르쳐 주면 그만이니 어린아이 하나를 써 달라고 졸라댔다.

A라는 그 문선과장은 요리조리 칭탈[6]을 하던 끝에 그는 P가 누구 친한 사람의 집 어린애를 천거하는 줄 알았던 것이다.

"보통학교나 마쳤나요?" 하고 물었다.

"아—니요."

P는 솔직하게 대답하였다.

"나이 몇인데?"

"아홉 살."

"아홉 살?"

A는 놀래어 반문을 하는 것이다.

"기왕 일을 배울 테면 아주 어려서부터 배워야지요."

"그래도 너무 어려서 원, 뉘 집 애요?"

"내 자식 놈이랍니다."

---

6) 칭탈(稱頉): 문제가 있다고 핑계를 대고 책임을 모면함.

P는 그래도 약간 얼굴이 붉어짐을 깨달았다. A는 이 말에 가장 놀라운 듯이 입만 벌리고 한참이나 P를 물끄러미 바라다본다.

"왜? 내 자식이라고 공장에 못 보내란 법 있답디까?"

"아니 정말 그래요?"

"정말 아니고?"

"괴—니 실없는 소리… 자제라고 해야 들어줄 테니까 그러시지?"

"아니 그건 그렇잖어요. 내 자식 놈야요."

"그럼 왜 공부를 시키잖구?"

"인쇄소 일 배우는 것도 공부지."

"그건 그렇지만 학교에 보내야지."

"학교에 보낼 처지가 못 되고 또 보낸댔자 사람 구실도 못할 테니까…."

"거 참 모를 일이요. 우리 같은 놈은 이 짓을 해 가면서도 자식을 공부시키느라고 애를 쓰는 데 되려 공부시킬 줄 아는 양반이 보통학교도 아니 마친 자제를 공장엘 보내요?"

"내가 학교 공부를 해본 나머지 그게 못쓰겠으니까 자식은 딴 공부시키겠다는 것이지요."

"글쎄 정 그러시다면 내가 내 자식 진배없이 잘 데리고 있으면서 일이나 착실히 가르쳐 드리리다 마는… 원 너무 어린데 애처롭잖아요?"

"애처로운 거야 애비 된 내가 더 하지요만 그것이 제게는 약이니까…."

P는 당부와 치하를 하고 인쇄소를 나왔다. 한 짐 벗어 놓은 것같이 몸이 가뜬하고 마음이 느긋하였다.

그는 집으로 올라가는 길에 싸전에 쌀 한 말을 부탁하고 호배추도 몇 통 사들었다. 그렁저렁 오 원을 썼다.

십 원 남은 중에 주인 노인에게 육 원을 내어 주니 입이 귀밑까지 째어진다. 그 끝에 P가 사온 호배추를 내어 주며 김치를 담가 달라고 하니 선선히 응낙한다. 그리고 자식을 데리고 자취를 하겠다니까 깍두기야 간장이야 된장 같은 것을 아까운 줄 모르고 날라다 주고 한다.

10

이튿날 전에 없이 첫새벽에 일어난 P는 서투른 솜씨로 화롯밥을 지어 놓고 정거장으로 나갔다. 그의 형에게서 온 편지에 S라는 고향 사람이 서울 올라오는 길에 따라 보낸다고 했으니까 P는 창선이보다도 더 낯이 익은 S를 찾았다. 과연 차가 식식거리고 들어서매 인간을 뱉어 내놓는 찻간에서 S가 창선이를 데리고 두리번거리며 내려왔다.

어디서 생겼는지 새까만 고꾸라[7] 양복을 입고 이화표 붙은 학생 모자를 쓰고 거기다가 보따리를 하나 지고 무엇 꾸린 것을 손에 들고 차에서 내리는 어린아이… 저게 내 자식이니라 생각하니 P는 어쩐지 속으로 얼굴이 붉어지며 한편 가엾기도 하였다.

S가 두 손에 짐을 가득 들고 두리번거리다가 가까이 온 P를 보고 반겨 소리를 지른다. 창선이가 모자를 벗고 학교식으로 경례를 한다. 얼굴은 너댓살 적에 보던 것보다 더한층 저의 외가를 닮았다. P는 그것이 몹시 불만하였다.

"그새 재미나 좋았나?"

S의 하는 첫인사다.

---

7) 고꾸라: 일본 기타규슈 지역에서 나는 옷감.

"뭘 그저 그렇지… 괜한 산 짐을 지고 오느라고 애썼네."

P는 이렇게 인사 겸 치하를 하였다.

"원 천만에… 그 애가 나이는 어려도 어떻게 속이 찼는지… 너 늬 아버지 알아보겠니?"

S는 창선이를 돌아보며 웃는다. 창선이는 고개를 숙이고 수줍은지 아무 대답도 아니한다.

P는 S와 창선이를 데리고 구름다리로 올라왔다.

"저의 외할머니가 저 양복이야 떡이야 모두 해가지고 자네 댁에까지 오셨더라네… 오셔서 어제 떠나는 데 정거장까지 나오셨는데 여러 가지 신신당부를 하시데… 자네에게 전하라고."

S는 P가 그다지 듣고 싶지도 아니한 이야기를 뒤따라오며 늘어놓는다. 그의 가슴에는 옛날의 반감이 솟쳐 올랐다.

"별걱정 다 하던 게로군… 내 자식 내가 어련히 할까 봐 좇아다니면서 그래…."

"그래도 노인들이라 어디 그런가… 객지에서 혼자 있는데 데리고 있기 정 불편하거든 당신께로 도루 보내게 하라고 그러시데…."

"그 집에 내 자식이 무슨 상관이 있어서 보내라는 거야…? 보낼 테면 그때 데려왔을라구…."

P는 그것이 모두 그와 갈린 아내의 조종인 줄 알기 때문에 더구나 심정이 났다. 화가 나는 대로 하면 어린아이가 입고 온 양복도 벗겨 내던지고 싶었으나 꿀꺽 참았다.

11

일찍 맛보지 못한 새살림을 P는 시작하였다.

창선이가 도착한 날 밤. 창선이는 아랫목에서 색색 잠을 자고 있다. 외롭게 꿈을 꾸고 있으려니 생각하매 전에 없던 애정 이 솟아오르는 듯하였다.

이튿날 아침 일찍 창선이를 데리고 ××인쇄소에 가서 A에게 맡기고 안 내키는 발길을 돌이켜 나오는 P는 혼자 중얼거렸다.

"레디메이드 인생이 비로소 겨우 임자를 만나 팔리었구나."

≪신동아≫, 1934

치숙痴叔

우리 아저씨 말이지요, 아따 저 거시키, 한참 당년에 무엇이냐 그놈의 것, 사회주의라더냐, 막걸리라더냐 그걸 하다, 징역 살고 나와서 폐병으로 시방 앓고 누웠는 우리 오촌 고모부 그 양반….

머, 말두 마시오. 대체 사람이 어쩌면 글쎄… 내 원!

신세 간데없지요.

자, 십 년 적공, 대학교까지 공부한 것 풀어먹지도 못했지요, 좋은 청춘 어영부영 다 보냈지요, 신분에는 전과자라는 붉은 도장 찍혔지요, 몸에는 몹쓸 병까지 들었지요, 이 신세를 해가지굴랑은 굴속 같은 오두막집 단간 셋방 구석에서 사시장철 밤이나 낮이나 눈 따악 감고 드러누웠군요.

재산이 어디 집 터전인들 있을 턱이 있나요. 서발 막대 내저어야 짚검불 하나 걸리는 것 없는 철빈鐵貧인데.

우리 아주머니가, 그래도 그 아주머니가, 어질고 얌전해서 그 알뜰한 남편 양반 받드느라 삯바느질이야, 남의 집 품빨래야, 화장품 장사야, 그 칙살스런 벌이를 해다가 겨우겨우 목구멍에 풀칠을 하지요.

어디루 대나 그 양반은 죽는 게 두루 좋은 일인데 죽지도 아니해요.

우리 아주머니가 불쌍해요. 아, 진작 한 나이라도 젊어서 팔자를 고치는 게 아니라, 무슨 놈의 수난 후분[1]을 바라고 있다가 고생을 하는지.

---

1) 후분(後分): 사람의 평생을 셋으로 나눈 것의 마지막 부분. 늙은 뒤의 운수나 처지를

근 이십 년 소박을 당했지요.

이십 년을 쉶은 청춘 한숨으로 보내고서 다아 늦게야 송장 여대치게[2] 생긴 그 양반을 그래도 남편이라고 모셔다가는 병 수종 들으랴, 먹고 살랴, 애가 진하고 다니는 걸 보면 참말 가엾어요.

그게 무슨 죄 다짐이람? 팔자, 팔자 하지만 왜 팔자를 고치지를 못하고서 그래요. 죄선朝鮮 구식 부인네들은 다아 문명을 못하고 깨지를 못해서 그러지.

그 양반이 한시바삐 죽기나 했으면 우리 아주머니는 차라리 신세 편하리다.

심덕 좋겠다, 솜씨 얌전하겠다 하니 어디 가선들 제가 일신 몸 가누고 편안히 못 지내요? 가만있자, 열여섯 살에 아저씨네 집으로 시집을 갔다니깐 그게 내가 세 살 적이니 꼬박 열여덟 해로군. 열여덟 해면 이십 년 아니요.

그때 우리 아저씨 양반은 나이 어리기도 했지만 공부를 한답시고 서울로, 동경으로 십여 년이나 돌아다녔고 조끔 자라서 색시 재미를 알 만하니까는 누가 예쁘달까 봐 이혼하자고 아주머니를 친정으로 쫓고는 통히 불고를 하고….

공부를 다 마치고 오더니만 그 담에는 그놈의 짓에 디립다 발광해 다니면서 명색 학생 출신이라는 딴 여편네를 얻어 살았지요. 그 여편네는 나도 몇 번 보았지만 상판대기라고 별반 출 수도 없이 생겼습디다. 그 인물로 남의 첩이야? 일색 소박은 있어도 박색 소박은 없다더니, 사실 소박맞은 우리 아주머니가 그 여편네께다 대면 월등 예뻤다우.

이른다.

2) 여대치다: 능가하다. 더 낫다.

그래 그 뒤에, 그 양반은 필경 붙들려가서 오 년이나 전중이를 살았지요. 그동안에 아주머니는 시집이고 친정이고 모두 폭망해서 의지가지없이 됐지요.

그러니 어떻게 해요? 자칫하면 굶어 죽을 판인데. 할 수 없이 얻어먹고 살기도 해야 하려니와 또 아저씨 나오는 것도 기다려야 한다고 나를 발련 삼아 서울로 올라왔더군요. 그게 그러니까 아저씨가 나오던 전 해로군.

그때 내가 나이는 어려도 두루 날뛴 보람이 있어서 이내 구라다 상네 식모로 들어갔지요.

그 무렵에 참 내가 아주머니더러 여러 번 권면을 했지요. 그러지 말고 개가改嫁를 가라고. 글쎄 어린 소견에도 보기에 퍽 딱하고 민망합디다.

계제에 마침 또 좋은 자리가 있었고요. 미네 상이라고 미쓰꼬시 앞에서 바나나 다다끼우리投賣를 하는 인데 사람이 퍽 좋아요.

우리집 다이쇼主人도 잘 알고 허는데, 그이가 늘 날더러 죄선 오깜 상하구 살았으면 좋겠다고, 중매 서 달라고 그래쌌어요.

돈은 모아 둔 게 없어도 다아 벌어먹고 살 만하니까 그런 사람 만나서 살면 아주머니도 신세 편할 게 아니냐구요.

그런 걸 글쎄 몇 번 말해도 숭헌 소리 말라고 듣덜 않는 걸 어떡허나요.

아무튼 그런 것 말고라도 참, 흰말이 아니라 이날 이때까지 내가 그 아주머니 뒤도 많이 보아주었다우. 또 나도 그럴 만한 은공이 없잖아 있구요.

내가 일곱 살에 부모를 잃었지요. 그리고 나서 의탁할 곳이 없이 됐는데 그때 마침 소박을 맞고 친정살이를 하는 그 아주머니가 나를 데려다가 길러 주었지요.

그때만 해도 그 집이 그다지 군색하게 지내든 안 했으니깐요. 아주머니도 아주머니지만 종조할머니며 할아버지도 슬하에 딴 자손이 없어서 나를 퍽 귀여워하셨지요.

열두 살까지 그 집에서 자랐군요.

사 년이나마 보통학교도 다녔고.

아마 모르면 몰라도 그 집안이 그렇게 치패致敗하지만 안 했으면 나도 그냥 붙어 있어서 시방쯤은 전문학교까지는 다녔으리다.

이런 은공이 있으니까 나도 그걸 저버리지 않고 그래서 내 깜냥에는 갚을 만치 갚느라고 갚은 셈이지요.

허기야 요새도 간혹 아주머니가 찾아와서 양식 없다는 사정을 더러 하군 하는데 실로 정말이지 좀 성가시기는 해요.

그러는 족족 그 수응을 하자면 내 일을 못하겠는걸. 그래 대개 잘라떼기는 하지요.

그렇지만 그밖에 가령 양 명절 때면 고깃근이라도 사 보낸다든지, 또 오면가면 이 애기 낱이라도 한다든지 그런 걸 결단코 범연히 하든 않으니까요.

아무튼 그래서, 아주머니는 꼬박 일 년 동안 구라다 상네 집 오마니로 있으면서 월급 오 원씩 받는 걸 그래도 고스란히 저금을 하고, 또 틈틈이 삯바느질을 맡아다가 조끔씩 벌어 보태고 또 나올 무렵에 구라다 상네 양주가 퍽 기특하다고 돈 칠 원을 상급賞給으로 주고 그런 게 이럭저럭 돈 백 원이나 존존히 됐지요.

그 돈으로 방 한 간 얻고 살림 나부랭이도 조금 장만하고, 그래 놓고서 마침 그 알량꼴량한 서방님이 뇌여 나오니까 그리루 모셔 들였지요.

뇌여 나는 날 나도 가서 보았지만 가막소 문 앞에 막 나서자 아주머니가 기다리고 있으니까 그래도 눈물이 핑! 돌던데요.

전에 그렇게도 죽을 둥 살 둥 모르고 좋아하던 첩년은 꼴도 안 뵈구요. 남의 첩년이란 건 다아 그런 거지요 뭐.

우리 아저씨 양반은 혹시 그 여편네가 오지 않았나 하고 사방을 휘휘 둘러보던데요. 속이 그렇게 없다니까. 여편네는커녕 아주머니하구 나하구 그 외는 어리친 개새끼 한 마리 없드라.

그래 마악 자동차에 올라타려다가 피를 토했지요. 나중에 들었지만 가막소 안에서 달포 전부터 토혈을 했다나 봐요.

그래 다아 죽어 가는 반송장을 업어 오다시피 해다가 뉘어 놓고, 그날부터 아주머니는 불철주야로 할 짓 못할 짓 다해 가면서 부시대고 날뛴 덕에 병도 차차로 차도가 있고 그러더니 인제는 완구히 살아는 났지요. 뭐 참 시방은 용꼴인걸요, 용꼴.

부인네 정성이 무서운 겁디다.

꼬박 삼 년이군. 나 같으면 돌아가신 부모가 살아오신대도 그 짓 못해요.

자, 그러니 말이지요. 우리 아저씨라는 양반이 작히나 양심이 있고 다아 그럴 양이면, 어—허 내가 어서 바삐 몸이 충실해져서 어서 바삐 돈을 벌어다가 저 아내를 편안히 거느리고 이 은공과 전날의 죄를 갚아야 하겠구나… 이런 맘을 먹어야 할 게 아니나요?

아주머니의 은공을 갚자면 발에 흙이 묻을세라 업고 다녀도 참 못다 갚지요.

그러고저러고 간에 자기도 인제는 속차려야지요. 허기야 속을 차려서 무얼 하재도 전과자니까 관리나 또 회사 같은 데는 들어가지 못하겠지만 그야 자기가 저지른 일인 걸 누구를 원망할 일도 아니고, 그러니 막 벗어붙이고 노동이라도 해야지요.

대학교 출신이 막벌이 노동이란 께 꼴 가관이지만 그래도 할 수 없지, 머.

그런 걸 보고 가만히 나를 생각하면, 만약 우리 종조할아버지네 집안이 그렇게 치패를 안 해서 나도 전문학교나 대학교를 졸업을 했으면 혹시 우리 아저씨 모양이 됐을지도 모를 테니 차라리 공부 많이 않고서 이 길로 들어선 게 다행이다… 이런 생각이 들어요.

사실 우리 아저씨 양반은 대학교까지 졸업하고도 인제는 기껏 해먹을 게란 막벌이 노동밖에 없는데, 요 보통학교 사 년 겨우 다니고서도 시방 앞길이 환히 트인 내게다 대면 고쓰까이[3]小使만도 못하지요.

아, 그런데 글쎄 막벌이 노동을 하고 어쩌고 하기는커녕 조금 바시시 살아날만하니까 이 주책 꾸러기 양반이 무슨 맘보를 먹는고 하니, 내 참 기가 막혀!

아—니, 그놈의 것하구는 무슨 대천지 원수가 졌단 말인지, 어쨌다고 그걸 끝끝내 하지 못해서 그 발광인고?

그러나마 그게 밥이 생기는 노릇이란 말이지? 명예를 얻는 노릇이란 말이지, 필경은 붙잡혀 가서 징역 사는 놀음?

아마 그놈의 것이 아편하구 꼭 같은가 봐요. 그렇길래 한번 맛을 들이면 끊지를 못하지요.

그렇지만 실상 알고 보면 그게 그다지 재미가 난다거나 맛이 있다거나 그런 것도 아니드군 그래요. 불한당패든데요. 하릴없이 불한당팹니다.

저어 서양 어디선가, 일하기 싫어하는 게름뱅이 몇 놈이 양지짝에 모여 앉아서 놀고먹을 궁리를 했더라나요. 우리집 다이쇼가 다아 자상하게 이야기를 해줍디다.

게, 그 녀석들이 서루 구논을 하기를, 자, 이 세상에는 부자가 있고 가난한 사람이 있고 하니 그건 도무지 공평한 일이 아니다. 사람이란 건 이목구비하며 사지 육신을 꼭같이 타고났는데 누구는 부자로 잘 살고 누구는 가난하다니 그게 될 말이냐. 그러니 부자가 가진 것을 우리 가난한 사람들하구 다 같이 고르게 나눠먹어야 경우가 옳다.

야! 그거 옳은 말이다. 야! 그 말 좋다. 자 나눠 먹자.

---

3) 고쓰까이: 관공서에서 심부름을 하는 사람.

아, 이렇게 설도를 해가지고 우! 하니 들고일어났다는군요.

아—니, 그러니 그게 생날불한당 놈의 짓이 아니고 무어요?

사람이란 것은 제가끔 분지복이 있어서 기수氣數를 잘 타고나든지 부지런하면 부자가 되는 법이요, 복록을 못 타고나든지 게으른 놈은 가난하게 사는 법이요. 다아 이렇게 마련인데 그거야 말루 공평한 천리인 것을, 됩다 불공평하다께 될 말이요? 그리구서 억지로 남의 것을 뺏어 먹자고 들다니 그놈들이 불한당이지 무어요.

짓이 불한당 짓일 뿐만 아니라, 또 만약에 그러기로 들면 게으른 놈은 점점 더 게으름만 부리고 좇아다니면서 부자 사람네가 가진 것만 뺏어 먹을 테니 이 세상은 통으로 도적놈의 판이 될 게 아니요? 그나마, 부자 사람네가 모아둔 걸 다아 뺏기고 더는 못 먹어 내는 날이면 그때는 이 세상 망하는 날이 아니요?

제마다 남이 농사지어 놓으면 그걸 뺏어 먹으려고 일 않고 번둥번둥 놀 것이고 남이 옷감 짜놓으면 그걸 뺏어다가 입으려고 번둥번둥 놀 것이고 그럴 테니 대체 곡식이며 옷감이며 그런 것이 다아 어디서 나올 데가 있어야지요. 세상 망할밖에!

글쎄 그놈의 짓이 그렇게 세상 망쳐놀 장본인 줄은 모르고서 가난한 놈들, 그 중에도 일하기 싫은 게으름뱅이들이 위선 당장 부잣집 사람네 것을 뺏어 먹는다니까 거기 혹해가지굴랑 너두 나두 와! 하니 참섭을 했다는구료.

바루 저 '아라사[4]'가 그랬대요.

그래서 아니나 다를까 농군들이 곡식을 안 만들기 때문에 사람이 수만 명씩 굶어 죽는다는구료. 빠안한 이치지 뭐.

---

4) 아라사: 러시아의 음역어.

위선 먹기는 곶감이 달다고 그 지랄들을 했다가 잘코사니야!

아 그런데 그 못된 놈의 풍습이 삽시간에 동서양 각국 안 간데없이 퍼져가지굴랑 한동안 내지에도 마구 굉장히 드세게 돌아다녔고 내지가 그러니까 멋도 모르는 죄선 영감상들도 덩달아서 그 숭내를 냈다나요?

그렇지만 시방은 그새 나라에서 엄하게 밝히고 금하고 한 덕에 많이 머츰해졌고 그런 마음 먹는 사람은 별반 없다나 봐요.

그럴 게지 글쎄. 아, 해서 좋으량이면야 나라에선들 왜 금하며 무슨 원수가 졌다고 붙잡아다가 징역을 살리나요?

좋고 유익한 것이면 나라에서 도리어 장려하고 잘할라치면 상급도 주고 그러잖아요.

활동사진이며 스모며 만자이며 또 왓쇼 왓쇼[5]랄지 세이레이낭아시[6]랄지 라디오 체조랄지 이런 건다아 유익한 것이니까 나라에서 설도도 하고 그리잖아요.

나라라는 게 무언데? 그런 걸 다아 잘 분간해서 이럴 건 이러고 저럴 건 저러라고 지시하고 그 덕에 백성들을 제가끔 제 분수대루 편안히 살두룩 애써주는 게 나라 아니요?

그놈의 것 사회주의만 하더라도 나라에서 금하들 않고 저희가 하는 대루 두어 두었어 보아? 시방쯤 세상이 무엇이 됐을지….

다른 사람들도 낭패본 사람이 많았겠지만 위선 나만 하더라도 글쎄 어쩔 뻔했어! 아무 일도 다 틀리고 뒤죽박죽이지.

내 이상과 계획은 이렇거든요.

우리 집 다이쇼가 나를 자별히 귀여워하고 신용을 하니깐 인제 한 십

---

5) 왓쇼 왓쇼: 신을 모신 가마를 메고 가며 기세를 올릴 때 지르는 '영차영차' 같은 소리 또는 그런 행사가 있던 축제.

6) 세이레이낭아시: 7월 보름에 제물을 강이나 바다에 띄우는 일본 불교 행사.

년만 더 있으면 한밑천 들여서 따루 장사를 시켜 줄 눈치거든요.

그러거들랑 그것을 언덕 삼아 가지고 나는 삼십 년 동안 예순 살 환갑까지만 장사를 해서 꼭 십만 원을 모을 작정이지요. 십만 원이면 죄선 부자로 쳐도 천석꾼이니 머, 떵떵거리고 살 게 아니라구요.

그리고 우리 다이쇼도 한 말이 있고 하니까 나는 내지인 규수한테로 장가를 들래요. 다이쇼가 다아 알아서 얌전한 자리를 골라 중매까지 서 준다고 그랬어요. 내지 여자가 참 좋지요.

나는 죄선 여자는 거저 주어도 싫어요.

구식 여자는 얌전은 해도 무식해서 내지인하구 교제하는 데 안됐고, 신식 여자는 식자가 들었다는 게 건방져서 못 쓰고 도무지 그래서 죄선 여자는 신식이고 구식이고 다아 제에발이야요.

내지 여자가 참 좋지 머. 인물이 개개 일짜로 예쁘겠다, 얌전하겠다, 상냥하겠다, 지식이 있어도 건방지지 않겠다, 조음이나 좋아!

그리고 내지 여자한테 장가만 드는 게 아니라 성명도 내지인 성명으로 갈고, 집도 내지인 집에서 살고, 옷도 내지 옷을 입고 밥도 내지 식으로 먹고, 아이들도 내지인 이름을 지어서 내지인 학교에 보내고….

내지인 학교래야지 죄선 학교는 너절해서 아이를 버려 놓기나 꼭 알맞지요.

그리고 나도 죄선말은 싹 걷어치우고 국어만 쓰고요.

이렇게 다아 생활법식부텀도 내지인처럼 해야만 돈도 내지인처럼 잘 모으게 되거든요.

내 이상이며 계획은 이래서 이십만 원짜리 큰 부자가 바루 내다뵈고 그리루 난 길이 환하게 트이고 해서 나는 시방 열심으로 길을 가고 있는데 글쎄 그 미쳐 살기 든 놈들이 세상 망쳐버릴 사회주의를 하려 드니 내가 소름이 끼칠 게 아니라구요? 말만 들어도 끔찍하지!

세상이 망해서 뒤집히면 그래 나는 어쩌란 말인구? 아무것도 다아 허사가 될 테니 그런 억울할 데가 있드람?

머 참 우리 집 다이쇼 말이 일일이 지당해요.

여느 절도나 강도나 사기나 그런 죄는 도적이면 도적을 해가는 그 당장, 그 돈만 축을 내니까 오히려 죄가 가볍지만, 그놈의 것 사회주의인지 지랄인지는 온 세상을 뒤죽박죽을 만들어 놓고 나라를 통째로 소란하게 하니까 도저히 용서할 수가 없대요.

용서라니! 나 같으면 그런 놈들은 모주리 쓸어다가 마구 그저 그냥….

그런 일을 생각하면 털어놓고 말이지 우리 아저씬가 그 양반도 여간 불측스리 뵈들 않아요. 사실 아주머니만 아니면 내가 무슨 천주학이라고, 나쁜 병까지 앓는 그 양반을 찾아다니나요. 죽는대도 코도 안 풀어 붙일걸. 그러나마 전자의 죄상을 다아 회개를 하고 못된 마음은 씻어바렸을 제 말이지, 머 흰 개꼬리 삼 년이라더냐, 종시 그 모양인걸요.

그러니깐 그가 밉살머리스러워서, 더러 들렀다가 혹시 마주앉아도 위정 뼈끝 저린 소리나 내쏘아 주고 말을 따잡아 가지굴랑 꼼짝 못하게시리 몰아세주군 하지요.

저번에도 한번 혼을 단단히 내주었지요. 아, 그랬더니 아주머니더러 한다는 소리가, 그 녀석 사람 버렸더라고, 아무짝에고 못쓰게 길이 들었더라고 그러더라나요.

내 원, 그 소리 듣고 하두 어처구니가 없어서!

대체 사람도 유만부동이지 그 아저씨가 날더러 사람 버렸느니 아무짝에도 못쓰게 길이 들었느니 하더라니, 원 입이 몇 개나 되면 그런 소리가 나오는 구멍도 있누? 죄선 벙어리가 다아 말을 해도 나 같으면 할 말 없겠더구먼 서두, 하면 다아 말인 줄 아나 봐?

이를테면 그게 명색 훈계 비슷한 거렸다? 내게다가 맞대놓고 그런 소리를 하다가는 되잽혀서 혼이 날 테니까 슬며시 아주머니더러 일르란 요량이던 게지?

기가 막혀서… 하느님이 사람의 콧구멍 두 개로 마련하기 참 다행이야.

글쎄 아무려면 내가 자기처럼 다아 공부는 못하고 남의 집 고조 노릇으로 반또番頭 노릇으로 이렇게 굴러먹을 갑시, 이래 보여도 표창을 두 번이나 받은 모범 점원이요, 남들이 똑똑하고 재주 있고 얌전하다고 칭찬이 놀랍고 앞길이 환히 트인 유망한 청년인데 그래 자기 눈에는 내가 버린 놈이고 아무짝에도 못쓰게 길이 든 놈으로 보였단 말이지?

하하, 오 옳지! 거 참 그렇겠군. 자기는 자기 하는 짓이 옳으니까 나의 하는 짓은 다아 글렀단 말이렷다. 그러니까 나도 자기처럼 그놈의 것 사회주의인지 급살맞을 것인지나 하다가 징역이나 살고 전과자나 되고 폐병이나 앓고 다아 그랬더라면 사람 버리지도 않고 아무짝에도 못쓰게 길든 놈도 아니고 그럴 뻔했군 그래!

흥! 참….

제 밑 구린 줄 모르고서 남더러 어쩌구 저쩌구 한다는 게 꼭 우리 아저씨 그 양반을 두고 일른 말인가 봐.

그날도 실상 이랬더라우. 혼을 내주었더니 아주머니더러 그런 소리를 하더란 그날 말이요. 그날이 마침 내가 쉬는 날이길래 아주머니더러 할 이야기도 있고 해서 아침결에 좀 들렀더니 아주머니는 남의 혼인집으로 바느질을 해주러 갔다고 없고, 아저씨 양반만 여전히 아랫목에 가서 드러누웠어요.

그런데 보니깐 어디서 모두 뒤져냈는지 머리맡에다가 헌 언문 잡지를 수북이 싸 놓고는 그걸 뒤져요.

그래 나도 심심 삼아 한 권 집어 들고 떠들어 보았더니 머 읽을 맛이 나야지요.

대체 죄선 사람들은 잡지 하나를 해도 어찌 모두 그 꼬락서니로 해 놓는지?

사진도 없지요, 망가漫畵도 없지요.

그리구는 맨판 까달스런 한문 글자로다가 처박아 놓으니 그걸 누구더러 보란 말인고? 더구나 우리 같은 놈은 언문도 그런대루 뜯어보기는 보아도 읽기에 여간만 폐롭지가 않아요.

그러니 어려운 언문하고 까다로운 한문하고를 섞어서 쓴 글을 뜻을 몰라 못 보지요. 언문으로만 쓴 것은 소설 나부랭인데 읽기가 힘이 들 뿐 아니라 또 죄선 사람이 쓴 소설이란 건 재미가 있어야죠. 나는 죄선 신문이나 죄선잡지하구는 담쌓고 남된 지 오랜걸요.

잡지야 머 '킹구'나 '쇼넹구라부' 덮어 먹을 잡지가 있나요. 참 좋아요. 한문 글자마다 가나를 달아 놓았으니 어떤 대문을 척 펴 들어도 술술 내리읽고 뜻을 횅하니 알 수가 있지요.

그리고 어떤 대문을 읽어도 유익한 교훈이나 재미나는 소설이지요.

소설 참 재미있어요. 그 중에도 기꾸지 깡菊池寬 소설…. 어쩌면 그렇게도 아기자기하고도 달콤하고도 재미가 있는지. 그리고 요시가와 에이지吉川英治, 그의 소설은 진찐바라바라하는 지다이모노時代物인데 마구 어깻바람이 나구요.

소설이 모두 그렇게 재미가 있지요, 망가가 많지요, 사진이 많지요, 그리구도 값은 조음 헐하나요. 십오 전이면 바루 고 전 달치를 사볼 수 있고 보고 나서는 오전에 도루 파는데요.

잡지도 기왕 할려거든 그렇게나 해야지 죄선 사람들은 제엔장 큰소리는 곧잘 하더구만서두 잡지 하나 반반한 거 못 맨들어내니!

그날도 글쎄 잡지가 그 꼴이라 애여 글을 볼 멋도 없고 해서 혹시 망가나 사진이라도 있을까 하고 책장을 후루루 넹기느라니깐 마침 아저씨 이름이 있겠다요! 하두 신통해서 쓰윽 펴들고 보았더니 제목이 첫 줄은, 경제 · 사회… 무엇 어쩌구 잔 주를 달아 놨겠지요?

그것만 보아도 벌써 그럴듯해요. 경제는 아저씨가 대학교에서 경제를 배웠다니까 경제 속은 잘 알 것이고 또 사회는, 그것 역시 사회주의를 했으니까, 그 속도 잘 알 것이고, 그러니까 경제하고 사회주의하고 어떻게 서루 관계가 되는 것이며 어느 편이 옳다는 것이며 그런 소리를 썼을 게 분명해요.

머, 보나 안 보나 빠안하지요. 대학교까지 가설랑 경제를 배우고도 돈 모을 생각은 않고서 사회주의만 하고 다닌 양반이라 경제가 그르고 사회주의가 옳다고 우겨댔을 게니깐요.

아무렇든 아저씨가 쓴 글이라는 게 신기해서 좀 보아 볼 양으로 쓰윽 훑어봤지요. 그러나 웬걸 읽어 먹을 재주가 있나요. 글자는 아주 어려운 자만 아니면 대강 알기는 알겠는데 붙여 보아야 대체 무슨 뜻인지를 알 수가 있어야지요.

속이 상하길래 읽어보자던 건 작파하고서 아저씨를 좀 따잡고 몰아셀 양으로 그 대목을 차악 펴놨지요.

"아저씨?"

"왜 그러니?"

"아저씨가 여기다가 경제 무어라구 쓰구 또, 사회 무어라구 썼는데, 그러면 그게 경제를 하란 뜻이요 사회주의를 하라는 뜻이요?"

"뭐?"

못 알아듣고 뚜렷뚜렷해요. 자기가 쓰고도 오래돼서 다아 잊어버렸거나 혹시 내가 말을 너무 까다롭게 내기 때문에 섬뻑 대답이 안 나왔거나 그랬겠지요. 그래 다시 조곤조곤 따졌지요.

"아저씨! 경제라 껏은 돈 모아서 부자되라는 거 아니요? 그런데 사회주의라 겻은 모아둔 부자 사람의 돈을 뺏아 쓰는 거 아니요?"
"이 애가 시방!"
"아—니, 들어보세요."
"너, 그런 경제학, 그런 사회주의 어디서 배웠니?"
"배우나 마나, 경제라 건 돈 많이 벌어서 애껴 쓰구 나머지 모아 두는 게 경제 아니요?"
"그건 보통, 경제한다는 뜻으로 쓰는 경제고, 경제학이니 경제적이니 하는 건 또 다르다."
"다른 게 무어요? 경제는, 돈 모으는 것이고 그러니까 경제학이면 돈 모으는 학문이지요."
"아니란다. 혹시 이재학理財學이라면 돈 모으는 학문이라고 해도 근리近理할지 모르지만 경제학은 그런 게 아니란다."
"아—니 그렇다면 아저씨 대학교 잘못 다녔소. 경제 못하는 경제학 공부를 오 년이나 했으니 그거 무어란 말이요? 아저씨가 대학교까지 다니면서 경제 공부를 하구두 왜 돈을 못 모으나 했더니 인제 보니깐 공부를 잘못해서 그랬군요!"
"공부를 잘못했다? 허허. 그랬을는지도 모르겠다. 옳다 네 말이 옳아!"
이거 봐요 글쎄. 담박 꼼짝 못하잖나. 암만 대학교를 다니고, 속에는 육조를 배포했어도 그렇다니깐 글쎄….
"아저씨?"
"왜 그러니?"
"그러면 아저씨는 대학교를 다니면서 돈 모아 부자되는 경제 공부를 한 게 아니라 모아 둔 부자 사람네 돈 뺏아 쓰는 사회주의 공부를 했으니 말이지요…."
"너는 사회주의가 무얼루 알구서 그러냐?"

"내가 그까짓 걸 몰라요?"

한바탕 주욱 설명을 했지요.

내 얼굴만 물끄러미 올려다보고 누웠더니 피쓱 한번 웃어요. 그리고는 그 양반이 하는 소리겠다요.

"그게 사회주의냐? 불한당이지."

"아—니, 그럼 아저씨두 사회주의가 불한당인 줄은 아시는구려?"

"내가 어째 사회주의가 불한당이랬니?"

"방금 그리잖았어요?"

"글쎄, 그건 사회주의가 아니라 불한당이란 그 말이다."

"거보시우! 사회주의란 것은 그렇게 날불한당이어요. 아저씨두 그렇다구 하면서 아니시래요?"

"이 애가 시방 입심 겨름을 하재나!"

이거 봐요. 또 꼼짝 못하지요? 다아 이래요 글쎄….

"아저씨?"

"왜 그러니?"

"아저씨두 맘 달리 잡수시요."

"건 어떻게 하는 말이야?"

"걱정 안 되시우?"

"날 같은 사람이 걱정이 무슨 걱정이냐? 나는 네가 걱정이더라."

"나는 머 버젓하게 요량이 있는 걸요."

"어떻게?"

"이만저만 한가요!"

또 한바탕 주욱 설명을 했지요. 이 얘기를 다아 듣더니 그 양반 한다는 소리 좀 보아요.

"너두 딱한 사람이다!"

"왜요?"

"…."

"아—니, 어째서 딱하다구 그러시우?"

"…."

"네? 아저씨."

"…."

"아저씨?"

"왜 그래?"

"내가 딱하다구 그리셨지요?"

"아니다. 나 혼자 한 말이다."

"그래두…."

"이애!"

"네?"

"사람이란 것은 누구를 물론허구 말이다, 아첨하는 것같이 더러운 게 없느니라."

"아첨이요?"

"저… 위로는 제왕, 밑으로는 걸인, 그 모든 사람이 위선 시방 이 제도의 이 세상에서 말이다, 제가끔 제 분수대루 살아가는 데 있어서 말이다, 제 개성을 속여가면서꺼정 생활에다가 아첨하는 것같이 더러운 것이 없고, 그런 사람같이 가련한 사람은 없느니라. 사람이란 건 밥 두 그릇이 하필 밥 한 그릇보다 더 배가 부른 건 아니니까."

"그건 무슨 뜻인데요."

"네가 일본인 여자와 결혼을 해서 성명까지 갈고 모든 생활법도를 일본화하겠다는 것이 말이다."

"네, 그게 좋잖아요?"

"그것이 말이다. 진실로 깊은 교양이나 어진 지혜의 판단에서 우러나온 것이라면 그도 모를 노릇이겠지. 그렇지만 나는 보매 네가 그런다는 것은 다른 뜻으로 그러는 것 같다."

"다른 뜻이라니요?"

"네 주인의 비위를 맞추고 이웃의 비위를 맞추고 하자고…."

"그야 물론이지요! 다이쇼의 신용을 받아야 하고 이웃 내지인들 하구두 좋게 지내야지요. 그래야 할 게 아니겠어요?"

"…."

"아저씨는 아직두 세상물정을 모르시요. 나이는 나보담 많구 대학교 공부까지 했어도 일찌감치 고생살이를 한 나만큼 세상 물정은 모릅니다. 시방이 어느 세상인데 그러시우?"

"이애!"

"네?"

"네가 방금 세상물정이랬지?"

"네."

"앞길이 환하니 틔었다구 그랬지?"

"네."

"환갑까지 십만 원 모은다구 그랬지?"

"네."

"네가 말하려는 세상물정하구 내가 말하려는 세상물정하구 내용이 다르기도 하지만 세상물정이란 건 그야말로 그리 만만한 게 아니니다."

"네?"

"사람이란 건 제아무리 날구 뛰어도 이 세상에 형적없이 그러나 세차게 주욱 흘러가는 힘, 그게 말하자면 세상물정이겠는데, 결국 그것의 지배하에서 그것을 따라가지, 별수가 없는 거다."

"네?"

"쉽게 말하면 계획이나 기회를 아무리 억지루 만들어 놓아도 결과가 뜻대루는 안된단 말이다."

"젠장, 아저씨두… 요전 '킹구'라는 잡지에두 보니까, 나폴레옹이라는 서양 영웅이 그랬답디다. 기회는 제가 만든다구, 그리고 불가능이란 말은 바보의 사전에서나 찾을 글자라구요. 아 자꾸자꾸 계획하구 기회를 만들구 해서 분투노력해 나가면 이 세상 일 안 되는 일이 어디 있나요? 한번 실패하거든 갑절 용기를 내 가지구 다시 일어서지요. 칠전팔기 모르시요?"

"나폴레옹도 세상물정에 순응할 때는 성공했어도 그것에 거슬리다가 실패를 했더란다. 너는 칠전팔기해서 성공한 몇 사람만 보았지, 여덟 번 일어섰다가 아홉 번째 가서 영영 쓰러지구는 다시 일지 못한 숱한 사람이 있는 건 모르는구나?"

"그래두 인제 두구 보시우. 나는 천하없어두 성공하구 말 테니… 아저씨는 그래서 더구나 못써요. 일해보기두 전에 안될 줄로 낙심 먼저 하구…."

"하늘은 꼭 올라가보구래야만 높은 줄 아니?"

원 마지막 가서는 할 소리가 없으니깐 동에도 닿지 않는 비유를 가져다 둘러대는 걸 보아요. 그게 어디 당한 말인구? 안 올라가 보면 머 하늘 높은 줄 모를 천하 멍텅구리도 있을까?

그만해 두려다가 심심하길래 또 말을 시켰지요.

"아저씨?"

"왜 그래?"

"아저씨는 인제 몸 다아 충실해지면 어떡허실려우?"

"무얼?"

“장차….”

“장차?”

“어떡허실 작정이세요?”

“작정이 새삼스럽게 무슨 작정이냐?”

“그럼 아저씨는 아무 작정 없이 살아가시우?”

“없기는?”

“있어요?”

“있잖구.”

“무언데요?”

“그새 지내오던 대루….”

“그러면 저 거시키, 무엇이냐 도루 또 그걸…?”

“그렇겠지.”

“아저씨?”

“….”

“아저씨?”

“왜 그래?”

“인제 그만두시우.”

“그만두라구?”

“네.”

“누가 심심소일루 그리는 줄 아느냐?”

“그러잖구요?”

“….”

“아저씨?”

“….”

“아저씨?”

"왜 그래?"

"아저씨 올해 몇이지요?"

"서른셋."

"그러니 인제는 그만큼 해두고 맘 잡아서 집안일 할 나이두 아니요?"

"집안일을 해서 무얼 하나?"

"그러기루 들면 그 짓은 해서 또 무얼 하나요?"

"무얼 하려구 하는 게 아니란다."

"그럼, 아무 희망이나 목적이 없으면서 그래요?"

"목적? 희망?"

"네."

"개인의 목적이나 희망은 문제가 다르니까… 문제가 안 되니까…."

"원, 그런 법도 있나요?"

"법?"

"그럼요!"

"법이라…!"

"아저씨?"

"…."

"아저씨."

"왜 그래?"

"아주머니가 고맙잖습디까?"

"고맙지."

"불쌍하지요?"

"불쌍? 그렇지, 불쌍하다면 불쌍한 사람이지!"

"그런 줄은 아시누만?"

"알지."

"알면서 그러시우?"

"고생을 낙으로, 그 쓰라린 맛을 씹고 씹고 하면서 그것에서 단맛을 알아내는 사람도 있느니라. 사람도 있는 게 아니라 사람마다 무슨 일에고 진정과 정신을 꼬박 거기다가만 쓰면 그렇게 되는 법이니라. 그러니까 그쯤 되면 그때는 고생이 낙이지. 너희 아주머니만 두고 보더라도 고생이 고생이면서도 고생이 아니고 고생하는 게 낙이란다."

"그렇다고 아저씨는 그걸 다행히만 여기시우?"

"아―니."

"그렇거들랑 아저씨두 아주머니한테 그 은공을 더러는 갚아야 옳을 게 아니요?"

"글쎄, 은공을 모르는 건 아니지만…."

"그러니 인제 병이나 확실히 다아 나신 뒤엘라컨…."

"바빠서 원…."

글쎄 이 한다는 소리 좀 보지요? 시치미 뚜욱 떼고 누워서 바쁘다는군요! 사람 속차릴 여망 없어요. 그저 어디루 대나 손톱만치도 쓸모는 없고 남한테 사폐만 끼치고 세상에 해독만 끼칠 사람이니, 머 하루바삐 죽어야 해요. 죽어야 하고 또 죽어서 마땅해요. 그런데 글쎄 죽지를 않고 꼼지락꼼지락 도루 살아나니 성화라구는, 내….

≪동아일보≫, 1938

미스터 방

주인과 나그네가 한가지로 술이 거나하니 취하였다. 주인은 미스터 방方, 나그네는 주인의 고향 사람 백白주사.

주인 미스터 방은 술이 거나하여 감을 따라, 그러지 않아도 이즈음 의기 자못 양양한 참인데 거기다 술까지 들어간 판이고 보니, 가뜩이나 기운이 불끈불끈 솟고 하늘이 바로 돈짝만한 것 같은 모양이었다.

"내 참, 뭐, 흰말이 아니라 참, 거칠 것 없어, 거칠 것. 흥, 어느 눔이 아, 어느 눔이 날 뭐라구 허며, 날 괄시헐 눔이 어딨어, 지끔 이 천지에. 흥 참, 어림없지, 어림없어."

누가 옆에서 저를 무어라고를 하며 괄시를 한단 말인지, 공연히 연방 그 툭 나온 눈방울을 부리부리, 왼편으로 삼십도는 넉넉 삐뚤어진 코를 벌씸벌씸 해가면서 그래 쌓는 것이었었다.

"내 참, 이래 봬두, 응, 동양 삼국 물 다 먹어 본 방삼方三복이우. 청얼淸語 뭇 허나, 일얼 뭇허나, 영어야 뭐 말할 것두 없구…." 하다가, 생각난 듯이 맥주컵을 들어 벌컥벌컥 단숨에 다 마신다. 그리고는 시꺼먼 손등으로 입술을 쓱, 손가락으로 김치 쪽을 늘름 한 점, 그러던 버릇이, 미스터 방이요, 신사요, 방 선생으로도 불리어지는 시방도, 무심중 절로 나와, 손등으로 입술의 맥주 거품을 쓱 씻고, 손가락으로 나조기 한 점을 집어다 우둑우둑 씹는다.

"술은 참, 맥주가 술입네다…."

어느 놈이 만일 무어라고 시비를 하거나 괄시를 한다면 당장 그 나조기를 씹듯이 우둑우둑 잡아 씹기라도 할 듯이 괄괄하던 결기가, 그러다 별안간 어디로 가고서 이번엔 맥주 추앙이 나오던 것이다.

"술두 미국 사람네가 문명했죠. 죄선 사람은 안직두 멀었어."

"멀구말구. 아직두 멀었지."

쥐 상호의 대추씨만한 얼굴에 앙상한 노랑 수염 백 주사가, 병을 들어 주인의 빈 컵에다 따르면서 그렇게 맞장구를 쳐 보비위를 한다.

"아, 백상두 좀 드슈."

"난 과해."

"괜히 그리셔. 백상 주량을 다아 아는데. 만난 진 오랐어두."

"다아 젊었을 적 말이지, 지금은…."

"올에 참 몇이시지?"

"갑술생 마흔여덟 아닌가!"

"그럼 나버담 열한 살 위시군. 그래두 백상은 안 늙으신 심야. 허허허 허."

"안 늙는 게 다 무언가. 머리 신 걸 보게!"

"건 조백이시지."

백 주사는 흔연히 수작을 하면서 내색은 아니 하나, 어심엔 미스터 방이 괘씸하기 짝이 없었다.

향리의 예법으로, 십 년 장이면 절하고 뵈어야 한다. 무릎 꿇고 앉아야 하고, 말은 깍듯이 공대를 해야 한다. 그 앞에서 주초酒草가 당치 않고, 막부득이한 경우면 모로 앉아 잔을 마셔야 한다. 그런 것을, 마치 제 연갑 친구나 타관 나그네게나 하는 것처럼, 백상이니, 술 드슈, 조백이시지 하고 말버릇이 고약해, 발 개키고 앉아서 정면하고 술을 먹어, 담배 빼끔 빼끔 피워, 이런 괘씸할 도리가 없었다.

또 나이도 나이려니와, 문벌이나 지체를 가지고 논한다면, 이건 도저히 용서할 수 없는 일이었다.

이래 보여도 나는 삼대조가 진사를 하였고(그 첩지가 시방도 버젓이 있다) 오대조가 호조판서를 지냈고(족보에 그렇게 분명히 올라 있다) 칠대조가 영의정을 지냈고(역시 족보에 그렇게 분명히 올라 있다) 이런 명문거족의 집안이었다. 또 내 십이 촌이 ××군수요, 그 십이 촌의 아들이 만주

국 ××현 ××촌 촌장이요 하였다. 또 그리고, 시방은 원수의 독립인지 막덕인지 때문에 다 그렇게 되었다지만, 아무튼 두 달 전까지도 어느 놈 그 앞에서 기침 한번 크게 못 하던 백 부장 훈팔八등에 ××경찰서 경제계 주임이던 백 부장의 어르신네 이 백 주사가 아닌가. 두 달 전 그때만 같았어도,

'이놈!' 하고 호통을 하여 당장 물고를 내련만, 그 좋은 세상이 어디로 가고 이 지경이란 말인지 몰랐다.

하여튼 그만치나 혼란스런 백 주사에다 대면 미스터 방의 근지야 아주 보잘것이 없었다.

미스터 방의 증조가 타관에서 떠들어온 명색 없는 사람이었다. 그 조부가 고을의 아전을 다녔다.

그 아비가 짚신장수였다. 칠십에, 고로롱고로롱, 아직도 살아 있지만, 시방도 짚신 곱게 삼기로 고을에서 첫째가는 방 첨지가 바로 그였다. 그리고 이 방삼복이는….

먹고 자고 꿍꿍 일하고, 자식새끼 만들고 할 줄밖에는 모르는 상일꾼(농부)였었다. 그러나마 삼십을 바라보도록 남의 집 머슴살이로, 이집저집 살고 다니는 코 삐뚤이 삼복이었다. 물론 낫 놓고 기역 자도 못 그리는 판무식이었다.

상일꾼일 바엔 남의 세토貰土(소작) 마지기라도 얻어 제 농사를 짓는 것이 아니라, 삼십을 바라보도록 남의 집 머슴살이만 하고 다니던 코 삐뚤이 삼복이가 하루아침 무슨 생각이 났던지, 돈벌이를 간답시고, 조석이 간데없는 부모에게다 처자식 떠맡기고는 훌쩍 일본으로 떠나 버렸다. 그것이 열두 해 전.

떠난 지 칠팔 년을 별반 신통한 벌이도 못 하는지, 돈 한 푼 보내는 싹도 없더니, 하루는 느닷없이 중국 상해에 와 있노라 기별이 전해져 왔다. 그리고는 감감소식이 없다가, 삼 년 만에 푸뜩 고향엘 돌아왔다. 십여 년을, 저의 말따나 동양 삼국 물 골고루 먹고 다녔으면서, 별로이 때가 벗은 것도 없어 보이고, 행색은 해어진 양복 누더기에 볼 꿰어진 구두짝을 꿰고 들어서는 모양이, 군데군데 김질은 하였으나 빨아 다린 무명 고의 적삼을 입고 고향을 떠날 적보다 차라리 초라한 것 같았다.

늙은 어미 아비와, 젊은 가속이 뼈품으로 버는 것을 얻어먹으며 굶으며 하면서 한 일 년 빈둥거리고 놀더니, 적이 회심이 들었는지, 이번엔 처자식 데리고 서울로 올라왔다.

서울로 올라와서는 현저동 비탈의 다 찌부러진 행랑방을 얻어 살면서, 처음 일 년은 용산 있는 연합군 포로수용소엘 다니며 입에 풀칠을 하였고 이 동안 그는 상해에서 귀로 익힌 토막영어가 조금 더 진보되었고.

다시 일 년이나는, 그것 역시 상해에서 익힌 것을 밑천삼아 구두 직공으로 구둣방엘 다니며 그럭저럭 살았고. 그러다 일본이 싸움에 지느라고, 구두를 너무 해트려 가죽이 동이 나서, 구둣방이 너나없이 문을 닫는 바람에, 할 수 없이 이번엔 궤짝 한 개 짊어지고 신기료 장수로 나서고 말았다.

골목골목 돌아다니며, 혹은 종로 복판의 행길에 가 앉아 신기료 장수를 하자니, 자연 서울 온 고향 사람의 눈에 종종 뜨일밖에. 소식이 고향에 퍼지자, 누구 한 사람 칭찬은 없고 저마다 빈정거리는 소리뿐이었다.

"일본으로, 청국으로, 십여 년 타국 바람 쏘이고 온 놈이 겨우 고거야?"

"부전자전이로구먼. 아범은 짚신장수, 자식은 구두 깁는 장수."

"아마 신발 명당에다 무덤을 썼든감."

이렇듯, 근지는 미천하고, 속에 든 것 없고, 가랑이가 찢어지게 가난하고, 생화生貨라는 것이 고작 거리에 앉아 오는 사람 가는 사람 헤어지고 고린내 나는 구두짝 꿰매어 주고 징 박아 주고 닦아 주고 하는 천업이고 하던, 그 코 삐뚤이 삼복이었었다.

'흥, 개구리가 올챙이 적을 못 생각한다더니, 발칙한 놈, 고얀 놈.'

백 주사는 생각하자니 속으로 이렇게 분개스럽지 않을 수가 없었다.

그러나 일변으로는, 그러던 코 삐뚤이 삼복이가 그야말로 선영이 명당엘 들었단 말인지, 무슨 조화를 지녔단 말인지, 불과 몇 달지간에 이렇게 훌륭히 되고, 부자가 되고, 미스터 방인지 구리다 방인지가 되고 하여 가지고는, 갖은 호강 다 하며 천하에 무설 것이 없고 기광이 나서 막 이러니, 한편 생각하면 신기하기도 하고 부럽기도 하고 또한 안타깝기도 하였다.

'사람의 운수란 참 모를 일이야.'

백 주사는 속으로 절절히 이렇게 탄복도 아니치 못하였다.

코 삐뚤이 삼복의 이 눈부신 발신은, 그러나 백 주사가 희한히 여기는 것처럼 무슨 명당 바람이 났다거나 조화를 지녔다거나 그런 신기한 곡절이 있는 바가 아니요, 지극히 간단하고도 수월한 것이었었다. 다 못 몸에 지닌 재주 가운데 총기가 좀 좋아서 일찍이 영어 마디나 익힌 것을 잊어버리지 아니하였다는, 일종의 특수조건이 없던 바는 아니지만.

1945년 8월 15일, 역사적인 날.

이날도 신기료 장수 방삼복은 종로의 공원 건너편 응달에 앉아서, 구두 징을 박으면서, 해방의 날을 맞이하였다. 그러나 삼복은 감격한 줄도 기쁜 줄도 모르겠었다. 지나가는 행인이, 서로 모르던 사람끼리면서 덤쑥 서로 껴안고 기뻐하고 눈물을 흘리고 하는 것이, 삼복은 속을 모르겠고 차라리 쑥스러 보일 따름이었다. 몰려 닫는 군중이 오히려 성가시고, 만세 소리가 귀가 아파 이맛살이 지푸려질 지경이었다.

몰려다니고 만세를 부르고 하기에 미쳐 날뛰느라고 정신이 없어, 손님이 없어, 손님이 부쩍 줄었다.

"우랄질! 독립이 배부른가?"

이렇게 그는 두런거리면서 반감이 솟았다.

이삼일 지나면서부터야 삼복에게도 삼복에게다운 해방의 혜택이 나누어졌다.

십 전이나 십오 전에 박아 주던 징을, 오십 전을 받아도 눈을 부라리는 순사를 볼 수가 없었다.

순사가 없어졌다면야, 활개를 쳐가면서 무슨 짓을 하여도 상관이 없고 무서울 것이 없던 것이었었다.

"옳아, 그렇다면 독립도 할 만한 건가 보다."

삼복은 징 열 개를 박아 주고 오 원을 받아 넣으면서 이렇게 속으로 중얼거리기까지 하였다.

그러나 며칠이 못 가서 삼복은 다시금 해방을 저주하여야 하였다. 삼복이 저 혼자만 돈을 더 받으며, 더 받아 상관이 없는 것이 아니라, 첫째 도가都家들이 제 맘대로 재료 값을 올리던 것이었었다. 징, 가죽, 고무, 실 모두가 오 곱 십 곱 비싸졌다. 그러니 신기료 장수는 손님한테 아무리 비싸게 받는댔자 재료를 비싼 값으로 사야 하니, 결국 도가만 살찌울 뿐이지 소득은 전과 크게 다를 것이 없었다.

"이런 옘병헐! 그놈에 경제겐 다 어디루 가 뒈졌어. 독립은 우라진다구 독립을 헌담."

석양 때 신기료 궤짝 어깨에 멘 채 홧김에 막걸리청으로 들어가, 서너 사발 들이켜고는 그는 이렇게 게걸거렸다.

그럭저럭 구월도 열흘이 되고, 서울거리에는 미국 병정이 꼬마차와 함께 그득히 퍼졌다.

그 미국 병정들이, 거리를 구경하면서 혹은 물건을 사려면서, 말이 서로 통하지를 못하여 답답해하는 양을 보고 삼복은 무릎을 탁 쳤다.

그러나 슬플진저, 땟국과 땀에 찌든 이 누더기를 걸치고는 가망이 없을 말이었다.

'무슨 도리가 없을까?'

반일을 궁리를 하다가 정오 때에야 한 줄기 서광을 얻었다.

총총히 집으로 돌아가, 마누라를 시켜 구두 고치는 연장 일습과 재료 남은 것에다 이불이며 헌옷가지 해서 한 짐을 동네 아는 가게에다 맡기고는 한 달 기한으로 돈 백 원을 서푼 변으로 취해 오게 하였다.

그 돈 백 원을 가지고 삼복은 흔한 넝마전으로 가서 백 원 돈이 꼭 차는 한도까지에 양복이란 명색 한 벌과 모자를 샀다. 신발은 부득이 안방 사람의 병정구두 사 신은 것을 이다음 창갈이 거저 해주겠다는 조건으로, 닷새만 제 것과 바꾸어 신기로 하였다.

이튿날 아침 느지감치, 새로 장만한 헌 양복 헌 모자에 헌 구두로써 궤짝 멘 신기료 장수보다는 제법 말쑥하여진 차림을 차리고 마악 나서려는데, 간밤부터 통통 부어 가지고는 시중도 말대꾸도 잘 아니 하던 애꾸쟁이 마누라가 와락 양복 뒷자락을 움켜쥐고 늘어진다.

"바른 대루 대요."

"이게 별안간 미쳤나?"

"요 망난아, 반해 가지군 이럭허구 찾아가는 고년이 어떤 년야? 응?"
"속을 모르거든 밥값을 내지 말랬어, 요 맹추야."
"날 죽이구 가지, 거전 못 가."
"이년아, 너 이랬단, 내 인제 둔 벌문, 증말 첩 얻는다."
"오냐 잘한다. 날 죽여라, 날…."
"아, 이 우라 주리땔 앵길 년이…."
한주먹 보기 좋게 갈겨 넘어뜨리고는, 찌부러진 오두막집을 나서 종로로 향을 잡았다.
노예도 노예 이전이면 상전을 선택할 자유를 가지는 수도 있다고.
삼복은 종로서 전차를 내려 동쪽으로 천천히 걸으면서 물색을 하였다. 생김새가 맘씨 좋아 보이고, 여느 병정이 아니라 장교쯤 가는 이라야 할 것이었다.
청년회관 앞에서 담뱃대를 사고 있는 하나가, 몸집이 부대하고, 여느 병정은 아닌 듯하고, 얼굴이 사뭇 선량하여 보이는 게 선뜻 마음에 들었다. 구경하는 체하고 넌지시 그 옆으로 가 섰다.
미국 장교는 담뱃대를 집어 들고 기물스러하면서 연방 들여다보다가 값이 얼마냐고,
"하우 머치? 하우 머치?" 하고 묻는다.
담뱃대 장수 영감은, 삼십 원이라고 소래기만 지른다.
알아들을 턱이 없어 고개를 깨웃거리면서 다시금 하우 머치만 찾는 것을, 기회 좋을씨고라고, 삼복이가 나직이,
"더티 원." 하여 주었다.
홱 돌려다 보더니,
"오, 캔 유 스피크?" 하면서 사뭇 그러안을 듯이 반가워하는 양이라니. 아스러지도록 손을 잡고 흔드는 데는 질색할 뻔하였다.

직업이 있느냐고 물었다. 방금 실직하였노라고 대답하였다.

그럼, 내 통역이 되어 주겠느냐고 물었다. 그러겠노라고 대답하였다.

이 자리에서 신기료 장수 코 삐뚤이 삼복이 미스터 방으로 승차를 하여, S라는 미국 주둔군 소위의 통역이 되었다. 주급 십오 불(이백사십원)가량의.

거진 매일같이 미스터 방은 S 소위를, 낮에는 거리의 구경으로, 밤이면 계집 있는 술집으로 인도하였다.

한번은 탑골공원의 사리탑을 구경하면서, 얼마나 오랜 것이냐고 S 소위가 물었다. 미스터 방은 언젠가, 수천 년 된 것이란 말을 들었기 때문에, 투사우전드 이얼스라고 대답하였다.

또 한 번은, 경회루를 구경하면서 무엇 하던 건물이냐고 물었다. 미스터 방은 서슴지 않고,

"킹 드링크 와인 앤드 댄스 앤드 싱, 위드 댄서."라고 대답하였다. 임금이 기생 데리고 술 마시고, 춤추고 노래 부르고 하던 집이란 뜻이었었다.

내가 보기엔, 조선 여자의 옷이 퍽 아름답고 점잖스럽던데, 어째서 양장들을 하는지 모르겠다고 S 소위가 물었다. 미스터 방은, 여자들이 서양 사람한테로 시집을 가고파서 그런다고 대답하였다.

서울역을 비롯하여 거리에 분뇨가 범람한 것을 보고, 혹시 조선 가옥에는 변소가 없느냐고 S 소위가 물었다. 미스터 방은, 있기야 집집마다 다 있느니라고 대답하였다.

썩 좋은 조선 그림을 한 장 사고 싶다고 하여서, 문지방 위에다 흔히들 붙이는, 사슴이 불로초를 물고 신선이 앉았고 한 것을 오 원에 한 장 사 주었다.

제일 재미있고 유명한 소설이 무엇이냐고 물어서, 추월색이라고 대답하였고, 그럼 그것을 한 권 사고 싶다고 하여서, 여러 날 사러 다니다 못

해 동네 노마네 집에 치를 이 원에 사주었다.

이 밖에도 미스터 방은 S 소위에게 조선을 소개한 공로가 여러 가지로 많으나, 대강은 그러하였다.

그 공로에 정비례해서, 미스터 방은 나날이 훌륭하여져 갔다. 8 · 15 이전에 어떤 은행의 중역의 사택이라던 지금의 이 집으로, 현저동 그 집에서 옮아오기는 S 소위의 통역이 되는 사흘 후였었다. 위아래층을 다, 양식 절반 일본식 절반으로 꾸민 호화스런 저택이었다. 정원엔 때마침 단풍과 가을 화초가 아름다웠고, 연못에선 잉어가 뛰놀고 하였다.

시방 주객이 앉아 술을 마시는 방은, 앞은 노대가 딸리고, 햇볕 잘 들고 밝아서, 여러 방 가운데 제일 좋은 방이었다. 그러나 방 안에는 벽에 그림 한 장 붙어 있는 바 아니요, 방에 알맞은 가구 한 벌 놓여 있는 바 아니요, 단지 방일 따름이어서, 싱겁게 넓기만 하였다. 그렇지만 미스터 방은 실내의 장식 같은 것쯤 그다지 관심할 줄을 아직은 몰랐다.

처음엔 식모를 두었다. 그다음엔 침모를 두었다. 그다음엔 손심부름할 계집아이를 두었다.

하루에도 방 선생을 찾는 이가 여러 패씩 있었다. 그들의 대개는 자동차를 타고 오고, 인력거짜리도 흔치 않았다. 그렇게 찾아오는 그들은 결단코 빈손으로 오는 법이 드물었다. 좋은 양과자 상자 밑바닥에는 으레 따로이 뿌듯한 봉투가 들었곤 하였다.

미스터 방의, 신기료 장수 코 삐뚤이 삼복이로부터의 발신 경로란 이렇듯 심히 간단하고 순조로운 것이었었다.

주인 미스터 방이 백 주사의 컵에다 술을 따르려고 병을 집어 들다가,

"오이, 기미코." 하고 아래층으로 대고 부른다.

"심부럼 갔어요."

애꾸쟁이 마누라의 꼬챙이 같은 대답.

"안주 어떻게 됐어?"

"글쎄, 안주 시키러 갔어요."

"증종 있지?"

"…."

층계 밟는 소리가 나더니, 퍼머넌트한 머리가 나오고, 좁디좁은 이마에 이어서 애꾸눈이 나오고, 분 바른 얼굴이 나오고, 원피스 입은 커다란 젖통의 가슴이 나오고, 마지막 비단 양말 신은 두리기둥 같은 두 다리가 나오고 한다.

"서 주사가 이거 두구 갑디다."

들고 올라온 각봉투 한 장을 남편에게 건네어 준다.

"어디?"

그러면서 받아 봉을 뜯는다. 소절수 한 장이 나온다. 액면 만 원짜리다.

미스터 방은 성을 벌컥 내면서,

"겨우 둔 만 원야?" 하고 소절수를 다다미 바닥에다 홱 내던진다.

"내가 알우?"

"우랄질 자식, 어디 보자. 그래 전, 걸 십만 원에 불하 맡아다 백만 원 하난 냉겨 먹을 테문서, 그래 겨우 둔 만 원야? 엠병헐 자식, 내가 엠피(MP)헌테 말 한마디문, 전 어느 지경 갈지 모를 줄 모르구서."

"정종으루 가져와요?"

"내 말 한마디에 죽을 눔이 살아나구, 살 눔이 죽구 허는 줄을 모르구서. 흥, 이 자식 경 좀 쳐봐라… 증종 따근허게 데와. 날두 산산허구 허니."

새로이 안주가 오고, 따끈한 정종으로 술이 몇 잔 더 오락가락하고 나서였다.

백 주사는 마침내, 진작부터 벼르던 이야기를 꺼내었다.

백 주사의 아들 백선봉은, 순사 임명장을 받아 쥐면서부터 시작하여

8 · 15 그 전날까지 칠 년 동안, 세 곳 주재소와 두 곳 경찰서를 전근하여 다니면서, 이백 석 추수의 토지와, 만 원짜리 저금통장과, 만 원어치가 넘는 옷이며 비단과, 역시 만 원어치가 넘는 여편네의 패물과를 장만하였다.

남들은 주린 창자를 졸라맬 때 그의 광에는 옥 같은 정백미가 몇 가마니씩 쌓였고, 반년 일 년을 남들은 구경도 못 하는 고기와 생선이 끼니마다 상에 오르지 않는 날이 없었다.

××경찰서의 경제계 주임으로 있던 마지막 이 년 동안은 더욱더 호화판이었었다. 8 · 15 그날 밤, 군중이 그의 집을 습격하였을 때에 쏟아져 나온 물건이 쌀 말고도,

광목 여섯 통

고무신 스물세 켤레

지카다비 여덟 켤레

빨랫비누 세 궤짝

양말 오십 타

정종 열세 병

설탕 한 부대

이렇게 있었더란다. 만 원어치 여편네의 패물과, 만 원어치의 옷감이며 비단과 만 원짜리 저금통장은 그만두고 말이었다.

물건 하나 없이 죄다 빼앗기고, 집과 세간은 조각도 못 쓰게 산산 다 부시고, 백선봉은 팔이 부러지고, 첩은 머리가 절반이나 뽑히고, 겨우겨우 목숨만 살아 본집으로 도망해 왔다.

일변 고을에서는 백 주사가 자식이 그런 짓을 해서 산 토지를 가지고 동네 사람한테 거만히 굴고, 작인들한테 팔 할 가까운 도지를 받고, 고리대금을 하고 하였대서, 백선봉이 도망해 와 눕는 그날 밤, 그의 본집인

백 주사의 집을 습격하였다.

집과 세간 죄다 부수고, 백선봉이 보낸 통제배급물자 숱한 것 죄다 빼앗기고, 가족들은 죽을 매를 맞고, 백선봉은 처가로, 백 주사는 서울로 각기 피신하여 목숨만 우선 보전하였다.

백 주사는 비싼 여관밥을 사 먹으면서, 울적히 거리를 오락가락, 어떻게 하면 이 분풀이를 할까, 어떻게 하면 빼앗긴 돈과 물건을 도로 다 찾을까 하고 궁리를 하던 것이나, 아무런 묘책도 없었다.

그러자 오늘은 우연히 이 미스터 방을 만났다. 종로를 지향없이 거니는데, 지나가던 자동차가 스르르 멈추면서, 서양 사람과 같이 탔던 신사 양반 하나가 내려서더니, 어쩌다 눈이 마주치자,

"아, 백 주사 아니신가요?" 하고 반기는 것이었었다.

자세히 보니, 무어 길바닥에서 신기료 장수를 한다던 코 삐뚤이 삼복이가 분명하였다.

"자네가, 저, 저, 방, 방…."

"네, 삼복입니다."

"아, 건데, 자네가…."

"허, 살 때가 됐답니다."

그리고는 내 집으루 갑시다, 하고 잡아끄는 대로 끌리어 온 것이었었다.

의표하며, 집하며, 식모에 침모에 계집하인까지 부리면서 사는 것 하며, 신수가 훤히 트여 가지고 말도 제법 의젓하여진 것 같은 것이며, 진 소위 개천에서 용이 났다고 할 것인지.

옛날의 영화가 꿈이 되고, 일보에 몰락하여 가뜩이나 초상집 개처럼 초라한 자기가 또 한 번 어깨가 옴츠러듦을 느끼지 아니치 못하였다. 그런 데다 이 녀석이, 언제 적 저라고 무엄스럽게 굴어 심히 불쾌하였고, 그래서 엔간히 자리를 털고 일어설 생각이 몇 번이나 나지 아니한 것도

아니었었다. 그러나 참았다.

보아하니 큰 세도를 부리는 것이 분명하였다. 잘만 하면 그 힘을 빌려, 분풀이와 빼앗긴 재물을 도로 찾을 여망이 있을 듯싶었다. 분풀이를 하고, 더구나 재물을 도로 찾고 하는 것이라면야 코 삐뚤이 삼복이는 말고, 그보다 더한 놈한테라도 머리 숙이는 것쯤 상관할 바 아니었다.

"그러니, 여보게 미씨다 방…."

있는 말 없는 말 보태 가며 일장 경과 설명을 한 후에, 백 주사는 끝을 맺기를,

"어쨌든지 그놈들을 말이네, 그놈들을 한 놈 냉기지 말구섬 죄다 붙잡아다가 말이네, 괴수 놈들일랑 목을 썰어 죽이구, 다른 놈들일랑 뻭다구가 부러지두룩 두들겨 주구. 꿇어 앉히구 항복 받구. 그리구 빼앗긴 것 일일이 도루 다 찾구. 집허구 세간 쳐부신 것 말끔 다 물리구… 그렇게만 해준다면, 내, 내, 재산 절반 노나 주문세, 절반. 응, 여보게 미씨다 방."

"염려 마슈."

미스터 방은 선뜻 쾌한 대답이었다.

"진정인가?"

"머, 지끔 당장이래두, 내 입 한 번만 떨어진다 치면, 기관총 들멘 엠피가 백 명이구 천 명이구 들끓어 내려가서, 들이 쑥밭을 만들어 놉니다, 쑥밭을."

"고마우이!"

백 주사는 복수하여지는 광경을 서언히 연상하면서, 미스터 방의 손목을 덤쑥 잡는다.

"백골난망이겠네."

"놈들을 깡그리 죽여 놀 테니, 보슈."

"자네라면야 어련하겠나."

"흰말이 아니라 참 이승만 박사두 내 말 한마디면 고만 다 제바리유."

미스터 방은 그리고는 냉수 그릇을 집어 한 모금 물고 꿀쩍꿀쩍 양치를 한다. 웬 버릇인지, 하여간 그는 미스터 방이 된 뒤로, 술을 먹으면서 양치하는 버릇이 생겼었다.

양치한 물을 처치하려고 휘휘 둘러보다, 일어서서 노대로 성큼성큼 나간다. 노대는 현관 정통 위였었다.

미스터 방이 그 걸쭉한 양칫물을 노대 아래로 아낌없이 좍 배앝는 바로 그 순간이었다. 그 순간 이 공교롭게도, 마침 그를 찾으러 온 S 소위가 현관으로 일단 들어서려다 말고(미스터 방이 노대로 나오는 기척이 들렸기 때문에) 뒤로 서너 걸음 도로 물러나,

"헬로." 부르면서 웃는 얼굴을 쳐드는 순간과 그만 일치가 되었었다.

"에구머니!"

놀라 질겁을 하였으나 이미 배앝아진 양칫물은 퀴퀴한 냄새와 더불어 백절폭포로 내려 쏟혀, 웃으면서 쳐드는 S 소위의 얼굴 정통에 가 좌르르.

"유 데블!"

이 기급할 자식이라고, S 소위는 주먹질을 하면서 고함을 질렀고. 그 주먹이 쳐든 채 그대로 있다가, 일변 허둥지둥 버선발로 뛰쳐나와 손바닥을 싹싹 비비는 미스터 방의 턱을,

"상놈의 자식!" 하면서 철컥, 어퍼컷으로 한 대 갈겼더라고.

『대조』, 1946

두 순정

1

산중이라 그렇기도 하겠지만 절간의 밤은 초저녁이 벌써 삼경인 듯 깊다.

웃목 한편 구석으로 꼬부리고 누워 자는 상좌의 조용하고 사이 고른 숨소리가 마침 더 밤의 조촐함을 돕는다.

바깥은 산비탈의 참나무숲, 솨아 때때로 이는 바람이 한참 제철 진 낙엽을 우수수 날려 흐트린다.

바람이 지나가고 나면 이어 어디선지 모르게 싸늘한 찬 기운이 방안으로 스며들어 등잔의 들기름불을 위태로이 흔들어놓는다.

가느다란 등잔불이 흔들릴 때마다 아랫목 벽에는 노장의 검은 그림자가 커다랗게 얼씬거린다.

이야기를 시초만 내다가 말고서 합장을 하고 눈을 감고 앉았는 노장은 언제까지고 움직일 줄을 모른다. 머리는 곱게 밀어 맨살같이 연하다. 수굿이 숙인 그 머리길 없는 머리와 이마 위로는 무엇인지 모를 슬픔이 흐르는 듯 드리워 있다.

하얗게 센 눈썹이 갖다 붙인 것 같다. 길기도 길어 한 치는 넉넉 되는 성부르다.

은실을 심은 듯 고운 수염이 그리 터북하지 않아서 더욱 해맑다.

얼굴은 가는 주름살이 골고루 덮이고 띠끌 하나 없이 몹시도 청아하다. 그 청아한 품이 지나치게 잘 그린 그림같이 방금 숨을 쉬는 산 사람의 얼굴인가 싶질 않다.

그렇거니 하고 보노라면 어쩌면 숨도 하마 쉬지 않느니라 싶어진다. 숙인 이마, 감은 눈, 합장한 손, 모두 저 오랜 옛적부터 이렇게, 그리고 앞으로 영겁永劫까지 이렇게 이마를 숙이고 눈을 감고 손을 합장하고 앉았을 한 폭의 슬픈 그림이 아니던가 하는 환각幻覺을 일으킬 듯 정적의 한동안이 계속되고 있다. 나는 혼자 어떤 내력 모를 비극의 전설을 눈으로 보는 것 같은 이 노승의 그렇듯 비애가 흐르는 정적의 풍모에만 온갖 정신이 쏠려, 그가 꺼내다가 만 이야기 끝을 기다리기도 잊어버렸다.

얼마를 그러고 있었는지 모른다.

이윽고 노장의 입술이 가느다랗게 움직이면서 소리도 들릴락 말락

"나아무아미타아불, 관세음보살!"

말은 염불이나 음성은 탄식하듯 하염없다.

"어서 지무실걸!"

노장은 합장했던 손을 내리고 조용히 눈을 뜨다가 나를 보고 혼잣말하듯 중얼거린다. 주인 된 인사상이겠지, 눈초리와 입가로 미소가 드러난다.

"네, 아직 졸리지두 않구, 그리구…."

나는 아닌 변명을 하면서 아주 웃는 걸로 무료함을 꺴다.

"… 또, 하시던 이애기두 마저 듣구 싶어서…."

"허허, 그만 이애기가 무어 그리 들음직한 게 있다구…."

"아니, 재미있습니다. 어디 그다음을 마저 좀…."

"허허, 재미가 무슨… 저영 듣고자 하시면 하기는 하리다마는, 나두 원 들은 지가 하두 오래서…."

노장은 아까 맨 처음에 하던 변명을 또 하고 있다. 이야기가 자기의 소경사가 아닌 양으로 하자 함이다.

실상 오늘 우연히 유산遊山을 나왔던 길인데, 다른 일행은 아랫절에서 유하고 있고, 나는 전부터 이곳에 이상한 노승이 있다는 말을 들었던 터라, 위정 혼자만 이 암자를 찾아 올라와서 시방 그로 더불어 하룻밤을 지내게 된 것이다.

"게, 그래서… 가만있자, 내가 어디까지 이야기를 했던가? 아, 오 옳지, 응응…."

노장은 잊었던 이야기 끝을 찾아냈대서, 머리 없는 머리를 끄덕끄덕한다.

"게, 그래서… 색시는 밤이 이스윽하두룩 졸린 것을 참고 앉어서 바누질을 하다가… 그러자니 촌 농가집 며누리로 새벽 어둑어둑하면 일어나서 소물을 쑨다, 세 때 끼니를 해 치룬다, 빨래질 다듬질을 한다 하느라고, 겨울이라 다른 일은 없다지만 온종일 오죽이나 몸이 고디며, 그러니 밤이면 오죽이나 졸립겠소? 그런 걸 눈을 쥐어뜯구 참어가면서 꾸벅꾸벅 졸아가면서…."

이렇게 이야기를 하고 앉았는 노장은 눈앞에 그 이야기의 환영을 보는 듯, 고개를 들어 우두커니 한눈을 팔면서 하는 말소리는 꿈같이 고요하다.

이어서 이야기는 다음같이 풀려나간다.

2

색시가 그렇게 밤이 깊도록 기다리고 있노라면 이슥해서야 겨우겨우 이웃집 글방에서 글 읽는 소리가 그친다.

색시는 얼른 방문 소리 기침 소리를 연달아 내면서 사립문께로 나간다. 그때면 벌써 사립문 밖으로 쿵쿵쿵 어린 새서방 봉수가 급하게 뛰어오다가 "어머니!" 하고 외쳐 부른다.

언제고 이렇게 부르는 것이지만 실상 모친이나 부친을 찾는 것이 아니요, 거기에 제네 색시가 기다리고 있는 줄 알면서 부를 수 없는 색시 대신 어머니라고 부르던 것이다.

부르는 소리에 대답하듯 색시가 기침을 하면서 지친 사립문을 열라치면 봉수는 반갑다고 한걸음에 뛰어들어 색시 앞에 가 우뚝, 어둠 속에서도 배슥이 웃는다.

색시도 웃는다.

색시가 사립문을 잠글 동안 봉수는 기다리고 섰다가 둘이 같이서 앞서거니 뒤서거니 제네들 방으로 들어온다.

이렇게 비둘기 한 자웅처럼 쌍지어 노는 색시와 새서방이라고는 하지만 색시는 스물한 살, 새서방은 열두 살, 그러니 모자간이라면 좀 무엇하겠고 그저 헴든 누이와 어린 오랍동생 같은 사이다.

색시는 새서방 봉수를 꼬옥 오랍동생한테 하듯 귀애하고 새서방 봉수는 어머니를 제쳐놓고 어머니한테 따르듯 색시를 따른다. 봉수는 밖에 나갔다가 돌아와서 모친은 눈에 안 띄어도 그만이지만 색시가 없든지 하면 단박 시무룩해 가지고 찾는다.

이렇게 둘이는 부부간의 정이 들기 전에 그것을 건너뛰어 의좋은 동무, 정다운 오뉘가 되었던 것이다.

방으로 들어서기가 바쁘게 봉수는 노오랑 초립과 빨강 두루마기를 훌러덩훌러덩 벗어 내던진다.

색시는 그것을 일일이 집어서 갓집과 횃대에다가 넣고 걸고 한다.

"망건은 안 벗구?"

색시는 벌써 눈에 졸음이 가득한 새서방을 갸웃이 들여다보면서 웃는다.

"응… 참, 아이 졸려!"

새서방은 눈을 시일실 감으면서 커다란 상투가 올라앉았는 머리로 조그마한 손이 올라간다.

"내가 벳겨 주어?"

"응."

좋아라고 새서방은 색시의 무릎에 엎드린다. 색시는 망건을 사알살 벗기기 시작한다.

"이애기… 응?"

새서방은 색시의 무릎에 엎드려 망건을 벗기면서 고담을 조른다.

"아이! 졸려서 곤드레만드레허믄서 이애기를 해 달래."

"그래두… 이애기 해주어예지 머…."

"가만있어 그럼, 내 망건 갖다가 걸구, 잘 누어서 이애기 해주께, 응?"

"응."

색시는 벗긴 망건을 걸고 와서 새서방을 아랫목으로 뉘고 이불을 덮어주고, 저도 한 가닥으로 허리를 가리고 그 옆에 가 드러눕는다.

새서방은 모로 돌아누워 이야기를 기다린다.

"저어 옛날에에에, 저어…."

"응."

"아이! 하두 해싸서 인전 할 이애기가 있어예지, 어떡허나?"

"호랭이 이애기…."

"호랭이 이애기는 백 번두 더 한걸!"

"그래두…."

"가만 있어, 그럼 내 호랭이 이애기는 아니라두, 재미있는 이애기 하나 허께, 응?"

"응."

"저어 옛날에 쬐꼬만한 새서방허구 커어다란 색시허구…."

"이잉 싫다, 이잉…."

새서방은 저를 빗대놓고 무슨 이야기를 지어서 하려는 줄 알고 지레 방색을 한다.

"하하하. 아이참, 쬐꼬만한 새서방이라믄 왜 그렇게 질색을 허꼬!"

"해해…."

"하하."

"아, 가만있어! 요게 무어야?"

새서방은 색시가 웃는 볼로 옴폭하니 패는 보조개를 손가락으로 꼭 누른다. 오늘 밤 처음 본 것은 아니지만 오늘 밤에야말로 그것이 퍽 좋아 보였던 것이다.

"인전 그만 불 끄구 자, 응?"

"이애기는?"

"내일 저녁에 해주께."

"시방…."

"어쩌나… 그럼 저 옛날에…."

색시는 아무거나 되는 대로 둘러대서 호랑이 이야기를 한다.

새서방은 동화를 들으면서 미처 다 듣지도 않고 스르르 잠이 든다.

색시는 이불을 여며 주고 다독거려 주고 하면서 무심코 새서방의 자는 얼굴을 들여다본다.

눈에 익은 나무 같아 안 자라는 성불러도 이태지간에 퍽 자라기는 자란 셈이다.

키도 자랐거니와 혬도 들고….

재작년 섣달에 시집을 왔으니까 꼬박 이태다. 그때는 새서방의 나이 열 살, 정말로 애기여서 밤이면 자다가 엄마를 부르고 울기도 가끔 했고 언젠가는 오줌도 쌌었다.

조금만 제 비위를 맞추어 주지 않으면 울고 안방으로 달려가서 일러바치고, 그 끝에는 으레껀 시어머니한테 걱정을 듣게 하고… 그러던 것이 시방은 따르는 것도 따르는 것이거니와 도리어 제네 어머니를 가지고 색시한테 일르게끔 되었으니 그만해도 철이 났다고 할는지.

3

역시 그 해 그 겨울, 섣달 대목이 임박해서다.

시부모는 겨울이라 농사일도 별반 바쁠 게 없고 하니 봄이 되기 전에 며느리를 친가로 보내기로 했다.

재작년에 혼인을 했으니 햇수로는 삼 년이여, 삼 년이면 근친[1]도 보낼 때다. 그러니 기왕 보낼 바이면 명절도 제네 친가에 가서 쇠게 할 겸 그믐 전으로 보내는 게 좋겠다고, 그래 모레 글피로 아주 날을 받고 부랴부랴 서두르기를 시작했다.

새 며느리의 첫 근친이라면 하기야 혼인잔치 못지 않게 이바디를 차려야 하는 것이지만, 가난한 촌 농가에서 어디 그런 격식을 갖게 차릴 수는 없는 노릇, 그저 흰떡이나 한 말 하고 인절미나 한 말 하고 도야지 다리에 닭이나 한 마리 하고 엿이나 좀 고고 술이나 한 병 하고, 이것이다.

이래서 집안이 갑자기 바싹 바빴는데 새서방 봉수는 대목이니까 설 차림인 줄 심상히 알았다, 바로 그날 저녁.

---

1) 근친(覲親): 시집간 딸이 친정에 가서 부모를 뵘.

여느 때처럼 글방에서 늦게 돌아와 자리에 눈 새서방 봉수는, 역시 여느 날 밤처럼 옆에 나란히 눈 색시더러 이야기를 조른다.

색시는 요새로는 저녁마다 그 이야기를 대기에 밑천이 달려 적잖은 걱정거리다.

"저어, 옛날에에에…."

색시는 이렇게 시초만 내놓고 까막까막 생각하다가 언뜻 좋은 이야깃거리가 생각이 났다.

"아이 참, 나 말이여, 응?"

"응?"

"저어 모레 글피, 응? 저어 우리 집에 갔다 오께. 응?"

"우리 집? 저어기 재 너머 쇠꼴? 이잉 싫다, 잉."

"호호호, 어쩌나… 그래두 꼭 가야 하는 법인걸? 어머니 아버지가 갔다 오라구 해서 가는 걸?"

"그래도 난 몰라… 머."

"그리지 말구, 응! 내 가서 꼬옥 한 달만 있다가 오께… 이애기두 많이 배워가지구 오구…."

"싫다 잉… 한 달, 머 서른 밤이나 머 자구 와?"

색시는 아닌 게 아니라 속으로 딱하기는 했다. 시집을 왔으면 이태고 삼 년 만에 내남없이 으레껀 한 번씩은 근친을 가는 법, 그래서 시부모도 시키는 노릇이고, 시키는 노릇이어서 마지못해 하는 게 아니라, 시켜 주기를 까맣게 기다리던 즐거운 한때다.

그러니까 즐거운 마음으로 가기는 가는 것이지만 그대도록 따르던 새서방을 비록 한두 달일망정 떼어놓고 혼자 가서 있자니 두루 안된 게 한두 가지가 아니다. 밤으로 글방에서 돌아올 때면 누가 나서서 맞아 주며, 그밖에 아침저녁의 잔시중은 누가 들어준단 말이냐.

어머니가 없는 것이 아니나 암만해야 그새처럼 색시 제가 해주듯이 마음에 들도록 살뜰히 해줄까 싶질 않다.

이렇게 생각을 하면 근친이고 무엇이고 다 그만두었으면 싶기도 하다.

그러나 맘대로 그만둘 수도 없는 일이거니와 가령 저 혼자는 그만두자고 한다더라도 시부모한테 빼젓이 내세울 말이 없다.

그렁저렁 색시는 마음이 민망하여 속을 질정하지 못한 채, 새서방 봉수는 그날 밤부터 이짐이 나 가지고 뿌루퉁한 채 근친 떠나는 날이 되었다.

새서방은 필경 고집이 터져, 글방에도 안 가고 울어대다가 저의 부친한테 매를 맞았다.

매는 맞았어도 속에 맺힌 노염이야 풀릴 이치가 없이 종시 시무룩하고 한편 구석으로 비켜서서 색시가 떠나는 눈치만 본다.

색시는 마음에 걸려 몇 번이고 뒤를 돌아보면서 내키지 않는 길을 떠났다. 떠나기 전에 아무도 안 보는 조용한 틈을 타서, 인제 글방이 파접하거든 설에 어머니 아버지더러 말씀하고 꼬마동이나 앞세우고서 오라고 달래기는 했으나, 새서방은 울먹울먹 대답도 안 했다.

색시의 뒷그림자가 멀어지자, 새서방은 사립문 밖으로 나서서 손가락을 입에 물고 바라다본다. 이바디 고리짝을 진 꼬마동이가 앞을 서고 뒤에는 색시와 또 하나 안동해 보내는 동리의 일가집 아주머니가 나란히 들판을 건너가고 있다. 분홍 저고리에 갈매옥색 치마를 입고 시방 저리로 까맣게 멀리 가는, 색시 얼굴이 눈앞에 어른어른한다.

해죽이 웃고, 웃으니까 볼에 옴폭 보조개가 팬다.

방금 떠나갔는데 자꾸만 보고 싶다. 보고 싶은데 자꾸만 멀어간다. 멀어가는 그것이 어쩌면 색시가 영영 가버리는 것이나 아닌가 싶어진다.

그 생각을 하니 그만 안타까와 몸부림이라도 치고 울었으면 시원할 것 같다.

저 벌판을 다 건너 다시 그 앞을 막고 섰는 산을 넘어서 또 조금만 가면 처가집인 줄은 안다.

그러나 그것은 제가 장가를 갈 때와 또 그 뒤에 한 번 가 본, 제 기억이 아니라 색시가 노상 손을 들어 가리켜 주던 말일 따름이다. 그러니까 색시가 한 그 말대로 그렇거니 하기만 했지 어디로 어떻게 가는 게 그 길인 줄은 모른다.

가든 안 가든, 가는 길도 모르는 것이 봉수는 더욱 안타까왔다.

시방이면 아직은 보이니까 쫓아가면 갈 것도 같다. 부르면서… 무어라고? 어머니라고 부르면 알아들을걸… 어머니, 부르면서 쫓아가면 거기 서서 기다려 줄걸….

곧 뛰어가고 싶다. 다리가 움칫거린다. 저어기 시방 가고 있는, 분홍저고리에 갈매옥색 치마를 입은 색시가 돌아서서 웃고 기다리고, 그럴라치면 얼른 집으로 가자고 데리고 오고….

어느 결에 눈물이 흐르는 것도 몰랐다.

4

사흘 뒤에 봉수의 부모는 할 수 없이 봉수를 아내가 가서 있는 처가로 보내기로 했다.

울고 이짐을 부리고 할 때에는 매질을 해서 다스렸지만 그저 시무룩하니 풀이 죽어가지고 있는 것은 애처로와 볼 수가 없다.

그러나마 자식이라고는 그것 하나밖에 없는 외아들, 외아들이기 때문에 농투성이의 터수에, 그래도 장차 생일이야 해먹을 값에, 제 생명 석

자나마 알아보고 쓰고 하라고 글방에도 보내어 『통감通鑑』 권이라도 읽히던 것이고.

그러나 그렇기 때문에 글방이 내일모레면 파접이 될 것도 상관 않고 "하루 이틀, 더얼 다닌다고 무슨 그리 우난 공부래서 밑질 게 있을까 보냐"고 생각난 길에 그날로 보내기로 한 것이다.

봉수는 처가에, 처가가 무엇인지는 몰라도 색시한테를 가라는 말만 듣고도 기운이 나서 날뛰었다.

사실 그는 색시가 없고 나니 아무 재미도 없고 모두 불편하기만 했다.

밤에 글방에서 돌아오면서 두 번 세 번 어머니를 불러야만 겨우 대답하고, 그거나마 사립문께까지 나온 것도 아니요 겨우 방에서 그런다.

이래저래 짜증이 나서 소리소리 어머니를 처부르면 아버지가, 저놈은 다 자란 놈이 장가를 가서 남 같으면 아이를 낳을 놈이 생얼뚱애기로 응석만 한다고 나무람을 한다.

마지못해 어머니 옆으로 가야, 옷도 받아서 걸어주지 않고 이야기는 물론 해주지도 않는다.

자다가 요강을 찾아야 얼른 대주지도 않는다. 그래서 자다가 깼을 때에는 옆에 색시가 없는 것이 한결 더 섭섭하고 방금 울고 싶다.

잠도 재미있게 자지질 않고 밥도 먹히지 않는다. 그리고서 자꾸만 색시가 옆에 있으면 하는 그 생각만 난다.

사흘 낮 사흘 밤을 이렇게 풀 죽어 지내다가 인제는 어쩌면 영영 색시를 만나지 못하는 것이 아닌가 하는 낙망까지 하던 끝에 갑자기 처가에를 가라는 말이 나오니 신이 나지 않을 수가 없던 것이다.

하기야 기왕이면 색시가 집으로 오니만은 못했다. 그래서 속으로, 가거든 단박에 색시를 데리고 같이 집으로 오려니 하는 엉뚱한 꾀를 내었다.

색시가 설빔으로 해서 농 속에 채곡채곡 넣어둔 새 옷을 갈아 입었다.

부모는 간 길에 아주 설까지 쇠고 있다가 제네 아내와 같이 오라는 뜻으로 이렇게 차려 보내는 것이다.

처가에 설 세찬으로 달걀 세 꾸러미와 장닭 한 마리를 꼬마동이가 지게에 얹어지고, 길라잡이 삼아 앞을 섰다. 봉수는 노랑 초립에 빨강 두루마기에 인제 갈아 신을 새 버선을 보따리에 싸 짊어지고 뒤를 따라섰다, 우쭐거리면서…. 촌집의 이른 조반을 먹고 나섰어도 이십 리 들판을 건너, 오르기 오 리, 내리기 오 리의 소잡한 재를 넘어 다시 십 리를 걸어, 겨우 쇠말의 처가에 당도했을 때에는 쪼작거리는 어린애 걸음이라 오때가 겨웠었다.

새서방이 찰락거라고 들어서는 걸 본 색시는 고꾸라질 듯이 마당으로 뛰어내려온다. 꼬마동이며 또 뒤미처 나서는 친정 어머니며 동생이 보는 데가 아니면 반가움에 겨워 그대로 얼싸안을 듯하다. 새서방은 배슥이 웃고 섰다.

장모도 반겨하고, 마침 앓고 누웠는 장인도 방문으로 고개를 내민다.

"어서 방으로 들어가세… 잘 오기는 왔네마는 치운데 오느라구 고생했네."

장모가 이런 소리를 하면서 방으로 인도하재도 새서방은 그대로 서서 있다.

"어서 방으로 들어가요. 응?"

색시가 들여다보면서 애기 어르듯 하니까 새서방은 차차로 볼때기가 나오더니,

"집에 가!" 한다.

여섯 살박이의 처제까지 모두 웃었다. 색시도 웃기는 웃으나 그의 고집을 알기 때문에 단단히 속으로는 걱정이 된다.

"어쩌나… 그러지 말구, 자아 어서 방으로 들어가요! 치워서 말두 잘못

허믄서….”

“집에 가!”

“호호호오, 아 나두 오래오래간만에 우리 어머니 아버지한테 왔으니깐 좀 편안히 있다가 가예지! 응? 그러잖어?”

“집에 가!”

“글쎄, 가든 안 가든….”

장모가 보기에 하도 답답해서 달래는 말이다.

“방으루나 들어가서 이얘기를 해야지 원 우리 착한 새서방 님이 이럴 디가 있더람! 자아 어서.”

“어서 일러루 들어오느라… 그 자식이 고집두 유난하구나! 칩다, 어서 들어오느라.”

장인도 내다보고 있다 못해 말을 거든다.

그래도 꿈쩍 않는 것을 색시가 할 수 없이 아무튼 그러면 가기는 갈 테니 위선 방으로 들어가자고 짐짓 조르니까사 겨우 마음이 조금 풀리는지 비슬비슬 방으로 따라 들어온다.

5

이튿날 오때가 훨씬 겨웁고 거진 새때나 됨직해서 색시는 새서방을 앞세우고 친정집을 나섰다.

도무지 장인이고 장모고 색시고 천하없어도 그의 고집을 당해낼 수가 없었다. 어제 당도하던 길로 그렇게 고집을 부리면서 점심을 주어야 먹지도 않고 저녁도 안 먹고 엉파듯이[2] 앉아 조르기만 했었다.

졸리다가 못해 되는 대로 그러면 오늘은 날이 기왕 저물었으니 내일 아침에 일찍 가자고 졸랐다. 그 말에 또 한 번 솔깃해서 저녁밥을 먹는 시늉, 그 밤을 지냈다.

날이 훤히 밝자 일어나 앉아서 가자고 졸라댄다.

조반도 안 먹고 점심때나 되니까는 필경 울음을 내놓는다.

인제는 아무렇게도 도리는 없고 다만 한 가지, 색시가 같이서 시집으로 오는 것뿐이다. 사맥이 이렇게 다급했던 것이다. 색시는 참말 딱했다.

새서방이 이쯤 따르고 하는 걸 여겨, 가령 근친을 와서 오래 편안히 있지 못하고 닷새 만에 도로 가는 것이야 글로 메꿀 수도 없는 것은 아니다.

실상 말이지 근친이라고 왔대야, 생각하더니보다는 그다지 즐거움도 모르겠고 흡사히 남의 집에 온 것 같아 하루바삐 시집으로 돌아가고 싶은 생각이 오던 그 이튿날부터 나지 않은 것도 아니었었다. 더우기 저를 잃어버리고 풀죽어 있을 새서방의 양자가 눈에 암암 밟히어, 밤으로도 편안한 잠을 이룰 수도 없었다. 하니 어떻게 생각하면 무지금코 일찌감치 돌아가는 것이 일변 좋지 않은 것도 아니다.

그러나 시집에 대한 인사를 못차려서 일이 아니다. 명색 근친이라고 왔던 길이니, 시부모의 버선 한 켤레 주머니 염낭 하나씩이라도 해 가지고 돌아가야 할 것이고, 다만 인절미 한 고리짝이라도 지워 가지고 갔어야 할 것이다. 그런데 이처럼 맨손이다. 민망하여 어떻게 얼굴을 들고 시부모를 보랴 싶다.

겨우 술 한 병에 마침 동리 사람이 꿩사냥을 해둔 게 있어서 그놈 한자웅을 구해 가지고 나서는 수밖에 없었다.

꿩은 새서방이 보따리에 꾸려 짊어지고 술은 색시가 손에 들었다.

---

2) 엉파듯이: 엄살 부리듯이, 엉기듯이.

부친은 앓고 누워 기동을 못하고 그렇다고 누구 마음 맞게 배웅해 줄 사람도 없어 모친이 겨우 오 리가량 따라 나와 주었다.

이럴 줄 알았으면 어저께 데리고 온 꼬마동이라도 잡아 두었을 것을 하고 후회도 했으나 역시 후회될 따름이다.

그러나 해는 좀 기울었다지만 아는 길이니 저물기 전에 재만 넘어서면 그다음에는 평탄한 들판인즉 좀 저물더라도 그리 상관은 없으리라는 안심으로 그것도 묻뜨리고 나선 것이다.

아침부터 잔뜩 흐렸던 하늘에서는 금시로 눈이 쏟아질 것 같다. 바람이 또한 여간만 차고, 거세게 불지를 않는다. 오 리 바탕이나 바래주러 따라 나왔던 모친이, 딸이 근친이라고 왔다가 느닷없이 이렇게 쫓겨가고 있는 양이 새삼스럽게 어이가 없어 빼언히 보고 섰을 무렵부터 눈발이 하나씩 둘씩 포올폴 날리기 시작했다. 바람도 차차로 더 거칠어, 걸음 걷는 앞으로 채어든다.

그러던 것이 필경 재 밑에까지 당도했을 때에는 이미 사나운 눈보라로 변하고 말았다.

바람은 사정없이 앞을 채이는데 눈발이 미친 듯 휘날리어 걸음도 걸을 수가 없거니와 가는 길이 어떻게 되었는지 분간할 수가 없다.

색시는 겁이 더럭 나고 어쩐지 마음이 내키질 않았다. 새서방은 보니 입술이 새파랗게 얼어가지고 달래달래 떤다. 어떻게도 애처로운지 차마 볼 수가 없다. 그럴수록 자꾸만 더 뒤가 돌아뵌다. 시방이면 한 십리 길밖에 오지 않았으니 친정집으로 돌아가도 그리 어려울 것은 없을 듯싶다. 그래 새서방더러 그렇게 했다가 내일 날이 들거든 오자고 달래니까, 그건 죽어라고 도리질을 한다. 색시는 할 수 없이 새서방이 짊어진 보따리를 벗겨 제가 한편 어깨에 걸치고 한 손으로 새서방의 손을 잡아 이끌면서 재를 오르기 시작했다.

비탈은 험한데 길이래야 겨우 발이나 붙임직한 소로다. 그 위에다가 눈이 벌써 허옇게 덮였으니 어느 것이 길이고 아닌지 알아보기가 어렵다. 우환 중에 바람이 앞을 채이고 자욱한 눈발이 시야를 가로막으니 짐작 삼아 더듬고 간다는 것도 대중을 할 수가 없다.

드디어 길을 잃고 말았다.

하마 마루턱까지는 올라왔으려니 싶은데 그대로 올라가는 길이다. 그런가 하고 한참 올라가노라면 갑자기 내려쏠리는 비탈이 앞으로 기울어졌다. 비탈을 겨우겨우 내려가면 도로 또 올라가는 언덕바지다.

색시는 옳게 겁이 나고 마음이 다뿍 급해서 허둥지둥한다. 새서방은 손목을 잡혀 매달려 오면서 세 걸음에 한 번씩 고꾸라진다. 와들와들 떨면서 얼굴이 사색이다. 참다못해 새서방을 들쳐업었다. 업고 나서니 새서방은 편할지 몰라도 색시는 더 어렵다. 꿩을 싼 보따리는 띠 삼아 동쳐맸다지만 손에 든 술병이 여간만 주체스럽질 않다.

새서방을 들쳐업고 다시 얼마를 헤매는 동안에 길은 종시 찾지 못했는데 날이 깜박 저물었다. 눈보라는 더욱 사나와 세 걸음 앞이 보이질 않고 바람은 앞뒤로 치어 퍽퍽 꼬꾸라트린다.

등에 업힌 새서방은 어엉엉 울어댄다. 춥고 배가 고프다는 것이다. 그도 그럴 것이 어제부터 고집을 쓰느라고 끼니를 변변히 먹지 않았으니 묻지 않아도 배는 고플 것이다. 속이 비었으니 춥기도 한결 더할 것이고.

그러나 춥고 배가 고프기는 새서방만이 아니다. 색시도 새서방이 밥을 안 먹고 하는 운김에 어제 점심부터 오늘 점심까지 줄곧 설쳤기 때문에 시방, 여간만 속이 허한 게 아니요 따라서 추위도 더 심하다.

등에 업힌 새서방의 우는 소리에 애가 녹다 못해, 색시는 치마를 벗어서 덤쑥 무릅씌운다. 그러나 그것 한 껍데기 벗어버린 색시는 갑절이나 더 추웠어도 새서방이 그만큼 갑절 따스운 것은 아니다. 다시 얼마를 헤

맸는지 모른다. 눈보라도 눈보라려니와 인제는 날이 아주 어두워서 지척을 분간할 수가 없다. 앞으로 옆으로 허방을 딛고는 쓰러진다.

그렇게 쓰러지기까지 하느라고 더욱 기운이 빠져 아주 기진맥진 한 걸음도 옮겨놓기가 어렵게 되었다. 기운이 없을 뿐만 아니라 정신도 아드윽하니 휑총망총해진다.

그러한 중에도 한 가지 등에서 우는 새서방을 생각하여 이래서는 안 되겠다고 정신을 가다듬고 기운을 차려 가면서 구르듯 기어가듯 하는 참인데, 그럴 무렵에 어쩌다가 한 번 앞으로 푹 꼬꾸라지는 손에 잡혀지는 것이 있었다.

어떻게도 반가운지.

그것은 논바닥의 벼포기였었다.

벼포긴 줄 알자, 인제는 산중을 벗어져 나왔구나 하는 안심에 그대로 펄씬 주저앉아 버렸다.

다시 일어날 기력이 없기도 하려니와 그는 시진한 정신에 시방 좀 쉬어가자는 생각이 든 것이다. 이 눈보라 속에서 쉬어가자고 주저앉아 있는 것이 벌써 정신을 차리지 못한 것인 것은 말할 것도 없다. 그러나 그러한 중에도 등에 업었던 새서방을 내려서 제 품 안에 담쑥 안고 치마로 싸주고 하기를 잊지 않았다.

하는 동안에 정신이 차차로 더 오리소리하고, 그러자 새서방의 우는 울음소리가 차차로 차차로 멀어감을 알았다.

"혼자 먼점 가나보다. 그렇다면 다행이지!"

여기까지 생각하다가 깜박 정신을 놓아버렸다. 새서방은 그대로 울고 있고….

6

그날 밤, 그리 깊진 않아선데, 동리 사람 몇이 마침 재를 넘어오다가 길 옆 논바닥에서 사람 우는 소리를 들었다. 그들은 처음 귀신 우는 소린 줄 알고 모두 머리끝이 쭈뼛했으나 일행이 여럿이기 때문에, 대체 그놈의 귀신이 어떻게 생긴 것인지 좀 본다고 좇아와서 횃불을 비추어 보니 봉수네 내외였었다.

꽁꽁 얼어서 오그라붙은 색시와 다 죽어가는 새서방을 동리 사람이 업어 오기는 했으나 색시는 영영 소생하지 못했고, 새서방만 무사히 살아났다.

7

봉수는 죽은 색시를 잊지 못했다. 언제고, 분홍 저고리에 갈매옥색 치마를 입고 해죽 웃는 얼굴에 이쁜 보조개가 옴폭하니 패는 색시가 눈에 밟혔다. 봉수는 이렇게 색시의 얼굴을 생각해보는 것이 슬프면서 그게 기쁨이었었다. 그러는 동안에 그의 나이 열셋, 열넷, 열일곱, 스물 더해 가고 사람도 자라 철이 들어갔다.

그러나 분홍 저고리에 갈매옥색 치마를 입고 보조개가 옴폭 패게 웃는 색시의 환영은 그대로 가슴속에서 사라지지 않았다. 도리어 점점 더 뚜렷해갔다.

스무 살 때에 그의 부모가 다시 장가를 들이려고 했으나 봉수는 막무가내로 듣지를 않았다.

스물다섯 살까지에 양친이 다 돌아가자, 봉수는 집과 살림과 밭뙈기와 논 몇 마지기를 모조리 팔아가지고 동리를 떠났다. 누구의 말에는 어느 산중에 들어가서 중이 되었다고도 한다.

8

"누구의 말에는 산중에 들어가서 중이 되었다고 한답디다."

이 말로 노장의 이야기는 끝이 났다. 나는 비로소 이 노장의—아주 속세의 인정사와 인연이 없는 성불러도, 기실 지극히 슬픈 인정비화의 주인공인—이 노장의 내력을 안 것 같아서 혼자 고개를 끄덕거렸다.

"그래 노장, 올에 연치가 어떻게 되셨나요?"

"내 나이요? 허! 여든둘이랍니다."

"여든둘… 그러니 칠십 년이군! 칠십 년, 칠십 년, 일 세기 가까운 순정!"

나는 혼잣말로 이렇게 중얼거리다가 다시 물어보았다.

"그래 시방두 그 분홍 저고리에 갈매옥색 치마를 입고 볼에 보조개가 옴폭 패는 색시가 늘 보입니까?"

"실없는 말씀을!"

노장은 나를 나무라면서 눈을 감고 고개를 숙이고 합장을 한다.

머리 없는 머리와 숙인 이마로 흔적 없이 드리운 비애, 흰 눈썹에 은실 같은 수염, 그림같이 청아한 얼굴, 숨도 쉬지 않는 듯한 정적… 이런 것이 모두 아까와 같았으나 대하는 나에게는 새로이 인상이 핍절[3]했다.

---

3) 핍절(逼切): 진실하여 거짓이 없고 매우 간절함.

웃목에서는 상좌가 여전히 꼬부리고 누워 숨소리 고르게 자고 있다. 잊었다가 생각이 난 듯, 쇄아하니 밖에서 바람이 일어 낙엽을 흐트린다.

찬 기운이 방안으로 스며들면서 등잔의 들기름불이 가느다랗게 춤을 춘다. 아랫목 벽에 어린 노장의 꼼짝도 않는 그림자가 호올로 얼씬거린다.

『농업조선』, 1938

쑥국새

1

왼편은 나무 한 그루 없이 보이느니 무덤들만 다닥다닥 박혀 있는 잔디 벌판이 빗밋이 산발을 타고 올라간 공동묘지. 바른편은 누르붉은 사석이 흉하게 드러난 못생긴 왜송이 듬성듬성 눌어붙은 산비탈. 이 사이를 좁다란 산협 소로가 꼬불꼬불 깔끄막져서 높다랗게 고개를 넘어갔다.

소복히 자란 길옆의 풀숲으로 입하立夏 지난 햇빛이 맑게 드리웠다.

풀포기 군데군데 간드러진 제비꽃이 고개를 들고 섰다. 제비꽃은 자줏빛, 눈곱만씩한 괭이밥꽃은 노랗다. 하얀 무릇꽃도 한참이다. 대황도 꽃만은 곱다. 할미꽃은 다 늙게야 허리를 펴고 흰 머리털을 날린다.

구름이 지나가느라고 그늘이 한 떼 덮였다가 도로 밝아진다.

솔푸덕에서 놀란 꿩이 잘겁하게 울고 날아간다.

미럭쇠는 이 경사 급한 깔끄막길을 무거운 나뭇짐에 눌려 끙끙 어렵사리 올라가고 있다.

꾀는 없고 욕심만 많아, 마침 또 지난 장에 새로 베려온 곡괭이가 알심 있이 손에 맞겠다, 한데 산림간수한테 오기는 있어, 들키면 경을 치기는 매일반이라서 들이닥치는 대로 철쭉 등걸이야. 진달래 등걸이야 소나무 등걸이야 더러는 멀쩡한 옹근 솔까지 마구 작살을 낸 것이, 해놓고 보니 필경 짐에 넘치는 것을 제 기운만 믿고 짊어진 것까지는 좋았으나, 산에 내려오면서는 몇 번이고 앞으로 꼬꾸라질 뻔했고 시방 이 길을 올라가는 데도 여간만 된 게 아니다.

게다가 사월의 긴긴 해에 한낮이 훨씬 겨워 거진 새때나 되었으니 안 먹은 점심이 시장하기까지 하다.

끙끙 힘을 쓰는 소리에 지게가 삐이득삐이득, 지게 밑에 매달린 밥 바구니가 다그락다그락 서로 궁상맞게 대답을 한다. 중간에 한 번이나 두 번은 쉬었어야 할 것이지만, 고집이 그대로 떠받고 올라간다. 지게 밑으로 통통하니 알이 밴 새까만 두 다리가 퇴육살이 불끈불끈 터지기라도 할 것 같다.

고개 마루턱에 겨우겨우 올라서자 후유 휙 쟁그럽게 숨을 몰아 내쉬면서 한옆으로 나뭇지게를 받쳐놓고 일어선다.

"작것이! 나는 저 때문에 이렇기…."

미럭쇠는 공동묘지께를 흘끔 돌려다 보고는 두런두런, 허리의 수건을 뽑아 땀 흐르는 얼굴을 쓰윽쓰윽 씻는다.

"… 존 길루(길로) 편허게 갈 것두 이렇기 고생허는디… 작것이!"

시원한 바람이 한아름 고개 너머로 몰려든다. 바라다보이는 고개 밑은 또 하나 산이 가렸고 그놈을 넘어서 오릿길을 가야 집이다.

미럭쇠는 웬만큼 땀을 들인 뒤에 지게 밑에서 밥바구니를 떼어, 뒷짐져 들고 어슬렁어슬렁 공동묘지로 걸어간다. 할미꽃 터럭이 눈 날리듯 허옇게 덮여 날린다.

공동묘지는 풀도 바스락 소리 않고 대낮이 밤처럼 조용하다.

여새겨[1] 찾지 않아도 저편 산 밑으로 치우쳐 외따로 있는 게 안해의 무덤이다. 아직 잔디가 뿌리를 못 잡아 까칠하고, 뗏장 사이로는 검붉은

1) 여새기다: 남이 모르게 가만히 살피다.

황토가 비죽비죽 비어져 나온다.

무덤 한옆으로 먹 자죽이 선명하게 밀양密陽 박씨지묘朴氏之墓라고 쓴 말뚝이 섰다. 한편 짝에는 다시, 무인戊寅 사월이일四月二日이라는 날짜를 썼다.

미럭쇠는 읽을 줄도 모르면서 말뚝을 한참이나 들여다보다가 그 담에는 무덤을 한 바퀴 돈다. 뗏장도 벗겨진 데는 없고 구멍고 나지 않고 별일 없다.

한 바퀴 둘러보고 나서는 무덤 앞에다가 밥바구니를 열고 숟갈을 꽂아 괴어놓는다. 밥이라야 뉘와 피가 절반이나 섞인 현미玄米 싸래기밥, 한옆으로 짠무김치를 몇 쪽 덧들인 것뿐이다.

"처먹어라…. 너 생각허구서 배고푼 것두 안 먹구 애꼈다가 갖구 왔다!"

마치 산 사람한테 이야기하듯 중얼거린다.

밥바구니를 괴어놓아 주고, 운감하기를 기다리면서 멀거니 앞을 바라보고 앉아 한눈을 판다. 앞은 산 밑에서부터 훤하니 펴져나간 들판, 들판이 다다른 곳에는 암암한 먼 산이 그림 같다. 들 가운데 조그마한 산모퉁이를 지나 기차가 장난감같이 아물아물 기어간다.

미럭쇠는 넋을 잃은 듯 손으로 잔디풀을 또옥똑 뜯고 앉았는 동안 어느결에 눈에는 눈물이 글썽글썽한다.

"작것이 웨 죽어뻬렀어…! 가만히 있으면 괜찮을 틴디…. 방정맞게 웨 죽어뻬리여! 작것이!"

목멘 소리로 두런두런 주먹을 쥐어다가 눈물을 씻는다.

2

바로 지나간 삼월 초생이었었다.

미럭쇠가 논에 두엄을 져내다가 점심을 먹으러 오는 길인데, 동리 우물의 동청나무 울타리 뒤에서 점례가 해뜩해뜩 무슨 말을 하고 싶은 눈치로 웃고 섰다.

"너 이 가시내, 웨 날 보고 웃냐?"

"망할 년의 자식이네! 이년의 자식아, 내 이름이 가시내냐?"

"너 이 가시내, 날만 보머넌 중둥이 시어서 해룽해룽허지?"

"애개개! 참 내 벨 꼴 다 보겄네…!"

말로는 시뻐해도 속으로는 분명 아픈 자리를 건드렸던 것이다.

"… 이년의 자식아, 내가 저 화상이 그리 좋아서…? 아아나 옜다!"

"이 가시내야, 너 암만 그리두 네까짓 건 일없단다!"

"홍! 누구는 일 있다는디? 아이구 귀역질이 마구 나오네…! 저 꼴에 그리두 새말 납순이한티 반히였다지? 참 똥 싼 주제에 매화타령허네!"

"이년의 가시내, 주둥이를 찢어놀라! 내가 납순이한티 반했으니 네게 무슨 상관이여? 이년의 가시내!"

미럭쇠는 슬그머니 골이 나서 커다란 눈망울을 부라린다. 그러나 점례는 조금도 무서워하질 않는다.

"이년의 자식아, 누가 상관헌다냐…? 그렇지만 되렌님! 속 좀 채리세유! 납순이한티는 암만 반히서 침을 지일질 흘리구 댕겨두 헛다방입니다요."

"걱정 말어, 이 가시내야…."

"닭 쫓던 강아지는 지붕이나 치어다보지! 종수허구 죽자살자 허는 납순이한티 저 혼자 반헌 저 화상을 무얼 치어다볼랑고?"

"이 가시내야, 그짓말 허면 호랭이가 물어간다!"

"미안허시겄네! 오늘두 납순이는 취 뜯으러 간다구 건너와서 뒷산으루 올라가구, 종수는 나무허러 가는 체 어실렁어실렁 뒤따러 갔답니다요… 어떠냐? 헤쩍허지[2]? 미이이."

"참말이냐?"

"흥! 인제는 아숩지…? 몰라 몰라!"

점례는 싹 돌아서서 두레박질을 시이시한다.

"빌어먹을 놈의 가시내! 샘에나 풍덩 빠져 죽어라!"

미럭쇠는 내뱉으면서 흐느적흐느적 걸어간다. 걸어가면서 생각이다.

점례 가시내가 노상이 거짓말은 아니구 종수 자식이 워너니 눈치가 수상하기는 수상했어!

그러니 그놈의 새끼한테 납순이를 뺏기구 만담?

내가 요만할 적부터 내걸로 맡아두었는데 다 자란 뒤에 뺏겨!

사람이 화가 나서 살 수가 있나!

하기는 종수 자식이 나보다 얼굴이 밴조고롬하니 이쁘기는 이쁘겠다? 그거 원 참…!

미럭쇠는 귀주머니에서 동강난 거울 조각을 꺼내 들고 제 얼굴을 들여다본다.

죽가래로 푹 찌른 것처럼 가로 째진 입, 길바닥에 떨어진 쇠똥같이 지질펀펀한 코, 왕방울 같은 눈, 좁디좁은 이마, 부룩송아지 대가리처럼 노란 머리터럭이 곱슬곱슬 자지러 붙은 대가리… 등속.

미상불 제가 보아도 그다지 출 수는 없는 인물이다.

제엔장맞을! 워너니 이 화상을 누가 좋아한담! 눈깔이 삔 점례 가시내

---

2) 헤쩍하다: 틈이나 사이가 몹시 헤벌어져 있다.

나 건짜로 반해서 그 지랄이지.

원 어쩌면 요렇게 빌어먹게 갖다가 만들어놓더람!

가만있자. 이게 우리 어머니 아버지 잘못이겠다? 옳아! 아버지는 죽었으니 할 수 없고 어머니를 졸라야지.

아 그래도 내가 기운은 세고, 또 사내자식이 머 인물 뜯어먹고 사나?

빌어먹을 것, 들이대 본다… 눈 멀뚱멀뚱 뜨고서 뺏겨…? 미럭쇠는 허둥지둥 집으로 달려들더니 저의 모친더러, 시방 얼른 새말 납순네 집에 건너가서 혼인하자는 말을 하라고, 만일 납순이한테 장가를 못 가는 날이면 목을 매달고 죽는다고, 어머니가 나를 이렇게 못나게 낳아놓았으니까 그 대신 꼭 납순이한테 장가를 들여주어야 한다고, 마치 미친놈 납뛰듯 주워섬기고서는 도로 부리나케 뒷산으로 올라간다.

온 산을 다 매고 다니던 끝에 으슥한 골짜구니의 양지바른 언덕 밑에서 둘이 나란히 누워 있는 종수와 납순이를 찾아냈다.

납순이는 질겁하게 놀라 달아나고, 그러나 저만치 가 서서 거취를 보고 있고, 종수는 여느 때 같으면 눈만 부릅떠도 비슬비슬 피하던 것이, 오늘은 눈살이 패앵팽 해가지고 아기 똥 하니 버티고 서서 있다.

미럭쇠는 그놈에 비위가 더 상했다.

"너 이놈의 새끼!"

미럭쇠는 눈을 불끈불끈 그 잘난 코를 벌씸벌씸, 내리 으끄러버릴 듯이 바싹 다가선다.

"그리서?"

말소리며 몸은 떨려도 종수의 대답은 다부지다.

"아, 요것 보게!"

"웨? 어찌서 그리어? 늬가 무슨 상관이여?"

"웨 상관이 없어? 내가 맡어논 지집애를 늬가 웨 건디려? 그리두 상관이 없어?"

"머, 밭두덕의 개똥참외더냐? 맡어놓구 어쩌구 허게? 그녀러자식, 생긴 것허구 넉살두 좋네!"

"아, 요년의 새끼가…!"

말로는 암만 해야 달리고, 미럭쇠는 종수의 멱살을 움켜쥔다. 실상 진작에 그럴 것이었었다.

종수도 마주 멱살을 잡는다.

"그리여? 어찌여?"

"요, 싹둥머리 없는 놈의 새끼! 사알살 돌아댕기면서 남의 집 지집애나 바람 맞히구…! 죽어봐!"

와락 잡아 낚으는데 종수는 허깨비같이 휘둘리면서도

"웬 상관이여? 내가 늬미를 후려냈더냐? 네 할미를 후려냈더냐?"고 입은 끄은히 놀린다.

그러나 그 말이 떨어지기 전에 둘이는 어우러져 딩군다.

말은 없고 잠시 동안 식식거리면서 엎치락뒤치락했지만, 악으로 덤빈 종수는 다 같은 스물한 살배기 장정이라도 미럭쇠의 황소 같은 힘을 당해내는 수가 없었다.

미럭쇠는 종수의 배를 타고 앉아서 주먹으로 가슴패기를 짓찧는다.

"요놈의 새끼, 다시두?"

"오냐, 헐 대루 히여라!"

"요것이 그리두 잔소리여!"

미럭쇠는 종수의 목을 내리누른다. 종수는 캑캑, 눈을 헤번덕헤번덕 얼굴에 푸른 핏대가 선다.

그러자 마침 그때다. 등 뒤에서 작대기가 따악하더니 미럭쇠의 정수리를 보기 좋게 후려갈긴다.

"아이쿠!"

미럭쇠는 정신이 아찔해서 앞으로 넙치려고 하는데 재우쳐 한 번 더 따악 내리갈긴다.

미럭쇠는 그대로 정신을 놓고 쓰러지고 납순이는 달려들어 종수의 손목을 잡아 일으켜 가지고 달아난다.

3

납순네는, 계집애가 못된 종수 녀석과 좋잖은 소문을 퍼뜨리고 다닌대서 걱정을 하던 판이라 미럭쇠네가 청혼을 하니까 얼씨구나 좋다고 납채 삼십 원에 선뜻 혼인을 승낙했다. 미럭쇠네는 작년에 저의 부친이 제장가 밑천으로 장만해 놓고 죽은 송아지가 중소나 된 것을 오십 원에 팔고, 또 양돝 새끼 여섯 마리를 삼십 원에 팔고 해서 납채 삼십 원을 보내고 나머지 오십 원으로 혼인을 치렀다. 그게 바로 미럭쇠가 납순이한테 작대기를 맞던 날부터 겨우 열흘만이다.

혼인을 한 첫날밤.

미럭쇠는 달리느라고 맞은 발바닥이 아파 절름절름 신방으로 들어온다.

생전 처음으로 촛불이 환하니 켜져 있는 신방에는 불보다 더 환하게 연지 찍고 곤지 찍고 분단장한 신부 납순이가 소곳하니 앉아 있다.

미럭쇠는 가뜩이나 큰 입이 귀밑까지 째져, 느긋해라고 한참이나 웃고 섰다가 신부 앞에 가서 털썩 주저앉는다.

"히히, 작것! 늬가 작대기루 날 때렸지?"

납순이는 마치 눈이 오려는 겨울날처럼 새촘해서 눈을 아래로 내리깔고 눈썹 한 개도 까딱 않는다.

"그때 혼났다 야…! 원 그렇기두 사정없이 때린단 말이냐? 히히."

"…."

"그리두 나는 늬가 이뻐서 이렇기 네한티루 장개를 가잖었냐? 그렇지? 히히히히."

"…."

"그러닝개루…."

미럭쇠는 납순이의 두 손을 덤쑥 쥔다.

그 손은 얼음같이 찼다.

"… 너두 그전 일을 죄다 잊어삐리구서 인재버텀은 우리 각시닝개루, 응? 내 말 잘 듣구 그리라, 응?"

이렇게 첫날밤은 지냈다.

미럭쇠는 노염이 다 풀려서 이제는 종수를 죽이지 않는다고 말을 냈고, 그래서 종수는 며칠 만에 도로 동네로 돌아왔고, 납순이는 그대로 까땍없이 눈 오려는 겨울날처럼 새촘한 채 그날 그날을 보내고.

그리한 지 보름이 되는 어느 날 석양.

미럭쇠가 등 너머 봄보리밭에 소매小便肥料를 져내고 있노라니까, 난데없이 점례가 미럭쇠, 미럭쇠, 불러대면서 헐레벌떡 달려오고 있었다.

미럭쇠는 웬일인지 가슴이 서늘해서 밭두둑으로 쫓아나오는데 점례는 가빠하는 체하고 쓰러질 듯 팔에 가 매달린다.

"저어…."

"웨 그리여?"

"저어, 시방 오다가 어머니더러두 일러주었어…."

"무얼?"

"저어, 납순이가아…."

"납순이가…!"

"내가 망을 보닝개루 우…."

"그리서?"

"종수가 아…?"

"종수가…?"

"응, 종수허구 우, 납순이허구 우, 방으루우…."

"멋?"

미럭쇠는 점례를 떠다 박지르고 소처럼 내리뛴다.

등을 넘어서자 이녀언 이년, 모친의 게목 지르는 소리가 들린다.

단걸음에 사립문 안으로 들어서는데, 모친은 납순이의 머리채를 감아 쥐고 마당 가운데서 이리저리 개 끌듯 끌어 동댕이를 치고 있다.

조그마한 보따리가 한편으로 굴러져 있다.

"어서 오니라…."

노파는 더욱 기광이 나서 허덕허덕 들렌다.

"… 이년이, 이년이 대낮에 응… 대낮에 그러구서… 그러구서두 그놈허구 도망을 갈라구 보따리를 싸구… 이년! 돈 사백 냥(80圓) 내누아라! 이년, 이 찢어 죽일 년!"

미럭쇠는 잡아먹을 듯 험한 얼굴을 휘휘 두르다가 토방으로 우르르, 절굿공이를 집어 들고 납순이게로 달려든다.

"이년을!"

방아 찧듯 절굿공이를 번쩍 쳐들어, 단번에 골통을 칵 내리 바수려는 순간, 납순이와 딱 눈이 마주친다. 그것은 미럭쇠 제가 이뻐하는 납순이의 얼굴! 마주 말끄러미 올려다보는 그 눈이 어떻게도 액색한지 그만 눈물이 날 것 같았다.

"퍽."

내리치는 절굿공이에 애매하게시리 굳은 마당 바닥이 움푹 팬다.

"이년을 이렇게 쳐 죽일 참인디… 가만있자…."

미럭쇠는 절굿공이를 내던지고 허둥지둥 둘러본다.

"이놈은? 이놈허구 한티다가 묶어놓구서 한꺼번에 놈년을 쳐 죽여야 헐 틴디이… 놈을 잡어와야지, 이놈을… 어머니! 그년 놓치지 말구 꼭 붙들구 있수… 내 이놈마저 잡어 갖구 올 티닝개루…."

이르고는 쭈르르 사립문께로 달려나간다. 사립문 밖에서는 동리 아이들이 진을 치고 구경을 하다가 양편으로 좍 길을 터준다.

점례가 마침 배슥이 웃고 서서 눈을 찌긋째긋한다.

미럭쇠는 짐짓 제 몸뚱이로 점례를 칵 떠받아, 그것은 방금 납순이를 절굿공이로 내리찌려던 그 옹심과 꼭 같았다. 그렇게 죽어라고 떠받아 나동그라뜨리고서 휭하니 뛰어간다.

종수를 잡는다고 선불맞은 범처럼 뛰어나간 미럭쇠는 그 길로 용머리의 술집으로 가서 밤이 늦도록 술을 먹고, 그대로 쓰러져 잤다.

이튿날 새벽에야 철럭거리고 집으로 돌아온 미럭쇠는, 납순이가 부엌 서까래에 목을 매고 늘어진 시체를 제 손으로 풀어 내려놓아야 했었다.

노파가 밤새도록 붙들고 지키다가 새벽녘에 잠깐 잠이 든 사이에 납순이는 빠져나가서 그 거조를 냈던 것이다.

서방 미럭쇠가 돌아오는 날이면 맞아 죽고 말 것, 가령 죽지 않는다고 하더라도 병신이 될 만큼 얻어맞을 것(아까 내리치던 그 무서운 절굿공이!) 그러고서도 평생을 맘없이 매달려 살아야 할 테니, 차라리 진작 죽는 것만 못하다고, 그래 자결을 하고 만 것이다.

"그년을 꼭 내 손으루 쳐 죽일랬더니, 에잉 분히여!"

미럭쇠는 동리 사람들이 모여 섰는 데서 이렇게 장담을 하고 못내 분해하는 체했다.

눈물까지 쏟아졌다. 모두들 분해서 그러는 줄만 알았지, 미럭쇠의 정말 슬픈 심정은 알아채지 못했다.

4

안해 납순이의 무덤 옆에 넋을 놓고 앉았던 미럭쇠는 이윽고 정신이 들어 무덤으로 고개를 돌린다. 숟갈을 꽂아 괴어 논 밥바구니에는 어디서 날아왔는지 파리가 서너 마리나 엉기었다.

"쪼깨 먹었냐?"

미럭쇠는 중얼거리면서 밥구니를 집어 든다.

"물이 없는디, 목 마쳐서 어쩌꺼나!"

마디지게 한숨을 내쉰다.

"작것이 웨 죽어뻬리여…! 가만히 있으면 갠찮얼 틴디… 방정맞게 웨 죽어뻬리여…! 작것이!"

두런두런, 눈물을 찔끔찔끔 밥바구니를 차고 앉아서 숟갈을 뽑아든다.

"꼬시레."

조금 떠서 앞으로 던지고, 또 한 번은 뒤로 던지면서

"꼬시레."

양편 옆으로 한번씩

"꼬시레."

"꼬시레."

골고루 고사를 한다.

할 때에 마침 등 뒤의 산허리께서

"쑥꾸욱."

"쑥꾸욱."

쑥국새(뻐꾹새) 우는 소리가 들린다.

미럭쇠는 막 밥을 먹으려던 순갈을 멈추고 끌리듯 고개를 돌린다.

"쑥꾸욱."

"쑥꾸욱."

형체는 안 보이고 울음소리만 들린다.

"쑥꾸욱."

"쑥 쑥꾸욱."

산을 돌아 넘어가는지 소리가 감감하니 멀어간다.

미럭쇠는 옛이야기가 생각이 났다.

며느리가 해산을 했는데 야속한 시에미가 미역국을 안 끓여주고 쑥국만 끓여주었다. 며느리는 피가 걷히지 않고 속이 쓰리다 못해 삼칠일 만에 그만 죽었다.

그 며느리가 죽어 혼이 새가 되었는데 쑥국에 원한이 잦아져 그래서 밤낮 쑥꾸욱 쑥꾸욱 운다고 한다.

"우리 납순이는 죽어서 무엇이 되었으꼬…? 쑥국새나 되었으머는 우는 소리나 듣지."

미럭쇠는 쑥꾹새 우는 곳을 바라보다가 이윽고 소스라쳐 한숨을 내쉰다.

"쑥꾸욱."

"쑥 쑥꾸욱."

마지막 소리가 아스라이 들리더니 그 다음은 잠잠하다.

미럭쇠는 밥 먹기도 잊고 도로 넋이 나가서 우두커니 앉아 있다.

『여성』, 1938

논 이야기

일인들이 토지와 그 밖에 온갖 재산을 죄다 그대로 내어놓고 보따리 하나에 몸만 쫓기어가게 되었다는 이야기를 듣는 한 생원은 어깨가 우쭐하였다.

"거 보슈 송 생원. 인전 들, 내 생각나시지?"

한 생원은 허연 탑삭부리에 묻힌 쪼글쪼글한 얼굴이 위아래 다섯 대밖에 안 남은 누런 이빨과 함께 흐물흐물 웃는다.

"그러면 그렇지, 글쎄 놈들이 제아무리 영악하기로서니 논에다 너귀탱이 말뚝 박구섬 인도깨비처럼, 어여차 어여차, 땅을 떠가지구 갈 재주야 있을 이치가 있나요?"

한 생원은 참으로 일본이 항복을 하였고, 조선은 독립이 되었다는 그날, 팔월 십오일 적보다도 신이 나는 소식이었다. 자기가 한 말(예언豫言)이 꿈결같이도 이렇게 와 들어맞다니… 그리고 자기가 한 말(예언豫言)대로, 자기가 일인에게 팔가 넘긴 땅이 꿈결같이도 도로 자기의 것이 되게 되었다니… 이런 세상에 신기하고 희한할 도리라고는 없었다.

조선이 독립이 되었다는 팔월 십오일, 그때는 한 생원은 섬뻑 만세를 부르고 싶은 생각이 나지 않았어도, 이번에는 저절로 만세 소리가 나와지려고 하였다.

팔월 십오일 적에 마을에서는 젊은 사람들이 설도를 하여 태극기를 만들고, 닭을 추렴하고, 술을 사고 하여 놓고 조촐히 만세를 불렀다.

한 생원은 그 자리에 참례를 하지 아니하였다. 남들이 가서 만세를 부르자고 하였으나 한 생원은 조선이 독립이 되었다는 것이 별양 반가운 줄을 모르겠었다. 그저 덤덤할 뿐이었었다.

물론 일본이 항복을 하였으니 전쟁은 끝이 난 것이요, 전쟁이 끝이 났으니 벼 공출을 비롯하여 솔뿌리 공출이야, 마초 공출이야, 채소 공출이야, 가지가지의 그 억울하고 성가신 공출이 없어지고 말 것이었다.

또, 열여덟 살박이 손자놈 용길이가 징용에 뽑혀나갈 염려가 없을 터이었다. 얼마나 한 생원은 일찍이 애비를 여의고, 늙은 손으로 여지껏 길러온 외톨 손자놈 용길이가 징용에 뽑히지 말게 하려고, 구장과 면의 노무계 직원과, 부락 담당 직원에게 굽은 허리를 굽실거리며 건사를 물고 하였던고. 굶는 끼니를 더 굶어가면서 그들에게 쌀을 보내어 주기, 그들이 마을에 얼찐하면 부랴부랴 청해다 씨암탉 잡고 술대접하기, 한참 농사일이 몰릴 때라도, 내 농사는 손이 늦어도 용길이를 시켜 그들의 논에 모 심고 김매어주고 하기. 이 노릇에 흰머리가 도로 검어질 지경이요 빚債은 고패가 넘도록 지고 하였다.

하던 것이 인제는 전쟁이 끝이 났으니, 징용 이자는 싹 씻은 듯 없어질 것. 마음 턱 놓고 두 발 쭉 뻗고 잠을 자도 좋았다.

이런 일을 생각하면 한 생원도 미상불 다행스럽지 아니한 것은 아니었다.

그러나 오직 그뿐이었다.

독립?

신통할 것이 없었다.

독립이 되기로서니, 가난뱅이 농투성이가 별안간 나으리 주사 될 리 만무하였다. 가난뱅이 농투성이가 남의 세토(貰土: 소작小作) 얻어 비지땀 흘려가면서 일 년 농사지어 절반도 넘는 도지(소작료小作料) 물고 나머지로 굶으며 먹으며 연명이나 하여가기는 독립이 되거나 말거나 매양 일반일터이었다.

공출이야 징용이야 하여서 살기가 더럭 어려워지기는 전쟁이 나면서부터였었다. 전쟁이 나기 전에는 일 년 농사지어 작정한 도지 실수 않고 물면 모자라나따나 아무 시비와 성가심 없이 내 것삼아 놓고 먹을 수가 있었다.

징용도 전쟁이 나기 전에는 없던 풍도였었다. 마음 놓고 일을 하였고 그것으로써 그만이었지, 달리는 근심 걱정될 것이 없었다.

전쟁 사품에 생겨난 공출이니 징용이니 하는 것이 전쟁이 끝이 남으로써 없어진 다음에야 독립이 되기 전 일본정치 밑에서도 남의 세토 얻어 도지 물고 나머지나 천신하는 가난뱅이 농투성이에서 벗어날 것이 없을진대, 한갓 전쟁이 끝이 나서 공출과 징용이 없어진 것이 다행일 따름이지, 독립이 되었다고 만세를 부르며 날뛰고 할 흥이 한 생원으로는 나는 것이 없었다.

일인에게 빼앗겼던 나라를 도로 찾고, 그래서 우리도 다시 나라가 있게 되었다는 이 잔주도, 역시 한 생원에게는 시뿌듬한 것이었다. 한 생원은 나라를 도로 찾는다는 것은, 구한국 시절로 다시 돌아가는 것으로밖에는 달리는 생각할 수가 없었다.

한 생원네는 한 생원의 아버지의 부진런으로 장만한 열서 마지기와 일곱 마지기의 두 자리 논이 있었다. 선대의 유업도 아니요, (공문서空文書: 무등기無登記) 땅을 거저 주운 것도 아니요, 버젓이 값을 내고 산 것이었다. 하되 그 돈은 체계나 돈놀이(고리대금업高利貸金業)로 모은 돈이 아니요, 품삯 받아 푼푼이 모으고 악의악식하면서 모은 돈이었다. 피와 땀이 어린 땅이었다.

그 피땀 어린 논 두 자리에서, 열서 마지기를 한 생원네는 산 지 겨우 오 년만에 고을 원(군수郡守)에게 빼앗겨버렸다.

지금으로부터 오십 년 전, 갑오 을미 병신 하는 병신丙申년 한 생원의 나이 스물한 살 적이었다.

그 안 해 을미년 늦은 가을에 김아무(김모金某)라는 원이 동학란에 도망 뺀 원 대신으로 새로이 도임을 해와서, 동학의 잔당을 비질하듯 잡아죽였다.

피비린내 나는 살육이 이듬해 병신년 봄까지 계속되었고, 그러고 여름… 인제는 다 지났거니 하여 겨우 안도를 한 참인데, 한태수(한 생원의 아버지)가 원두막에서 동헌으로 붙잡혀가 옥에 갇히었다. 혐의는 동학에 가담하였다는 것이었다.

한태수는 전혀 동학에 가담한 일이 없었다. 그의 말대로 하면, 동학 근처에도 가보지 아니한 사람이었다.

옥에 가두어놓고는, 매일 끌어내다 실토를 하라고, 동류의 성명을 불라고 주리를 틀면서 문초를 하였다. 육십이 넘은 늙은 정강이가 살이 으끄러지고 뼈가 아스러졌다.

나중 가서야 어찌 될값에 당장의 아픔을 견디다 못하여 동학에 가담하였노라고 자복을 하였다. 입에서 나오는 대로 아는 사람의 이름을 불렀다.

불리운 일곱 사람이 잡혀 들어와 같은 문초를 받았다. 처음에는들 내뻗었으나 원체 아픔을 이기지 못하여 자복을 하였다.

남은 것은 처형을 하는 것뿐이었다.

하루는 이방이, 한태수의 안해와 아들(한 생원)을 불렀다.

이방은 모자더러, 좌우간 살려낼 도리를 하여야 않느냐고 하였다.

모자는 엎드려 빌면서, 제발 이방님 덕택에 목숨만 살려지이다고 하였다.

"꼭 한 가지 묘책이 있기는 있는데… 그럼 내가 시키는 대로 할 테냐?"

"불 속이라도 뛰어 들어가겠습니다."

"논문서를 가져오느라. 사또께다 바쳐라."

"논문서를요?"
"아까우냐?"
"…."
"가장이나 애비의 목숨보다 논이 더 소중하냐?"
"그 땅이 다른 땅과도 달라서…."
"정히 그렇게 아깝거던 고만두는 것이고."
"논문서만 가져다 바치면, 정녕 모면을 할까요?"
"아니 될 노릇을 시킬까?"
"그럼 이 길로 나가서 가지고 오겠읍니다."
"밤에 조용히 (내아內衙: 관사官舍)로 오도록 하여라. 나도 와서 있을 테니. 그러고 네 논이 두 자리가 있겠다?"
"네."
"열서 마지기와 일곱 마지기."
"네,"
"그 열서 마지기를 가지고 오느라."
"열서 마지기를요?"
"아까우냐?"
"…."
"아깝거들랑 고만두려무나."
"그걸 바치고 나면 소인네는 논 겨우 일곱 마지기를 가지고 수다한 권솔에 살아갈 방도가…."
"당장 가장이나 애비의 목숨은 어데로 갔던지?"
"…."
"땅이야 다시 장만도 할 수가 있는 것이 아니냐?"
모자는 서로 돌아보면서 말하였다.

"바칩시다."

"바치자."

사흘 만에 한태수는 놓여나왔다. 다른 일곱 명도 이방이 각기 사이에 들어, 각기 얼마씩의 땅을 바치고 놓여나왔다.

그 뒤 경술庚戌년에 일본이 조선을 합방하여 나라는 망하였다.

사람들이 나라 망한 것을 원통히 여길 때, 한 생원은

"그깐 놈의 나라, 시원히 잘 망했지."

하였다. 한 생원 같은 사람으로는 나라란 백성에게 고통이지, 하나도 고마운 것이 아니었다. 또 꼭 있어야 할 요긴한 것도 아니었다.

그런 나라라는 것을 도로 찾았다고 하여 섬뻑 감격이 일지 아니한 것도 일변 의당한 노릇이라 할 것이었다.

논 스무 마지기에서 열서 마지기를 빼앗기고 나니, 원통한 것도 원통한 것이지만, 앞으로 일이 딱하였다. 논이나 겨우 일곱 마지기를 가지고는 어림도 없었다.

하릴없이 남의 세토를 얻어 그 보충을 하여야 하였다. 그러나 남의 세토는 도지를 물어야 하는 것이라, 힘은 내 논을 지을 때와 마찬가지로 들면서도 가을에 가서 차지를 하기는 절반이 못 되는 것이었었다. 그렇지만 그렇다고 남의 세토를 소작 아니할 수는 없었다.

이리하여 한 생원네는 나라 명색이 망하지 않고 내 나라로 있을 적부터 가난한 소작농이었다.

경술년 나라가 망하고, 삼십육 년 동안 일본의 다스림 속에서도 같은 가난한 소작농이었다.

그리고, 속담에 남의 불에 게 잡기로, 남의 덕에 나라를 도로 찾기는 하였다지만 한국 말년의 나라만을 여겨 그 나라가 오죽할 리 없고, 여전히 남의 세토나 지어먹는 가난한 소작농이기는 일반일 것이라고 한 생원은 생각하던 것이었었다.

일본이 항복을 하던 바로 전의 삼사 년에, 공출이야 징용이야 하면서 별안간 군색함과 불안이 생겼던 것이지, 그 밖에는 나라가 망하여 없어지고서 일본의 속국 백성으로 사는 것이 경술년 이전 나라가 있어가지고 조선 백성으로 살 적보다 별양 못할 것이 한 생원에게는 없었다. 여전히 남의 세토를 지어, 절반 이상이나 도지를 물고. 그 나머지를 천신하는 가난한 소작인이요, 순사나 일인이나 면서기들의 교만과 압박보다 못할 것도 없거니와 더할 것도 없었다.

독립이 된 이 앞으로도, 그것이 천지개벽이 아닌 이상, 가난한 농투성이가 느닷없이 부자장자 될 이치가 없는 것이요, 원·아전·토반이나 일본놈 대신에, 만만하고 가난한 농투성이를 핍박하는 '권세 있는 양반들'이 생겨날 것이요 할 것이매, 빼앗겼던 나라를 도로 찾아 다시금 조선 백성이 되었다는 것이 조금도 신통하거나 반가울 것이 없었다.

원과 토반과 아전이 있어, 토색질이나 하고 붙잡아다 때리기도 하고 교만이나 피우고, 하되 (세미稅米: 납세納稅)는 국가의 이름으로 꼬박꼬박 받아가면서 백성은 죽어야 모른 체를 하고 하는 나라의 백성으로도 살아보았다.

천하 오랑캐, 애비와 자식이 맞담배질을 하고, 남매간에 혼인을 하고, 뱀을 먹고 하는 왜인들이, 저희가 주인이랍시고서 교만을 부리고, 순사와 헌병은 칼바람에 조선 사람을 개 도야지 대접을 하고, 공출을 내어라 징용을 나가거라 야미를 하지 마라 하면서 볶아대고, 또 일본이 우리나라다, 나는 일본 백성이다, 이런 도무지 그럴 마음이 우러나지를 않는 억지춘향이 노릇을 시키고 하는 나라의 백성으로도 살아보았다.

결국 그러고 보니 나라라고 하는 것은 내 나라였건 남의 나라였건 있었댔자 백성에게 고통이나 주자는 것이지, 유익하고 고마울 것은 조금도 없는 물건이었다. 따라서 앞으로도 새 나라는 말고 더한 것이라도, 있어서 요긴할 것도 없어서 아쉬울 일도 없을 것이었다.

2

신해辛亥년 경술합방… 바로 이듬해였다. 한 생원은 때의 젊은 한덕문은 빼앗기고 남은 논 일곱 마지기를 불가불 팔아야 할 형편에 이르렀다.

칠팔 명이나 되는 권솔인데, 내 논 일곱 마지기에다 남의 논이나 몇 마지기를 소작하여 가지고는 여간한 규모와 악의악식이 아니고서는 도저히 현상 유지를 하기가 어려웠다.

한덕문은 그 부친과는 달라 살림 규모가 없었다. 사람이 좀 허황하고 헤픈 편이었다.

부친 한태수가 죽고, 대신 당가산當家產을 한 지 불과 오륙 년에 한덕문은 힘에 넘치는 빚을 졌다.

이 빚은 단순히 살림에 보태느라고만 진 빚은 아니었다.

한덕문은 허황하고 헤픈 값을 하느라고, 술과 노름을 쏠쏠히 좋아하였다.

일 년 농사를 지어야 일 년 가계가 번연히 모자라는데, 거기다 술을 먹고 노름을 하니, 늘어가느니 빚밖에는 있을 것이 없었다.

빚은 갚아야 되었다.

팔 것이라고는 논 일곱 마지기 그것뿐이었다.

한덕문이 빚을 이리 틀어막고 저리 틀어막고, 오늘로 밀고 내일로 밀고 하여 오던 끝에, 마침내는 더 꼼짝을 할 도리가 없어 논을 팔기로 작정을 대었을 무렵에, 그러자 용말(용전龍田) 사는 일인 길천吉川이가 요새로 바싹 땅을 많이 사들인다는 소문이 들리었다. 그리고 값으로 말하여도, 썩 좋은 상답이면 한 마지기(200평)에 스무 냥으로 스물닷 냥(20냥 이상兩以上 25냥兩 : 4원 이상圓以上 5원圓)까지 내고, 아주 박토라도 열 냥(2원圓) 안짝은 없다고 하였다.

땅마지기나 가진 인근의 다른 농민들도 다들 그러하였지만, 한덕문은 그중에서도 귀가 반짝 뜨였다.

시세의 갑절이었다.

고래실논으로, 개똥배미 상지상답이라야 한 마지기에 열 냥으로 열두어 냥(2원圓~2원圓 4, 50전錢)이요, 땅 나쁜 것은 기지개 써야 닷 냥(1원圓)이었다.

'팔자!'

한덕문은 작정을 하였다.

일곱 마지기 논이 상지상답은 못 되어도 상답은 되니, 잘하면 열 냥(2원圓)은 받을 것. 열 냥이면 이칠십사 일백마흔 냥(28원圓).

빚이 이럭저럭 한 오십 냥(10원圓) 되니, 그것을 갚고 나면 아흔 냥(18원圓)이 남아. 아흔 냥을 가지고 도로 논을 장만해. 판 일곱 마지기만한 토리의 논을 사더라도 아홉 마지기를 살 수가 있어.

결국 논 한번 팔고 사고 하는 노름에, 빚 오십 냥 거저 갚고도, 논은 두 마지기가 늘어 아홉 마지기가 생기는 판이 아니냐.

이런 어수룩한 노름을 아니하잘 며리가 없는 것이었었다.

양친은 이미 다 없은 때요, 한덕문 그가 (대주大主: 호주戶主)였으므로, 혼자서 일을 결단하여도 간섭을 받을 일은 없었다.

곡우穀雨 머리의 어느 날 한덕문은 맨발짚신 풀상투에 삿갓 쓰고 곰방대 물고, 마을에서 십 리 상거의 용말(용전龍田) 출입을 나갔다. 일인 길천이가 적실히 그렇게 후한 값으로 논을 사는지 진가를 알아보자 함이었다.

금강錦江 어귀의 항구 군산群山에서 시작되어, 동북간방東北間方으로 임피읍臨陂邑을 지나 용말로 나온 행길이, 용말 동쪽 변두리에서 솜리(이리裡里)로 가는 길과 황등장터(황등시黃登市)로 가는 길의 두 갈래 길로 갈리는, 그 샅에 가 전주全州집이라는 주모가 업을 하고 있는 주막이 오도카니 호올로 놓여 있었다.

한덕문은 전주집과는 생소치 아니한 사이였다.

마당이자 바로 행길인, 그 마당 앞에 섰는 한 그루의 실버들이 한창 푸르른 전주집네 주막, 살진 봄볕이 드리운 마루에 나란히 걸터앉자 세상물정 이야기, 피차간 살아가는 이야기, 훨씬 한담을 하던 끝에 한덕문이 지날 말처럼 넌지시 물었다.

"참, 저, 일인 길천이가 요새 땅을 많이 산다구?"

"많얼께 아니라, 그 녀석이 아마, 이 근처 일판을, 땅이라구 생긴 건 깡그리 쓸어 사자는 배폰가 봅디다!"

"헷소문은 아니루구면?"

"달리 큰 배포가 있던지, 그렇잖으면 그 녀석이 상성(발광發狂)을 했던지."

"…?"

"한 서방 으런두 속내 아는 배, 이 근처 논이 물 걱정 가뭄 걱정 없구, 한 마지기에 넉 섬은 먹는 논이라야 열 냥(2원圓)이 상값 아니우? 그런 걸 글쎄, 녀석은 스무 냥 스물댓 냥을 펴주구 사는구랴. 제마석(일두락一斗落에 일석一石)두 못 먹는 자갈바탕의 박토라두, 논 명색이면 열 냥 안짝 잽히는 건 없구."

"허긴 값이나 그렇게 월등히 많이 내야 일인한테 논을 팔지, 그렇잖구서야 누가."

"제엔장, 나두 진작에 논이나 시늉만 생긴 거라두 몇 섬지기 장만해 두었드라면, 이런 판에 큰 횡잴 했지."

"그래, 많이들 와 파나?"

"대가릴 싸구 덤벼든답디다. 한 서방 으런두 논 좀 파시구랴? 이런 때 안 팔구, 언제 팔우?"

"팔 논이 있나!"

이유와 조건의 어떠함을 물론하고 농민이 논을 판다는 것은 남의 앞에 심히 떳떳스럽지 못한 일이었다. 번연히 내일모레면 다 알게 될 값이라도, 되도록 그런 기색을 숨기려고 드는 것이 통정이었다.

뚜벅뚜벅 말굽 소리가 나더니, 말 탄 길천이가 주막 앞을 지난다. 언제나 그러하듯이, 깜장 됫박모자(중산모자中山帽子)에, 깜장 복장(양복洋服: 쓰메에리)을 입고, 깜장 목 깊은 구두를 신고 허리에는 육혈포를 차고 하였다.

한덕문은 길에서 몇 차례 본 적이 있어 그가 길천인 줄을 안다.

"어디 갔다 와요?"

전주집이 웃으면서 알은체를 하는 것을, 길천은 웃지도 않으면서

"응, 조기. 우리, 나쁜 사레미 자바리 갔소 왔소."

길천의 차인꾼이요 통역꾼이요 한 백남술이가 밧줄로 결박을 지은 촌 젊은 사람 하나를 앞참세우고 뒤미처 나타났다.

죄수(?)는 상투가 풀어지고, 발기발기 찢긴 옷과 면상으로 피가 묻고 한 것으로 보아, 한바탕 늑신 두들겨 맞은 것이 역력하였다.

"어디 갔다 오시우?"

전주집이 이번에는 백남술더러 인사로 묻는다.

백남술은 분연히

"남의 돈 집어먹구 도망 댕기는 놈은 죽어 싸지." 하면서 죄수에게 잔뜩 눈을 흘긴다.

그러고 나서 전주집더러

"댕겨오께시니, 닭이나 한 마리 잡구 해놓게나. 놈을 붙잡느라구 한 승강했더니 목이 컬컬허이."

그러느라고 잠깐 한눈을 파는 순간이었다. 죄수가 밧줄 한끝 붙잡힌 것을 홱 뿌리치면서 몸을 날려 쏜살같이 오던 길로 내뺀다.

"엇!"

백남술이 병신처럼 놀라다 이내 죄수의 뒤를 쫓는다.

길천의 탄 말이 두 앞발을 번쩍 들어 머리를 돌리면서 땅을 차고 달린다.

그러면서 길천의 손에서 육혈포가 땅… 풀씬 연기가 나면서 재우쳐 땅… 죄수는 그러나 첫 한방에 그대로 길바닥에 가 동그라진다. 같은 순간 버선발로 뛰어 내려간 전주집이 에구머니 비명을 지른다.

죄수는 백남술에게 박승 한끝을 다시 붙잡히어 일어난다. 길천은 피스톨 사격의 명인名人은 아니었었다.

일인에게 빚을 쓰는 것을 왜채倭債라고 하고, 이 젊은 친구는 왜채를 쓰고서 갚지 아니하고, 몸을 피해 다니다가 붙잡힌 사람이었다.

길천은 백남술이가

'이 사람은 논이 몇 마지기가 있소.' 하고 조사보고를 하면, 서슴지 아니하고 왜채를 주곤 한다. 이자도 항용 체계나 장변보다 헐하였다.

빚을 주는 데는 무른 것 같아도, 받는 데는 무서웠다.

기한이 지나기를 기다려, 채무자를 제집으로 데려다 감금을 하고, 사형私刑으로써 빚 채근을 하였다.

부형이나 처자가 돈을 가지고 와서 빚을 갚는 날까지 감금과 사형을 늦추지 아니하였다.

논문서를 가지고 오는 자리는 '우대'를 하였다. 이자를 탕감하고 본전만 쳐서 논으로 받는 것이었었다. 논이 있는 사람은, 돈을 두어두고도 즐거이 논으로 갚고 하였다.

한덕문은 다시 끌려가고 있는 죄수의 뒷모양을 우두커니 바라다보면서,

'제엔장, 양반 호랑이도 지질한데, 우환 중에 왜놈 호랑이까지 들어와서 이 등쌀이니, 갈수록 죽어나는 건 만만한 백성뿐이로구나.'

'쯧, 번연히 알면서 왜채를 쓰는 사람이 잘못이지, 누구를 원망하나.'

'참새가 방앗간을 거저 지날까. 이왕 외상술이라도 한잔 먹고 일어설까, 어떡헐까?'

이런 생각을 하고 앉았는 차에, 생각잖이, 외가 편으로 아저씨뻘 되는 윤 첨지가 푸뜩 거기에 당도하였다. 윤 첨지는 황등장터에서 제 논 석 지기나 지니고 탁신히 사는 농민이었다.

아저씨 웬일이시냐고. 조카 잘 있었더냐고. 항용 하는 인사가 끝난 후에, 이 동네 사는 길천이라는 일인이 값을 후히 내고 땅을 사 드린다는 소문이 있으니 적실하냐고 아까 한덕문이 전주집더러 묻던 말을 윤 첨지가 한덕문더러 물었다.

그렇단다는 한덕문의 대답에 윤 첨지는 이윽고 생각을 하고 있더니 혼잣말같이,

"그럼 나두 이왕 궐厥한테다 팔아야 하겠군." 하다가 한덕문더러,

"황등이까지 가서두 살까? 예서 이십 리나 되는데." 하고 묻는다.

"글쎄요… 건데 논은 어째 파실 영으루?"

"허, 그거 온 참… 저어 공주 한밭(대전大田)서 무안 목포木浦루 철로鐵道가 새루 나는데, 그것이 계룡산鷄龍山 앞을 지나 연산連山 · 팥거리(두계豆溪)루 해서 논메(논산論山) · 강경江景으루 나와가지구, 황등장터를 지나게 된다네그려."

"그런데요?"

"그런데 철로가 난다 치면 그 십 리 안짝은 논을 죄 버리게 된다는 거

야."

"어째서요?"

"차가 댕기는 바람에 땅이 울려가지구 모를 심어두 뿌릴 제대루 잡지 못하구 해서, 벼가 자라질 못한다네그려!"

"무슨 그럴 리가…."

"건 조카가 속을 몰라 하는 소리지. 속을 몰라 하는 소린 것이, 나두 작년 정월에 공주 한밭엘 갔다, 그놈 차가 철로 위루 달리는 걸 구경했지만, 아 그 쇳덩이루 만든 집채더미 같은 시꺼먼 수레가 찻길 위루 벼락치듯 달리는데, 땅바닥이 사뭇 움죽움죽하드라니깐! 여승 지동地震이야… 그러니, 땅이 그렇게 지동하듯 사철 들이 울리니, 근처 논이 모가 뿌리를 잡을 것이며, 자라기를 할 것인가?"

"…."

듣고 보니 미상불 근리한 말이었다.

"몰랐으면 이거니와 알구두 그대루 있겠던가? 그래 좀 덜 받더래두 팔아넘길 영으루 하구 있는데, 소문을 들으니 길천이라는 손이 요새 값을 시세보담 갑절씩이나 내구 논을 산다네그려. 정녕 그렇다면 철로 조간이 아니라두 팔아가지구 딴 데루 가서 판 논 갑절 되는 논을 장만함직두 한 노릇인데, 항차…."

"철로가 그렇게 난다는 건 아주 적실한가요?"

"말끔 다 칙량을 하구, 말뚝을 박아놓구 한걸… 황등장터 그 일판은 그래, 논들을 못 팔아 난리가 났다니까."

3

일인 길천이에게 일곱 마지기 논을 일백마흔 냥(28원圓)에 판 것과, 그중 쉰 냥(10원圓)은 빚을 갚은 것, 이것까지는 한덕문의 예산대로 되었었다.

그러나 나머지 아흔 냥(18원圓)으로 판 논 일곱 마지기보다 토리가 못하지 아니한 논으로 두 마지기를 더한 아홉 마지기를 삼으로써 빚 쉰 냥은 공으로 갚고, 그러고도 논이 두 마지기가 붙게 된다던 것은 완전히 허사가 되고 말았다.

아무도 한덕문에게 상답 한 마지기를 열 냥씩에 팔려는 사람은 없었다. 이왕 일인 길천이에게 팔면 그 갑절 스무 냥씩을 받는고로 말이었다.

필경 돈 아흔 냥은 한덕문의 수중에서 한 반년 동안 구르는 동안 스실사실 다 없어지고 말았다.

이리하여 한덕문은 논 일곱 마지기로 겨우 빚 쉰 냥을 갚고는, 아무것도 남은 것이 없이 손 싹싹 털고 나선 셈이었다.

친구가 있어 한덕문을 책하면서 물었다.

"어떡허자구 논을 판단 말인가?"

"무얼 두구 보아?"

"일인들이 다 쫓겨가면, 그 땅 도로 내 것 되지 갈 데 있던가?"

"쫓겨갈 놈이 논을 사겠나?"

"저이 놈들이 천지 운수를 안다든가?"

"자네는 아나?"

"두구 보래두 그래."

한덕문은 혼자 속으로는 아뿔싸, 논이라야 단지 그것뿐인 것을 팔고서, 인제는 송곳 꽂을 땅도 없으니 이 노릇을 어찌한단 말이냐고, 심히 후회하여 마지아니하였다.

그러면서도 남더러는 그렇게 배포 있이 장담을 탕탕하였다.

한덕문은 장차에 일인들이 쫓기어가리라는 것을 확언할 아무런 근거도 가진 것이 없었다. 따라서 자신도 없었다. 오직 그는 논을 판 명예롭지 못함과 어리석음을 싸기 위하여, 그런 희떠운 소리를 한 것일 따름이었다.

한덕문이, 일인들이 다 쫓기어가면 그 논이 도로 제 것이 될 터이라서 논을 팔았다고 한다더라, 이 소문이 한 입 두 입 퍼지자, 듣는 사람마다 그의 희떠움을, 혹은 실없음을 웃었다 하는 양을 보느라고 위정 "자네 논 팔았다면서?" 한다 치면,

"팔았지."

"어째서?"

"돈이 좀 아쉬워서."

"돈이 아쉽다고 논을 팔구서 어떡허자구?"

"일인들이 다 쫓겨가면 그 논 도루 내 것 되지 갈 데 있나?"

"일인들이 쫓겨간다든가?"

"그럼 백 년 살까?"

또 누구는 수작을 바꾸어 "일인들이 쫓겨간다지?" 한다 치면,

"그럼!"

"언제쯤 쫓겨가는구?"

"건 쫓겨가는 때 보아야 알지."

"에구 요 맹추야. 요 허풍선이야. 우리나라 상감님을 쫓어내구 저이가 왕 노릇을 하는데 쫓겨가?"

"자넨 그럼 일인들이 안 쫓겨가구, 영영 그대루 있으면 좋을 건 무언가?"

"좋기루 할 말이야 일러 무얼 하겠나만, 우리 좋구푼 대루 세상일이 돼

준다던가?"

"그래두 인제 내 말을 일를 때가 오너니."

"괜히, 논 팔구섬 할 말 없거들랑, 국으루 잠자꾸 가만히나 있어요."

"체에. 내 논 내가 팔아먹는데, 죄 될 일 있나?"

"걸 누가 죄라니?"

"길천이한테 논 팔아먹은 놈이 한덕문이 하나뿐인감?"

"누가 논 판 걸 나무래? 희떤 장담을 하니깐 그리는 거지."

"희떤 장담인지 아닌지 두구 보잔 말야."

이로부터 한덕문은 그 말로 인하여 마을과 인근에서 아주 호가 났고, 어느 겨를인지 그것이 한 속담俗談까지 되었다.

가령 어떤 엉뚱한 계획을 세운다든지 허랑한 일을 시작하여 놓고서는, 천연스럽게 성공을 자신한다든지, 결과를 기다린다든지 하는 사람이 있은다치면

"흥, 한덕문이 길천이게다 논 팔아먹던 대 났구나." 하고 비웃곤 하는 것이었었다.

그 호 그 속담은, 삼십오 년을 두고 전하여 내려왔다. 전하여 내려올 뿐만이 아니었다. 일본제국주의의 조선에 있어서의 지반이 해가 갈수록 완고한 것이 되어감을 따라, 더욱이 만주사변 때부터 시작하여 중일전쟁을 거쳐 태평양전쟁으로 일이 거창하게 벌어진 결과, 전쟁수단으로서 조선의 가치는 안으로 밖으로, 적극적으로 소극적으로, 나날이 더 커감을 좇아, 일본이 조선에다 박은 뿌리는 더욱 깊이 뻗어 들어가고, 가지와 잎은 더욱 무성하여서, 일본이 조선으로부터 물러간다는 것은 독립과 한가지로 나날이 더 잠꼬대 같은 생각이던 것처럼 되어버려 감을 따라, 그래서 한덕문의 장담하던 (일인들이 다 쫓겨가면….) 이 말이, 해가 가고 날이 갈수록 속절없이 무색하여감을 따라 그와 반비례하여 그 말의 속담

으로서의 가치와 효과만이 멸하지 않고 찬란히 빛을 내었다.

바로 팔월 십사 일까지도 그러하였다.

팔월 십사 일까지도 "홍 한덕문이 길천이한테 논 팔아먹던 대 났구나."는 당당히 행세를 하였었다.

그랬던 것이, 팔월 십오 일에 일본이 항복을 하고 조선은 독립(실상은 우선 해방)이 되고 하였다. 그리고 며칠 아니하여"일인들이 토지와 그 밖 온갖 재산을 죄다 그대로 내어놓고 보따리 하나에 몸만 쫓기어가게 되었다"는 데까지 이르렀다.

한 생원(한덕문)의 '일인들이 다 쫓겨가면….'은 이리하여 부득불 빛이 화안하여지고 반대로, '한덕문이 길천이한테 논 팔아먹던 대 났구나.'는 그만 얼굴이 벌게서 납작하고 말 수밖에 없었다.

4

"여보슈 송 생원?"

한 생원이 허연 탑삭부리에 묻힌 쪼글쪼글한 얼굴이 위아래 다섯 대밖에 안 남은 누런 이빨과 함께 흐물흐물 자꾸만 웃어지는 웃음을 언제까지고 거두지 못하면서, 그러다 별안간 송 생원의 팔을 잡아 흔들면서 아주 긴하게,

"우리 독립만세 한번 부르실까?"

"남 다아 부르구 난 댐에, 건 불러 무얼 허우?"

송 생원은 한 생원과 달라 길천이한테 팔아먹은 논도 없으려니와, 따라서 일인들이 쫓기어 가더라도 도로 찾을 논도 없었다.

"송 생원, 접때 마을에서 만세를 부를 제, 나가 부르셨던가?"

"난 그날, 허리가 아파 꼼짝 못하구 누었었는걸."

"나두 그날 고만 못 불렀어."

"아따 못 불렀으면 못 불렀지, 늙은 것들이 만세 좀 아니 불렀기루 귀양살이 보내겠수?"

"난 그래두 좀 섭섭해 그랬지요… 그럼 송 생원 우리 술 한잔 자실까?"

"술이나 한잔 사주신다면."

"주막으루 나갑시다."

두 늙은이가 지팡이를 짚고 마을에 단 한 집밖에 없는 주막으로 나갔다.

"에구머니, 독립두 되구 볼 거야. 영감님들이 술을 다 자시러 오시구."

이십 년이나 여기서 주막을 하느라고, 인제는 중늙은이가 된 주모 판쇠네가, 손님을 환영이라기보다 다뿍 걱정스러한다.

"미리서 외상인 줄이나 알구, 술 좀 주게나."

한 생원이 그러면서 술청으로 들어가 앉은 것을, 송 생원도 따라 들어가 앉으면서 주모더러

"외상 두둑히 드리게. 수가 나셨다네."

"독립되는 운덤에 어느 고을 원님이나 한 자리에 해 가시는감?"

"원님을 걸 누가 성가시게, 흐흐…."

한 생원은 그러다 다시

"거, 안주가 무어 좀 있나?"

"안주두 벤벤찮구 술두 막걸린 없구 소주뿐인 걸, 노인네들이 소주 잡숫구 어떡허시게."

"아따 오줌은 우리가 아니 싸리."

젊었을 적에는 동이술을 사양치 아니하던 영감들이었다. 그러나 둘이가 다 내일모레가 칠십. 더구나 자주자주는 술을 입에 대지 않던 차에, 싱겁

다고는 하지만 소주를 칠팔 잔씩이나 하였으니 과음일 수밖에 없었다.

송 생원은 그대로 술청에 쓰러져 과연 소변을 저리기까지 하였다.

한 생원은 송 생원보다는 아직 기운이 조금은 좋은 덕에, 정신을 놓거나 몸을 가누지 못할 지경은 아니었다.

"우리 논을 좀 보러 가야지, 우리 논을. 서른다섯 해 만에, 우리 논을 보러 간단 말야, 흐흐흐."

비틀거리면서 한 생원은 술청으로부터 나온다.

"주모 판쇠네가 성화가 나서 방으루 들어가 누섰다 술 깨신 댐에 가세요. 노인네들 술 드렸다구 날 또 욕허게 됐구면."

"논 보러 가, 논. 길천이게다 판 우리 논. 흐흐흐. 서른다섯 해 만에 도루 찾은, 우리 일곱 마지기 논, 흐흐흐."

"글쎄 논은 이 댐에 보러 가시면 어디루 가요?"

"날, 희떤 소리 한다구들 웃었지. 미친 놈이라구 웃었지, 들. 흐흐. 서른다섯 해 만에 내 말이 들어맞일 줄을 누가 알았어? 흐흐흐."

말은 혀 꼬부라진 소리로, 몸은 위태로이 비틀거리면서, 한 생원은 지팡이를 휘젓고 밖으로 나간다. 나가다 동네 젊은 사람과 마주쳤다.

"아 한 생원 웬일이세요?"

"논 보러 간다, 논. 흐흐흐. 너두 이 녀석, 한덕문이 길천이한테 논 팔아먹던 대 났구나, 그런 소리 더러 했었지? 인제두 그런 소리가 나오까?"

"취하섰군요."

"나, 외상술 먹었지. 논 찾았은깐 또 팔아서 술값 갚으면 고만이지. 그럼 한 서른다섯 해 만에 또 내 것 되겠지, 흐흐흐. 그렇지만 인전 안 팔지, 안 팔아. 우리 용길이놈 물려줘여지, 우리 용길이놈."

"참, 용길이 요새 있죠?"

"있지. 길천이한테 팔아먹었을까?"

"저, 읍내 사는 영남이가 산판山坂 하날 사서 벌목伐木을 하는데, 이 동네 사람들더러 와 남구 비어주구, 그 대신 우죽枝葉가져가라구 하니, 용길이두 며칠 보내서 땔나무나 좀 장만하시죠."

"걸 누가… 논을 도루 찾았는데."

"논만 찾으면 땔나문 없어두 사시나요?"

"논두 없어두 서른다섯 해나 살지 않었느냐?"

"허허 참. 그러지 마시구 며칠 보내세요. 어서서 다 비어버려야 할 텐데, 도무지 사람을 못 구해 그러니, 절더러 부디 그럭허두룩 서둘러 달라구, 영남이가 여간만 부탁을 해싸여죠. 아, 바루 동네서 가찹겠다, 져나르기 수월허구…요. 위 가잿골 있는 길천농장 멧갓[1]이래요."

"무어?"

한 생원은 별안간 정신이 번쩍 나면서 대어든다.

"가잿골 있는 길천농장 멧갓이라구?"

"네."

"네라니? 그 멧갓이… 가마안자, 아니, 그 멧갓이 뉘 멧갓이길래?"

"길천농장 멧갓 아네요? 걸, 영남이가 일인들이 이번에 거덜이 나는 바람에 농장 산림 감독하던 강 서방한테 샀대요."

"하, 이런 도적놈들. 이런 천하 불한당 놈들. 그래, 지끔두 벌목을 하구 있더냐?"

"오늘버틈 시작했다나 봐요."

"하, 이런 천하 날불한당 놈들이."

한 생원은 천방지축으로 가잿골을 향하여 비틀걸음을 친다.

솔은 잘 자라지 않고, 개간하여 밭을 만들자 하니 힘이 부치고 하여, 이

---

1) 멧갓: 나무를 함부로 베지 못하게 가꾸는 산.

름만 멧갓이지, 있으나 마나 한 멧갓 한 자리가 있었다. 한 삼천 평 될까 말까, 그다지 크지도 못한 것이었었다.

이 멧갓을 한 생원은 길천이에게다 논을 팔던 이듬핸지 그 이듬핸지, 돈은 아쉽고 한판에 또한 어수룩이 비싼 값으로 팔아넘겼었다.

길천은 그 멧갓에다 낙엽송을 심어, 삼십여 년이 지난 지끔 와서는 아주 헌다한 산림이 되었었다.

늙은이의 총기요, 논을 도로 찾게 되었다는 것에만 정신이 팔려, 깜빡 멧갓 생각은 미처 아직 못하였던 모양이었다.

마침 전신주 감의 쭉쭉 곧은 낙엽송이 총총들이 섰다. 베기에 아까와 보이는 나무였다.

한 서넛이나가 한편에서부터 깡그리 베어 눕히고, 일변 우죽을 치고 한다.

"이놈, 이 불한당 놈들. 이 멧갓 벌목한다는 놈이 어떤 놈이냐?"

비틀거리면서 고함을 치고 쫓아오는 한 생원을, 사람들은 영문을 몰라 일하던 손을 멈추고 뻐언히 바라다보고 섰다.

"이놈 너루구나?"

한 생원은 영남이라는 읍내 사람 벌목 주인 앞으로 달려들면서, 한 대 갈길 듯이 지팡이를 둘러멘다.

명색이 읍사람이라서, 촌 농투성이에게 무단히 해거를 당하면서 공수하거나 늙은이 대접을 하려고는 않는다.

"아니, 이 늙은이가 환장을 했나? 왜 그러는 거야 왜."

"이놈, 네가 왜, 이 멧갓을 손을 대느냐?"

"무슨 상관여?"

"어째 이놈아 상관이 없느냐?"

"뉘 멧갓이길래?"

“내 멧갓이다. 한덕문이 멧갓이다, 이놈아.”

“허허, 내 별꼴 다 보니. 괜시리 술잔 든질렀거들랑. 고히 삭히진 아녀구서, 나이 깨 먹은 것이, 왜 남 일하는 데 와서 이 행악야 행악이. 늙은인 다리 뼉다구 부러지지 말란 법 있나?”

“오냐, 이놈, 날 죽여라. 너구 나구 죽자.”

“대체 내력을 말을 해요. 무엇 때문에 이 야룐지, 내력을 말을 해요.”

“이 멧갓이 그새까진 길천이 것이라두, 조선이 독립됐은깐 인전 내 것이란 말야, 이놈아.”

“조선이 독립이 됐는데, 어째 길천이 멧갓이 한덕문이 것이 되는구?”

“길천인, 일인들은, 땅을 죄다 내놓구 간깐, 그전 임자가 도루 차지하는게 옳지, 무슨 말이냐?”

“오오, 이녁이 이 멧갓을 전에 길천이한테다 팔았다?”

“그래서.”

“그랬으니깐, 일인들이 땅을 다 내놓구 가니깐, 이녁은 팔았던 땅을 공짜루 도루 차지하겠다?”

“그래서.”

“그 개 뭣 같은 소리 인전 엔간치 해두구, 어서 없어져 버려요. 난 빼젓이 길천농장 산림관리인 강태식이한테 시퍼런 돈 이천 환 주구서 계약서 받구 샀어요. 강태식인 길천이가 해준 위임장 가지구 팔구. 돈 내구 산 사람이 임자지, 저, 옛날 돈 받구 팔구 팔아먹은 사람이 임잘까?”

8·15 직후, 낡은 법이 없어지고 새로운 영이 서기 전, 혼란한 틈을 타서, 잇속에 눈이 밝은 무리들이 일본인 농장이나 회사의 관리자와 부동이 되어가지고, 일인의 재산을 부당 처분하여 배를 불린 일이 허다하였다. 이 산파 사건도 그런 것의 하나였다.

5

그 뒤 훨씬 지나서.

일인의 재산을 조선 사람에게 판다, 이런 소문이 들렸다.

사실이라고 한다면 한 생원은 그 논 일곱 마지기를 돈을 내고 사지 않고서는 도로 차지할 수가 없을 판이었다. 물론 한 생원에게는 그런 재력이 없거니와, 도대체 전의 임자가 있는데, 그것을 아무나에게 판다는 것이 한 생원으로 보기에는 불합리한 처사였다.

한 생원은 분이 나서 두 주먹을 쥐고 구장에게로 쫓아갔다.

"그래 일인들이 죄다 내놓구 가는 것을, 백성들더러 돈을 내구 사라구 마련을 했다면서?"

"아직 자세힌 모르겠어두, 아마 그렇게 되기가 쉬우리라구들 하드군요."

해방 후에 새로 난 구장의 대답이었다.

"그런 놈의 법이 어딨단 말인가? 그래, 누가 그렇게 마련을 했는구?"

"나라에서 그랬을 테죠."

"나라?"

"우리 조선나라요."

"나라가 다 무어 말라비틀어진 거야? 나라 명색이 내게 무얼 해준 게 있길래, 이번엔 일인이 내놓구 가는 내 땅을 저이가 팔아먹으려구 들어? 그게 나라야?"

"일인의 재산이 우리 조선나라 재산이 되는 거야 당연한 일이죠."

"당연?"

"그렇죠."

"흥, 가만 둬두면 저절루, 백성의 것이 될걸, 나라 명색은 가만히 앉었다, 어디서 툭 튀어나와 가지구, 걸 뺏어서 팔아먹어? 그따위 행사가 어 딨다든가?"

"한 생원은, 그 논이랑 멧갓이랑 길천이한테 돈을 받구 파셨으니깐 임자로 말하면 길천이지 한 생원인가요?"

"암만 팔았어두, 길천이가 내놓구 쫓겨갔은깐, 도루 내 것이 돼야 옳지, 무슨 말야. 걸, 무슨 탁에 나라가 뺏을 영으루 들어?"

"한 생원한테 뺏는 게 아니라, 길천이한테 뺏는 거랍니다."

"홍, 둘러다 대긴 잘들 허이. 공동묘지 가보게나. 핑계 없는 무덤 있던가? 지, 병신년에 원놈(군수郡守) 김 가가 우리 논 열두 마지기 뺏을 제두 핑곈 다 있었드라네."

"좌우간, 아직 그렇게 지레 염렬 하실 게 아니라, 기대리구 있느라면 나라에서 다 억울치 않두룩 처단을 하겠죠."

"일 없네. 난 오늘버틈 도루 나라 없는 백성이네. 제길 삼십육 년두 나라없이 살아왔을려드냐. 아니글쎄, 나라가 있으면 백성한테 무얼 좀 고마운 노릇을 해주어야, 백성두 나라를 믿구, 나라에다 마음을 붙이구 살지. 독립이 됐다면서 고작 그래, 백성이 차지할 땅 뺏어서 팔아먹는 게 나라 명색야?"

그러고는 털고 일어서면서 혼잣말로,

"독립됐다구 했을 제, 내, 만세 안 부르기, 잘했지."

『잘난 사람들』, 1948

해후邂逅

1

마지막으로 라디오의 지하선을 비끄러매놓고 나니, 그럭저럭 대강 다 정돈은 된 것 같았다.

책장과 책상과 이불 봇짐에, 트렁크니 행담 등속을 말고도, 양복장이야 사진틀이야 족자야 라디오 세트야, 하숙 홀아비의 세간치고는 꽤 부푼 세간이었다. 그것을 주섬주섬 뒤범벅으로 떠 싣고 와서는, 전대로 다시 챙긴다, 적당히 벌여놓는다 하느라니, 언제나 이사를 할 적이면 그러하듯이, 한동안 매달려서 골몰해야 했다.

잠착하여 시간과 더불어 오래도록 잊었던 담배를 비로소 푸욱신 붙여 물고 맛있이 내뿜으면서, 방 한가운데에 가 우뚝 선 채, 휘휘 한 바퀴 돌아보았다.

칸반이라지만 집 칸살이 커서 웬만한 이칸보다도 나았다. 웃목으로 책장과 양복장을 들여세우고, 머리맡으로 책상을 놓고, 뒷벽 중간쯤 다가 행담과 트렁크를 포개서 이부자리를 올려놓고 했어도, 홀몸 거처엔 별반 옹색치 않을 만큼 방은 넓었다.

반자, 도배, 장판 일습이 집 주름 영감과 주인집 마나님 말마따나 파리똥 한 점 앉지 않고 정갈했다. 여름을 치른 벽이라도, 빈대 피는 물론 곰팡이 슨 자죽도 없었다.

십상 잘 되었다고 다시금 혼자서 고개를 끄덕거리는데, 그러자 방안이 별안간 화안히 밝아졌다. 돌려다 보니, 서향인 듯싶은 앞 쌍창으로 마침 끄물거리던 구름이 벗어진 모양, 햇볕이 가득 들여 쬐었다. 장차 명년이나 가면 여름이 더울는지는 몰라도, 당장 이 가을과 겨울 동안 해가 잘 들겠어서 또한 신통하고 반가웠다.

해는 잘 들고, 방은 넓고 깨끗하고, 보매 집안도 안팎이 정사하고 겸해서 조용하고, 아무려나 모처럼(그도 우연한 기회에) 좋은 하숙을 얻은 것이 재삼 만족했다.

그새까지 유하고 있던 원동의 하숙을 불시로 옮아야 할 사정이 생겨서 두루 물색을 했으나, 우환 중에 방이 귀한 이 당철이라, 조만하여 마차운 자리가 눈에 뜨이질 않았었다. 그러다가 어제는 저 앞 큰 거리를 지나던 길에 허실 삼아 복덕방 영감더러 문의를 했더니, 선뜻 데리고 와서 보여 준 것이 이 집 이 방이었다.

마침 한 동네 이웃 간이요 해서 내정을 익히 아는데, 서른 두엇은 된 젊은 여인과 육십 넘은 친정어머니와 모녀 단둘이 살고, 영감은 그 여자를 첩으로 얻어 두고서 며칠만큼씩 밤이면 다녀가곤 하여, 참 절간같이 조용하니라고, 또 방 널찍하고 사람들 쌩패스럽지 않고 음식 솜씨 좋고, 무어 점잖은 하숙으로는 깍아마췄느니라고. 한갓 흠이, 식가를 오십 원씩이나 내라고 해서 좀 안되었지만, 그 대신 그 값이 거기 있느니라고.

앞을 서서 아기족거리고 걸어가면서 집 주릅 영감이 연해 이렇게 주워섬기며 추어 넘기며 하던 것이었었다.

아직 송진 냄새도 가시지 않은 새집이었다.

대문 기둥에는 김영애라고, 거기 어디 아무 데서도 흔히 볼 수 있는 여자 이름으로 여자의 문패가 붙었고, 그 밖에 번지패를 비롯하여 애국부인증이며 라디오, 전기, 전수용도 따위의 금속 패쪽이 좌우 기둥으로 군데군데 불규칙하게 박혀 있고 했다. 외등도 있고.

대문을 지나 유리창으로 한 안대문을 들어서자, 좁다란 마당을 그들먹하게 차지한 장독대가, 바른편으로 이웃집과 사이를 막은 벽돌담 밑에 가서 건넌방 바로 놓여 있고, 건넌방 다음이(왼편으로) 마루, 고패지면서 안방과 부엌과 아랫방, 그리고는 다시 바른편으로 고패가 져서 광과 대문간이고, 이런 ㄷ자집이었다.

앞은 건넌방 퇴까지 싸잡아서 분합을 둘렀고, 마루에는 뒤주와 찬장이 크고, 마루 밑으로는 지하실 찬광이 보이고, 장독대는 벽돌과 세멘트로 쌓았고, 기둥에는 주련, 문머리에는 사슴이 불로초를 먹는 채색 그림이 붙고, 역시 거기 어디서 흔히 볼 수 있는 중류 그 어림의 집 차림새였다.

집만은 우선 그만하면 무던했다.

며느리를 여럿째 얻은 시어머니 같아서, 근 이십 년 하숙생활만 하고 다닌 버릇이라 새로 방을 구하게 되면 부지중 그렇게 집을 비롯하여 방이며 주인집 사람 등 범백에 세심한 관찰이 가지고 하던 것이다.

집 주릅 영감이 찾는 소리에 응하여, 주인 여자의 친정어머니라던 노인인듯싶은 마나님이 건넛방에서 툇마루로 나섰다. 수수하니 시골 태가 벗지 않고 퍽 선량해 보이는 노인이었다.

집 주릅 영감이, 온 뜻을 말하자 노인은 흔연히 그러냐면서 혼잣말같이 "우리 아인 시굴을 다니러 가구 없는데…." 하고 잠깐 망설일 듯하다가 "쯧! 그애야 있으나 없으나…."

그리고는 토방으로 내려오더니, 이 방이라면서 아랫방 쌍창을 좌악 열어 보여주었다.

훤하니 넓고, 정하게 수리를 해논 방이 첫눈에 마음에 들었다.

"그럼, 저어…."

나는 방문을 도로 닫고 돌아서면서 노인더러 말을 했다.

"… 절 좀, 와서 있두룩 해주시지요?"

"그렇게 허서유. 우리야 누가 됐든, 손님을 두잔 노릇이니…."

"그럼… 으음… 낼 즘심 때쯤 해서, 짐을 가지구 오겠습니다. 그리구 저어…."

"좋두룩 허시유만… 게, 출입은 어디 출입을 허시오?"

"별루 다니는 덴 없습니다. 없구, 거저 집에 조용히 들앉어서…."

호구조사를 나온 순사도 더러 본다 치면, 저술업이니 소설 쓰는 사람이니 하는 것을 외국어처럼 이상히 여기거든, 황차 이런 노인이 그런 어휘를 알아들으며, 더욱이 직업으로 인정을 해줄 이치가 없는 것이었다. 또, 가난한 것이 제일가는 특색인 조선문단이었지만, 다행인지 불행인지 다른 문우들과는 달라 여지껏 원고료 하나로 생활을 도모하지는 않아도 무방할 호강스런 팔자가 되어, 그러므로 수입을 의미하는 직업을 구태여 저술업이나 작가 등속으로 내세울 필요는 없었다. 그러하기 때문에 항용 나는, 순사 앞에서는 지주地主로 버티고, 하숙집에다는 무직으로 행세를 한다.

하숙집에서는 그러나, 무직이라면 아주 질끔이다. 그래서, 이 집 노인만 하더라도, 내가 별로 다니는 데가 없노란 대답에 벌써

"네에, 그래요오!" 하고, 약간의 난색을 보이는 것이었었다.

한두 번 당하는 일이 아닌지라, 나는 거기 대한 충분한 대책이 항상 준비되어 있었다.

"무어, 글랑은 아무 염려 마셔두 좋습니다. 월급으루 생화가 없다구, 사관 식가 낼 돈두 없으란 법은 없으니깐요, 허허…."

"그야 무슨…."

"그러니깐, 정히 뭣하시면 석 달 치든 넉 달 치든, 식갈 미리서 넉넉히 받으시구?"

"걸 어디, 박절하게스리 그런 법이야 있수? 하루를 같이 지나두 주객은 주객이요, 피차에 점잖은 이면에… 거저, 남 하는 일례루, 날 한 달 치나 미리 좀 주시우, 쯧!"

"점잖으신 말씀입니다…."

치하를 하면서, 십 원짜리 다섯 장을 노인에게 내주었다.

노인은 손끝에 침을 묻혀가면서 눈을 찌그리고 두 번이나 돈을 세어 보더니,

"이천오백 냥, 맞소…."

그리고는, 치마를 걷고 귀주머니를 더듬으면서

"… 이천오백 냥이면 좀 과한 듯해두, 요새 백사가 모두 비싸서… 그렇다구 손님을 치믄서 찬을 으설푸게 대접할 순 없구."

"괜찮습니다! 독방이면 요새 항용 그 가량은 내야 하니깐요."

"우리 아인, 것두 즈이 영감이 마땅찮어할까 버서 못하게 하는 걸, 그 양반이 날 담뱃값이래두 뜯어 쓰라구, 기왕 비여 두는 방이구 허니… 츰엔 삭을셀 내줄까 했지만서두, 그래 놓면 집안이 구질구질하구 번잡해서…! 쯧, 손님 치기야 전에 시굴서두 내 손으루 해보던 노릇이겠다…."

이렇게 해서 작정이 되어, 오늘 아까 오정만 하여 짐을 옮겨온 참이었다.

원 주인이라는 젊은 여인과는 아직도 대면을 못했다. 며칠만큼씩 밤이면 다녀가곤 한다는 주인영감도 물론 만났을 턱이 없었다. 한갓 노인만은 살뜰스런 것 같았고 첫인상이 좋았으나, 그 한 가지로 이 집의 전체 인심을 판단할 재료는 되지 못했다. 또, 음식 범절도 미처 한 번도 식사를 하기 전이니, 역시 어떻다고 할 말이 없고, 그뿐더러 오십 원이라는 식가가 노상 태과하지 않음도 아니었다.

그러나, 그런 것은 오히려 둘째 문제고, 제일 안된 것이 '늙은 영감의 젊은 첩과, 독신의 하숙 손님…'이라는 사실이었다.

처음부터 이 컨디션이 나의 결벽을 불쾌하게 했다. 번연히 사람이 정갈스럽지가 못한 것 같은, 산뜻하지가 못한 것 같은, 향그럽지가 못한 것 같은, 그래서 아예 마음에 떳떳하지가 못한 것 같은 컨디션이었다.

이것이 가장 흠이었다.

그렇지만, 그러면서도 방 그것만은 역시 좋았다. 이만큼 마차운 방을 얻어만나기란 그리 쉬운 일이 아니고, 근년에 드문 행운이었다.

따라서, 한편 생각하면 그만한 흠은 옥에 티로 여겨도 상관이 없었다. 사실 또, 괘념할 나름이지 대범히 보기로 든다면 막상 흠이 아닐 수도 없는 게 아니었다.

그러고서 그 밖에 주인집 사람들의 인심이랄지, 음식 솜씨랄지 또는 식가가 좀 과한 것이랄지, 이런 것은 어느 한도까지는 참고 견딜 수가 있는 불편이었다.

2

팔목의 시계를 들여다보니 마침 네 시.

정돈은 다 되었겠다 인제는 나가서 목간이나 우선 푸근히 한탕 하고. 그리고 들어와서 오늘 저녁부터는 오래간만에 조용히 앉아, 그동안 방 때문에 여러 날 번졌던 집필을 다시 계속하고, 하느니라고, 그래 마악 목간 주머니를 챙기다가, 마침 밖에서 대문 소리에 연달아 젊은 여자의 음성이 들려서, 무심코 귀를 기울였다.

"어머니?"

이렇게 부르고, 건넌방에서는 노인이

"오냐. 인제 오느냐?" 하면서 문을 열고 나서는 기척이고. 시골 다니러 갔다던 이 집의 젊은 안주인일시 분명했고, 그가 지금 돌아오는 길인 듯싶었다.

"게, 혼산 어떻게나 지내더냐?"

"네에, 그럭저럭, 다아…."

"신랑은 어떻게 생기구?"

"무어, 시굴 농사꾼이 그렇죠…."

그러다가 비로소 토방에 놓인 내 신발을 보았던지

"저 방에 손님 들었어요?"

"응… 그렇잖어두 시방…."

"언제?"

"아까, 방금…."

그다음부터서는 이야기 소리가 소곤소곤 적어졌다.

나는 처음, 여자 주인의 음성이, 어딘지 귀에 익은 것 같았으나 깊이 유념은 않고, 방문을 열고 나섰다.

호릿한 몸매에 하얀 옥양목 두루마기를 입고, 은비녀 등으로 쪽을 찡고, 이런 뒷맵시를 하고 토방에 가 섰다가 해끗 돌려다 보는 얼굴과 마주쳤다.

그 얼굴이 그런데, 방안에서 듣던 음성과 한가지로, 퍽도 낯이 익었다. 갸름하니 하관이 빨고, 코허리가 높고도 크고, 눈썹이 짙고, 어디선가 보던 얼굴이었다. 보아도 범연히 본 것이 아니고, 어느 기회엔지 심상치 않은 사건적인 관련이 있었던 듯싶은 인상이었다.

저편에서는, 그도 역시 나를 아리송하여 하는 얼굴이더니 순간 후

"난 누구시라구우!" 하고 반겨 웃으면서, 조르르 가까이 오는 것이었다.

종시 나는 깨우치지 못하고 서서 두릿두릿 했고,

"절 모르시겠어요?"

재그르르 웃으려는 것을 참고, 방긋 방긋하면서 조금도 낯설어하지 않는 표정이었으나, 볼수록 그의 약간 아래로 눈초리가 처지는 눈웃음이 더욱, 알 듯 알 듯 하기는 하는 것이나, 그래도 생각은 나지 않았다.

"박상근 씨 아니세요? 그러시죠?"

"네에, 지가…."

"저, 김영애예요!"

"글쎄올시다, 문패서두 보긴 했는데…."

말을 해놓고 생각하니, 내가 생각해도 싱거운 수작이어서 뒤통수가 절로 만져졌다.

"호호호오…!"

여자는 필경 이렇게 자지러져 웃고 나서는

"… 허긴 여자 이름이니깐, 이름으룬 더 모르실 테지만… 저어, 송필훈…."

"아아…!"

송필훈의 필자 훈자까지 다 듣기 전에, 송자 하나로 선뜻 나는 깨달을 수가 있었다.

나는 너풋 절이라도 해야 할 것같이 그만 당황했다.

송필훈 씨… 그는 나의 고향 선배였다. 선배로되 정분이 자별한 사이였었다. 이 여인은 그의 미망인이었다.

그러나 지금 이 자리에서는, 사이가 자별하던 고향 선배의 미망인을 못 알아보았다든가, 그를 만나서 반갑다든가, 또는 어떤 돈냥이나 있는 영감장이의 첩데기가 된 그를 대하기가 점직하다든가, 그런 데다가 우연히 그의 집에 하숙을 하게 된 인연이 기이하다든가, 이런 것 말고도 달리 한가지, 얼굴이 화틋함을 느끼지 않을 수가 없는 기억이 솟아올랐고, 내가 당황해함도 일변 그 때문이었다.

정녕코 내 얼굴은 화틋했었다.

저편은 그러나 천연스러웠다.

“인제 아시겠어요? 호호호오!”

“이건 원, 너무 참…! 그렇게 몰라뵈었담!”

“무얼요! 어떡하다 그러시기두 예사지. 그러나저러나, 이렇게, 우리 집 손님으루 뵙게 될 줄은….”

“글쎄올시다, 저두 참….”

당연히 내가 먼저, 그리고 다른 말보다도 먼저, 송필훈 씨에 대한 인사를 먼저 했어야 할 것이었다. 그러나 나는, 이미 이 여인의 현재의 처지를 알고 있는 터라, 혹시 어찌 여길까 싶어, 불쑥 입을 열기가 주저로왔다.

잠깐 그리하여, 어색한 침묵이 있은 뒤에, 요행 여자가 먼저

“그인 참, 돌아가셨죠!” 하고 개두를 해서, 나도 그제서야

“그때 참, 부곤 받구서두, 내려가서 문상두 못 드리구, 이내….”

“생전에 가끔 말씀을 하시구 했어요. 만나구 싶다구….”

“병환은 그래, 무슨 병환으루…?”

“골병이죠…! 그때두 웨 참, 보시잖었어요?”

이, 그때도… 소리에 나는 다시금 얼굴이 화끈 달았다.

“사람이 그 지경으루 골병이 들어가지구서야 어디 오래 지탕을 하나요? 밤낮 거저, 고올골하다가 그에 그만….”

“….”

나는 여러 장면을 여러 가지로 머릿속에 두서없이 떠오르는 송필훈 씨의 가지가지 면모를 푸뜩푸뜩 회상하면서, 무연히 한눈을 팔았다.

괄괄스런 얼굴, 장대한 기골로 단상에 올라서서는 주먹을 부르쥐고 탁자를 땅땅, 그 큰 눈방울을 끊일 새 없이 굴리며, 불을 뿜는 듯 열변을 토

하던 양은 하여커나 일면 거물다운 늠름함이 없지 않았다.

한낱 자유주의자로서, 순전한 학문적인 욕망으로 좌익서적을 보고 있었을 뿐인 나는 그러므로, 그의 사상에 공명을 하거나, 거기에 따르는 존경은 아니었다.

또 그의, 그 사상에 대한 학문적 역량이랄지 이론적 근거란 심히 빈약한 것이었었다. 더러 강연이나 좌담을 들을라치면 참으로 분반할 무지와 탈선이 많았었다. 그러한 부족을 그는, 정열과 뱃심과 타고난 웅변의 힘으로 곧잘 덮어나가고 버티며 지나고 했었다.

나를 만나기만 하면, 그 빈약한 이론을 가지고서 토론을 하자고 대들었다.

나는 사양치 않고 대응을 했다. 일껏 그렇게 싸우고 나서 본다 치면 나는 그의 억지와 웅변을 당해내지 못하고, 그는 나의 학문을 당해내지 못하고, 결국 싸움은 피장파장이 되고 말곤 했었다.

또 어떤 때에는, 지성으로 나더러

"상근아? 그, 잉여가치 학설, 걸 썩 요령 있구 알어듣기 쉽게, 날 좀 가르쳐 줘, 응?" 하고, 청을 할 적도 있었다.

그럴라치면 나는

"××주이자가 ××주이 학설을 반××주이자한테 물으세요?"

"허어허허허…! 아, 넌 알구, 난 모르니, 널더러 묻는 거 아니냐?"

"모르는 ××주일 뭣 허러 하세요? 생 엉터리 아네요…? 그런 걸 무어라구 하는지 아세요? 사상 뿌로카아…."

"너 인석, 이럴 테냐?"

"그런다구 저 큰 눈에다가 절 잡어 넣시겠어요?"

"허어허허허…! 자아, 그러지 말구, 좀 가르쳐 주렴? 학불염이 교불권 아니냐? 학문을 가지구 인색한 건, 돈 인색한 거보다두 더 못쓰는 법야!"

적실히 나에게는 아픈 한마디였다.
"자아, 것보다두, 어떠세요, 한잔?"
"조오치! 하, 내 언제 술을 마대드냐? 술 먹자! 술 먹으면서, 또 우겨보자쿠나!"
그는 젊어서부터도, 입 걸고, 반죽 좋고, 상하와 귀천 구별 없이 아무하고나 섭쓸려 놀고 술타령하고, 이렇게 사람 털털하기로 고향에서도 아주 호가 난 특수한 인물이었다. 일부에서는 그래서, 천하잡놈이라고 그를 돌려놓기까지 했다. 말하자면 그는, 사람 됨이 그만큼 소탈하고 야상적이었다. 그리고, 그러한 송필훈 씨를 나는 좋아했다. 김삿갓을 상상케 하는 파격적인 인간미.
그 송필훈 씨를 마지막 대한 것이 지금으로부터 십 년 전, ××온천의 어떤 여관이었다. 그때에 나는 심히 거북하고도 마음 께름칙한 기억을 남긴 채, 작별도 없이 갈려버린 것이 그와의 영결이었다.

3

시방이나 그때나 쓸쓸히 즐기기는 온천과 여행이었다. 또 시방이나 그때나, 가정적인 계루가 없이 객지에서(서울서) 독신으로 지나던 터.
적적한 설을 이왕이니 온천에서라도 쇠는 게 차라리 적적함을 더하는 한 홍일까 싶어, 불시로 간단한 행구를 차려가지고 ××온천엘 내려간 것이 바로 섣달 그믐날이었다.
오정이 조금 지나서, 단골 여관인 B 관에 당도하여, 우선 단젱을 갈아입고는 탕엘 다녀나오다가, 복도에서 주쩍 송필훈 씨를 만났다.

깜박 서로 반가웠다. 그해 봄, 그가 만 일 년 만에 사바에 나오던 날, 서대문 형무소 앞에서 잠깐 만나고는 처음이었다. 그는 그 뒤로 고향으로 내려갔었고, 그 뒤부터 건강이 더럭 좋지 못하다는 것이며, 그러면서도 무슨 망녕에 새파란 젊은 여자와 결혼을 했다는 것이며, 풍편에 소식은 종종 들었으나, 만나기는 처음이었다.

"아, 상근이가 이게 웬일인고?"

빙긋이 웃으면서 마주 악수를 하는 나더러 건네는 인사였다.

"저야 뿌르조아니깐 온천 여행쯤 당연하지만, 장 씨야말루 웬일이세요?"

"허어허허허! 여전하구나, 인석."

전과는 다름없이 걸걸히 웃고, 쾌활하기는 하던 것이나, 그 홀쪽 깎인 볼과 앙상한 손길이, 듣던 바와 일반으로 건강은 지난봄 그때보다도 말이 아니게 쇠한 것 같았다.

"신관이 많이 못 되셨군요?"

"늙어노니, 늙어노니 속절없더구나. 오십이 넘은걸. 게다가 병이 있어, 또오…."

"참! 신혼하신 재민…? 축하가 늦었습니다."

"허어허허허…! 건 우리, 막설하자쿠나. 허어허허허!"

이렇게 웃는 그의 얼굴에서 나는, 숨길 수 없는 일말의 암영이 어른거림을 느끼지 않지 못했다.

"아무턴 반갑다…! 며칠 예서 유하렷다?"

"설이나 조용히 쇨까 했더니, 생철통한테 들켜놔서, 뜨윽합니다."

"워너니 모초름 좀 다끼워 바라."

우리는 앞서거니 뒤서거니, 약속이나 한 것처럼 내 방으로 들어갔다.

장비는 만나면 싸우더라고, 술상을 청해다 놓고는 권커니잣거니 연방 잔을 기울이면서 이야기도 하고, 서로 공박도 하고 했다.

그러고는, 이야기도 우김질도 한물이 지나고, 술이 차차로 거나했을 무렵이었다.

"너 인석, 상근아?" 하면서 새 채비로 나를 따잡는 것이었다.

"응? 상근아?"

"말씀하세요?"

"너 인석, 날 숭보지?"

그러면서, 마시려던 술을 멈추고, 잔 너머로 빙그레, 나를 눈 흘기듯 건너다보더니, 다시

"날 잔뜩 시방 숭보지? 속으루…."

"속으루…?"

"그래."

"무엇이 겁할 게 있다구 속으루 숭을 보아요?"

"아니, 그럴 일이 있어!"

"비밀한 죌 지신 게죠?"

"내가 젊은 색시허구 결혼한 거, 속으루 웃잖어?"

"대관절 참, 무슨 생각으루다 결혼을 하셨나요? 다아 늙게… 노망으룬 좀 일르구."

"허어허허허! 노망일는지두 모르지…! 무슨 생각으루다 결혼을 했느냐구?"

"…."

"그거야말루, 네 영역領域일다."

"…?"

"인간을 연구하구, 인간을 발견한다는 게, 네 전문 아니냐?"

"그런데요?"

"그 잔 마시구, 내 이야기 들어."
내가 비우는 잔에다 술을 쳐주더니 이윽고 그는 목을 가다듬어, 곰곰이
"일 년 동안 내가 제서 지났겠다."
"…."
"그 일 년 동안에 제일 핍절하게 느낀 것이 무언고오 하면, 말이지이."
"…."
"제일 그리운 게 무어더냐 하면, 말야. 사파의 자유보다두, 응?"
"…."
"또오, 일이나, 자식새끼보다두…."
"…."
"술이나, 담배나, 맛있는 음식이나 그런 것보다두, 응?"
"섹스 그것이드라…?"
"응!"
"그래서 나오시던 멀루 결혼을 하셨단 말씀이죠?"
"응…! 결심을 했더니라. 나가면 우선 무엇보담두 결혼을 하려니…."
"…."
"그래, 결혼을 했겠다…."
"…."
"그런데 말이다…! 허어! 진리는 항상 그와 반대되는 걸 낫는다더니 과연 옳은 말이더구나?"
"…."
"내 발견이 진리는 진리겠다? 응?"
"예사지요!"
"흐응!"
"새삼스럽게…!"

"진리는 행동을 요구하겠다?"

"…."

"결혼을 했지! 했더니이, 모순과 갈등이 생기더구나."

"…."

"내가 너무 늙었더란 말야…! 늙은 영감에, 새파랗게 젊은 마누라!"

"…."

"상근아?"

"…."

"내가 무어 그리 팔자가 두드러졌다구, 온천으루 휴양을 다닐 사람이디…? 마누랄 데리구 왔다."

"…."

"늙은 영감에 젊은 마누라한테 온천이 약이라드구나."

"장 씨?"

"불쌍하더라! 인제 젊으나 젊은 것이 낙이란 걸 모르구!"

"회심이 드셨군요?"

"내가 결혼한 보람은 났지, 그야… 그렇지만 그 사람은 시집을 온 것이 하나두 의의가 없으니."

진작부터 농은 없어지고 말과 표정은 자못 침통함이 있었다. 그것이 동정스럽기도 했지만, 일변 밉광스럽기도 했다.

"그러니깐 말씀예요, 장 씨."

"오냐."

"어서어서, 황천으루 가세요."

"날더러, 어서 죽으라구?"

"왜, 살아 기서가지굴랑 그 온갖 주접이세요?"

"아, 너 인석, 이럴 테냐?"

“살어 기서서 무얼 하시겠어요? 그 소위 투쟁두 못하시구, 그러군 주접이나 피우시면서….”

“이 노음! 인전 날, 맞대놓구 죽으라구까지 하는구나? 허어허허허!”

“제에발, 돌아가세요!”

“안 죽지! 내 비록, 늙구 병은 들었다마는, 팔십까진 살구래야 죽을걸, 허어허허허…! 자아, 우리 마누라 소개하지.”

송필훈 씨는 그러면서 시중드는 하녀에게 전갈을 주어 보낸 후,

“면추는 했느니라. 방년 이십삼 세에, 응…? 쯧! 보통학관 마쳤구….”

“그러나저러나, 어디서 그렇게 용히 젊은 부인을.”

“첩경이지…! 동지 한 사람더러, 불가불 내가 결혼을 해야 하겠노라구 했더니 제 누일 선뜻 주드구나.”

“장하십니다, 들…! 인백장이 달리 있는 게 아냐!”

“너 그렇게 동정해쌓다가, 우리 마누라허구 연애 얼릴라!”

“어름어름하다가 뺏기십니다, 참.”

“아따 대수냐? 난 얼마든지 또 있자면 있단다!”

머리를 틀고, 통치마에 긴 양말을 신은, 송필훈 씨의 부인이(김영애 여사가) 데리러 갔던 하녀의 뒤를 따라, 문지방에 나타났다.

“어어, 우리 마누라!”

송필훈 씨는 너스레를 떨면서 쫓아가더니, 머뭇거리고 섰는 부인의 손목을 끌어다가 옆에 앉히고는

“자아 박 군, 이 사람이 우리 마누랄세. 그리구 저 사람은, 내가 늘 이야기하던 우리 박상근 군… 한 고향 친구에 원수지간이요, 아삼륙이요 한 그 박 군….”

나는 가볍게 허리를 굽히면서, 내 성명을 말했다.

저편에서도 입안엣 소리로 인사를 하는 것이나, 들리지는 않았다.

얼굴은, 송필훈 씨가 말하던, 면추 정도가 아니라 잘하면 미인 축에라도 들 만했다. 그러나 그의 기색은 쓸쓸하니 풀기가 없고 한껏 수심 겨워 보였다. 혹시 지나친 선입주견의 소치인지는 모르나, 낯선 남자의 앞이라서 젊은 여자답게, 항용 수줍어하는 그것 말고도, 정녕 그는 경황과 즐거움을 잃어버린 마음 같아 보였다.

"술을 좀 권해야 않나?"

송필훈 씨가 술병을 집어 손을 들려주어서야, 부인은 마지못해 내 잔에다가 서투른 솜씨로 술을 붓는 시늉을 했다.

나는 답례로 잔을 보낼까 하다가 그만두었다.

"자아, 나두 한잔…."

송필훈 씨는 내미는 잔에, 종시 마지못해 붓는 술을 주욱 마시고는, 부인의 등을 뚝뚜욱 치면서

"나이 늙으면, 젊은 마누라가 다아 이렇게 귀여운 법야, 허어허허허!"

"그렇잖으냐, 상근아?"

"걸 제가 어떻게 아나요?"

"그러니깐 너두 어서 장갈 들란 말야. 이뿌구 얌전하구 그런 색시한테루, 응?"

그 말에 부인은 곁눈으로 언뜻 나를 보다가, 마침 나와 시선이 마주쳤다.

그 눈이 어쩐지 이상히 맑고 은근하게 빛남을 나는 보지 아니치 못했다. 얼른 외면을 했으나, 아예 그 순간의 눈매는 머릿속에서 스러지질 않았다.

이윽고 부인이 몸을 일으키려고 하는 것을 송필훈 씨는 도로 붙잡아 앉혔다. 그러면서 연신, 자리의 흥을 돋우려고 수선을 피우고 하는 것이나, 세 사람에서 둘이가 조심을 하는 데야 좌석이 용이히 어울릴 수가 없었다.

송필훈 씨는 부인을 술을 먹이려고 갖은 소리를 다 해도 소용이 없었다.

나는 나대로, 그를 위하여 과실을 가져오게 했으나, 그것도 잘 손을 대려고 하지 않았다.

얼마를 그러다가, 송필훈 씨가 소변을 가느라고 잠깐 자리를 비웠다.

그동안 이삼 차나 일어서려다간 도로 붙잡히고 붙잡히고 했으니, 마침 좋은 기회이건만, 부인은 아무런 동정이 없이 곱다시 앉아 있었다.

이내 송필훈 씨는 좌석으로 돌아왔다.

"어어 우리 마누라 착한지구! 그새 만일 뺑소닐 쳤으면 내 당장 불러다가, 크게 한바탕 꾸중을 할랬더니, 허어허허허!"

그러면서 부인의 옆에 가 주저앉으려다가 말고, 문득 무엇을

"아! 가만있자!"

엉거주춤하고 서서, 고개를 깨웃, 잠깐 생각을 하더니, 부리나케 되짚어나가고 있었다.

한 오 분은 지나서, 쿵당거리고 다시 방으로 들어서는 송필훈 씨는 여태 걸쳤던 단젱 대신, 양복에 외투에 모자에 이렇게 출입할 채비를 차렸다.

나는 앉은 채, 부인은 일어서면서, 다 같이 빼언히 바라다보는 둘이더러, 송필훈 씨는 침착지 못한 말씨로 황망히 이르는 것이었었다.

"내가 그만 깜박 잊구 있었어… 내 지금, 서울 좀 다녀오께."

"…."

"…."

"가면 아무래두, 낼, 으음 모오리, 모오리 낮이나 회정을 할 테니깐."

"아니, 별안간 무슨 일이세요?"

그제서야, 내가 탓하듯이 묻는 것을, 송필훈 씨는 어물쩍하면서

"응! 저 거시키, 긴히 저어, 볼일이."

"그렇더래두 원, 이런 법이 어딨어요?"

“법이라? 허어허허허…. 우리 마누란 자네가 그동안 잘 좀 보홀하게. 시종무관일세! 허어허허허….”

그리고는 부인의 어깨를 다독다독

“내 곧 다녀오께, 응?”

“전 그럼, 집으루.”

“아암! 예서 기두루구 있어요.”

가기는 가려면서도 차마 난감한 눈치 같았다.

(좀 더 내가 유심히 관찰을 했더라면, 그의 얼굴에서 어떤 절대의 암투와 고민의 흔적을 발견했을 것이었었다.)

“박 군이 있는 이상, 금강역사가 보호하는 것보다두 더 드은든하니깐, 허어허허허! 자아, 그럼….”

그러면서 돌아서려다가 말고 다시

“그리구 참, 혼자서 심심할 테니깐 박 군한테두 와서, 같이 놀구, 응?”

“….”

“자아 그럼… 박 군, 내 다녀오믄세. 부탁하네. 모오리 오믄세.”

정신 차릴 겨를도 없이 이렇게 설레발이를 떨고는, 마침내 횡하니 밖으로 나가버리는 것이었었다.

배웅을 하리라고, 부인도 그 뒤를 따라나가고, 하릴없이 나는 우두커니 앉았다가, 이윽고, 영감이 늙어갈수록 느는 거라곤 수선뿐일레라고, 피슥 고소를 하면서, 그러나 당장껏은

‘쯧! 자기 말대루, 갑재기, 잊었던 소간이 생각이 났던 게지!’

이쯤 치지하고서, 별로이 괘념을 하지 않았다.

오후 세 시, 저물기 쉬운 겨울날이라 거진 석양이었다. 나는 낭자한 배반을 치우게 한 후, 술에 취해 오르는 대로 자리에 비낀 것이 내처 잠이 들었던 모양, 갈증에 못 이겨 다시 깼을 때에는, 밤이 벌써 여덟 시가 지

났었다.

하녀가 길어다 주는 냉수를 몇 컵 거듭 들이켜고는, 탕엘 다녀나올 테니 그동안 준비를 해달라고 저녁 식사를 분별시켰다. 그 말끝에 하녀가 저도 마침 생각이 나서, 걱정 삼아, 귀띔을 한다는 것이.

참, 아까 그 부인네 손님은 저녁도 자시지 않고, 혼자서 실심해서 있더라고, 자꾸만 아마 우나 보더라고, 민망해 어떡하느냐고, 손님은 그이 사랑어른하고 친구끼리시고 하니 가서 위로라도 좀 해 드려야 않냐고, 그런데 참 그이네 양주분은 어쩌면 나이 그렇게도 층이 지느냐고, 그래서 그런지는 몰라도 사랑어른은 아씨를 무척 귀여 하시는데 아씨는 그렇질 않나 보더라고 밤이나 낮이나 시치름하고 있고, 아무 흥도 없어 보이더라고, 이렇게 객적은 소리까지 쌔와려대는 것이었었다.

나는 새수빠진 소리를 한다고 하녀더러 지청구는 하였으나, 그들 송필훈 씨네 부부의, 너무 늙은 남편에 대한 너무 젊은 안해의, 그 소위 모순과 갈등이라는 게 요외로 심각하고도 핍절한 바가 있음을 깨닫지 아니치 못하였다.

그러나저러나, 이 억지엣 시종무관의 입장이 자못 난처했다.

위로를 한다고서, 친숙지도 않은 터에, 젊은 여자가 혼자 있는 처소엘 불쑥 찾아간다는 것은, 비록 의사가 결백하고 일변 친지를 위하는 노릇이라고 할지라도, 심히 온당치 못한 일이 아닐 수 없었다.

차라리 내 처소로 그를 청해 온다면 좀은 덜 혐의스럽다 하겠지만, 그 역 일반이었다.

그러나, 그렇다고 모른 척하고 그대로 민두름히 있는대서야 너무도 농통스럽고 범연한 짓이었다.

'그럼, 어떡한다?'

나는 탕에 들어가자던 것도 잊고 앉아서 두루 궁리와 생각이었다.

벽창호가 아닌 다음에야, 역시, 그냥 내버려두고 말 수는 없는 것.

마음에 흐린 구석이 없는 것이니, 그럼 가보기로 할까.

하녀를 보내서 이리로 청해 올까.

옳아. 송필훈 씨가 이르기까지 했겠다. 내 방으로 와서 같이 놀고 하라고.

그 말에 좇아, 내가 청하지 않아도 제풀에 올는지도 몰라.

그래, 아무튼 그가 와서든지 내가 가서든지. 저녁도 먹지 않았다니 밥상을 같이 가져오게 해서, 함께 먹도록 권을 해. 병이 아니거든 구태여 식사를 궐하러 들 머리는 없을 테니.

식사가 끝나거들랑, 과실이라도 벗겨가면서, 이런 이야기 저런 이야기, 이야기하고 앉아서 놀아. 그도 자연 기분이 섭쓸려 말문이 터지지 않을 것.

어울려서 담화가 오고가고 해.

그러는 동안에 수심과 번뇌를 잊어버리고, 즐거운 시간이 지나가. 밤이 이윽하니[1] 깊어. 밤이 깊어.

깊은 겨울밤. 온천여관의 단출한 한방. 방 하나가 각기 한 세계씩인 그 온천여관의 방. 젊은 두 남녀. 나이 늙은 남편으로 하여 오뇌와 수심에 잦아진 젊은 여인. 밉지 않게 생긴 젊은 여인. 추파에 가깝던 아까의 그 눈. 건드리기가 무섭게 꼭지가 떨어질 듯 무르익은 한 덩이의 과실. 그러고 불구자 아닌, 싱싱한 젊은 사나이.

'아뿔싸!'

나는, 가슴이 제풀에 연해 두근거려 오다가, 마침내 생각이 거기까지 미치자, 별안간 소스라치게 놀라, 벌떡 뛰쳐 일어서면서 부지중 소리가 커졌다.

'짐짓 그런 기회가 생기게 해주느라고, 늙은 남편은… 잠시 피신을 한

---

1) 이윽하다: 이슥하다의 방언. 밤이 꽤 깊다.

것이 아닌가?'

다음 순간 이 생각이 번개같이 머리를 스치면서, 등골이 서늑했다.

나는 일각도 지체함이 없이. 그대로, 단젱을 벗어던지고는 허둥지둥 양복을 갈아입기 시작하였다.

그러면서 퍼뜩퍼뜩 깨우쳤다. 송필훈 씨가 실상은 시방 와서는, 완전한 한인閑人이라는 것. 따라서 결코 그와 같이 바삐 납뛸 소간이 있을 내력이 없다는 것. 그러므로 일은 적실코 그 순간에, 이 목적을 위해 고안한 연극이었다는 것.

마지막, 트렁크를 집어 들면서야 나는 약간 침착을 회복해서, 스스로에게 반문할 정신이 났다.

'그렇기로서니, 내가 이다지도 질겁을 하여 날뛸 까닭이야 없지 않은가?'

그러나 뒤미처, 손을 대기가 무섭게 꼭지가 떨어질 듯 무르익은 한 덩이의 과실을 짯짯이 바라보고 섰는 나 자신의 환영이 눈앞에 얼찐하면서 다시금 나는 한 축을 느꼈다.

트렁크를 들고 마악 문치로 나가는데, 뜻밖에도 그때

"계세요?" 하고 찾는 여자의 음성이 들렸다.

얼결에 그만

"네에." 하고 대답이 나와졌고. 몸 둘 곳을 몰라 쩔매겠는데, 문은 방싯이 열렸다 송필훈 씨의 부인임을 물론이었다.

생후에, 그렇게도 무렴한 경우를 당해 본 적이라곤 없었다. 참으로 쥐구멍이 있으면 숨든지, 보자기로 얼굴을 덮든지 하고 싶었다.

무심코, 수줍어하는 미소를 드리우고 문을 열다가 깜짝 놀라는 그 얼굴.

대담히 그는 내색을 숨기려고도 않고, 정면하여 나를 바라다보는 것이었었다.

다음 순간, 그이 눈은 함빡 원망스러우면서, 가볍게 떨리는 목소리로
"떠나세요?"
기다렸던 것처럼 얼른 받아서
"네에."
그러고는 부득부득, 그가 막아섰는 문을 향해 걸어나갔다.
진땀에 등을 적시면서 복도로 나와서야 고개를 돌려
"저어, 장 씨 오시거든, 지가 졸지에 급한 볼일이 있어서, 이내 바루 떠났읍니다구, 그 말씀이나, 좀."
하고, 부탁이랄까 변명이랄까, 인사를 남기기를 가까스로 잊어버리지 않았다.
층계를 내려가면서는, 생각했다. 늙은이는 늙었다고 도망을 빼고. 젊은 놈은 젊었다고 도망을 빼고. 세상엔 싱겁게 서글픈 웃음거리도 있는 거라고.
송필훈 씨의 부고를 받기는, 그러고서, 그 다음해 가을(공교로이도) 만주사변이 인 직후였었다. 나는 눈물이 한줄기 흐름을 어찌하지 못하였다.

4

십 년이 지나서, 우연히 그의 집 하숙손님으로서의 나를 환대하기 위하여, 밥상머리에 앉아서 한잔의 반주를 권하는 김영애 여사는, 십 년 전 송필훈 씨의 젊고 수심겨운 아낙이던 그 김영애 여사와는 많이 같으면서도 일변 많이 다른 바가 있었다.
목간을 하고 돌아오자 미구하여 노인이 저녁 밥상을 내왔고, 그 뒤를

따라 김영애 여사가, 쟁반에 주전자와 잔을 받쳐들고 나오고, 서슴지 않고 방으로 들어오면서, 혼잣말같이

"시방두 약줄 질겨하시나아?" 이런 소리를 하고는, 밥상머리로 앉아 손수 마악 복개를 벗겨 주는 참이었다.

"무어 찬이 있어예죠!"

"온, 별말씀을…."

오히려 지나친 성찬이었다. 그 지나친 성찬이 나는 불안했다.

"솜씨가 없어 놔서, 음식이 아무 맛도 없답니다."

"이렇게 와서, 펠 끼쳐 어떡헙니까?"

"괜히 자꾸만 그리셔…! 자아, 드세요."

며칠만큼씩 밤이면 다녀가곤 한다는 이 집 영감님이, 그 며칠만큼씩 밤이면 와서는 자시곤 하는 비장의 술인 모양, 빛깔이 벌써 이 당철에 얻어보기 어려운 상품의 일본주였다.

"이렇게 글쎄, 혼자 객지루만 다니시서 어떡허세요?"

두 잔째 술을 부어주면서 아까 처음 만나서도 그런 의미의 말이 오고 가고 하던 걱정을, 다시금 내는 것이었다.

"오죽 비편허구 고생이세요."

"편해 좋던데요."

"어쩌나아…! 영 그래, 장간 안 드실 작정이세요?"

"꼭이 작정투룩은 없지요만."

"아마 여잘 싫어하시나 보죠."

"그런 것두 아니지만, 난 안해니 가정이니 살림살이니 하는 게 무서워요. 몸이 그런데가 남이 꼼짝을 못하구 사는 걸 보면, 그만 무서워요!"

"어쩌믄…! 그래, 한평생 두구 혼자 사실 테예요?"

"모르죠."

"그리지 마시구, 장갈 가세요. 시방 세상에 좋은 색시가 조옴 많아요? 내라두 중맬 서 드리께시니."

"고맙습니다."

"사람사람이 다아, 남녀가 만나서 살구, 자손 나아서 기르구, 살림살이 하구, 그리는 게 한세상 낙인데."

"인전 그런 재밀 볼 때두 늦었답니다. 서른다섯인데… 낼 모리가 마흔."

"남자 서른다섯이 무어 많은가요? 시방 한참이신데."

이야기를 하는 동안 김영애 여사의 태도는, 오랫동안 사귀어 온 친지 이상으로, 정도 이상으로 수스럼이 없고 곡진했다. 그리고, 거기 섭쓸려 나도 천연이 응대를 하기는 하던 것이나 마음은 차차로 불안하고 께름해 못했다.

'늙은 영감의 젊은 첩과, 독신의 하숙 손님… 그런데 일찍이, 어떤 고패에서 잠깐일망정 그 여자의 마음을 설레어 준 그 남자.'

몇 잔을 혼자만 받아 마시고, 마시고, 하다가 생각하니 대접이 아닌 것 같아서, 한잔을 부어 여자에게 권했다.

"술을 어디 먹을 줄 아나요?"

그러면서도, 잔을 받아서 쭉 다 마시고는

"숭보시겠네, 여편네가 술 먹는다구, 호호오."

잔이 내게로 돌아왔다.

"과한데요."

"무얼…! 잘 잡수시믄서."

"질견 해두 전처럼 많인 못한답니다."

"그래두, 고거 몇 잔야…!"

나는 두 잔째 그에게 권해보았다.

그는 사양치 않고 받아 마시면서

"취하믄 어떡허구…! 통이 먹을 줄 몰라요. 먹지두 않구… 참, 이런 반간 으런이나 만났으니깐, 맘이 괜히 질거서…."

먼저의 한잔에 그새 벌써 얼굴로 불크레니 오르는 것이, 지금 하던 발명이 노상 빈말은 아닌 것 같았다.

"여자가, 나 지경이 되믄, 다아 본 신세예요!"

술을 부어서 주면서, 한숨을 호르르, 푸뜩 나오는 탄식이었다. 그리고는 한참이나 잠잠하고 있다가, 다시

"내 신센, 우리 오라버니허구, 송 씨허구 둘이 들어서 망쳐줬지…! 쯧! 돌아간 이들을 탓하니 무슨 소용일꼬만."

나는 덤덤히 잔을 마실 뿐, 막상 무어라고 대꺌을 할 바를 몰랐다.

"글쎄, 그이가 딱 죽구 나니 어떡허겠읍니까? 재산이 있어요오? 내게 따른 장성한 자식이 있어요?"

"…."

"먹군 살어야 하겠구, 또 막말이지, 젊은 것이 혼자 어떻게 늙어요? 남편이나 마나 무슨 그리 정이 도탑던 남편이라구!"

"헐 수 없이, 돈냥 있는 사람의 작은집으루 들어갔죠, 시굴서… 맘이야 그렇잖지만, 헌 여편넬 누가 정실루 모셔가자구 하나요!"

주는 잔을 아무 소리 없이 연방 마시면서, 하소연은 이윽고 짙어갔다.

속절없이 나는 그것을 받고 앉았어야 했다.

"이태 만에 갈렸죠! 큰 여편네 강짜 등쌀에 못 살구서 쫓겨난 셈이죠."

"…."

"한 일 년 가량 혼자 지나다가, 어떤 영감쟁이 막지기루 들어갔더니, 그전 자식들이 시길 하는군요. 재산이나 빼돌리려구 간 줄 알구서…."

"…."

"넉 달 만에 털구 나와선, 에이 인전 죽어두 혼자 산다구 맘을 독하게 먹었더니만…! 꼬박 삼 년 동안 혼자 살긴 살었군요. 그러니 고생이 조음 했겠어요? 견디다 견디다 못해서 마침 누가 권두 하구 하길래, 예라 내가 무얼 열녀문을 바라구서 뒤늦게야 홀몸으루 굶주리구 살까 보냐구, 또 한 번 팔잘 곤쳐서, 시방 이 영감을!"

"…."

"마음은 끔직 착해요. 날 위해 줄 줄두 알구, 살림 과히 군색잖구, 그것 한가지가 다행이지, 참 남편이래야 어디 남편인가요? 한갑 진갑 다아 지난 송장인데."

"글쎄, 그러니 말예요! 인제 겨우 서른두 살 먹은 계집이 십년지간에 네 번째 아네요?"

"…."

"그야 네 번은 말구 열 번이래두, 남처럼 호강이나 했다면 또 몰라요. 남편이 넷인데 그중 셋이 다아 늙어빠진 영감쟁이로군요. 그리구서, 송씨만 말군, 첩데기 아니면 막지기."

"…."

"세상, 팔자 팔자 해두 날 같은 팔자가 어딨어요."

"…."

"…."

이야기가 엔간히 끝이 난 모양, 길게 한숨을 내쉬고는, 깜박 말이 없이 앉아서 상심스런 한눈만 팔고 있는 것이었었다.

훨씬 그러다가, 얼마만에야 경우 정신이 들어가지고는

"아니, 날 좀 봐. 아무래두 내가 매쳤어! 진지두 못 잡수시게…."

이렇게 반색을 하면서

"어여 인전, 진질 좀 뜨세요… 절 어째! 국물서껀, 찌개서껀, 죄다 식었어!"

내가 말리는 것도 듣지 않고, 모친을 불러내어, 데워서 들려오라고, 국과 찌개 그릇을 내보내더니

"그럼 국물서건 더울 동안, 한잔만 더 드시지?"

그리고는 술을 부어주면서, 신신당부가

"그리구우, 우리 집에 우래두루욱 오래두룩 계세요, 네?"

"…."

나는 속으로, 이건 정말 큰일이 나질 않았느냐고, 뜨윽 걱정스러, 술을 마시는 척하면서 짐짓 대답을 하지 않았다. 약간의 취기를 띤 얼굴로, 깨웃하고 바투 들여다보면서, 오래도록 오래도록 있으란 말을 하던 그의 눈. 그 눈.

은근함이 가득 어린 그 눈이 아니더라면, 아무 다른 뜻이 없고 단지 외로움에 겨운 담담한 마음이요, 따라서 영혼의 깨끗한 의탁으로 받아 들여도 좋을 것이었다. 미상불 또, 한 가닥 그러한 무엇이 나타나 보이지 않는 것은 아니었다. 그러나, 그보다도 주장은 간곡하기는 젊은 생리다운 애욕적인 그것이었다.

그렇다고서 그것이 십 년 전 그때 그 밤엣 눈의 재생이요, 그 발전이더냐 하면 물론 그럴 리가 없었다. 지금 이 여자에게는 하필 박상근이란 인간이 필요한 것이 아니라, 오직 젊은 남자가 필요한 것이었었다. 늙은 영감장이가 아닌, 젊은 사람, 씩씩한 청춘.

지극히 자연스런(인간이기 때문에) 요구일 것이었다. 조금도 나는 그것을 탓하거나 나무랄 이유도 권리도 없었다.

나는 다만, 내일부터 또다시 하숙을 구해야 할 일을 생각하고, 입맛이 썼다.

하숙은 그러나, 정 다급하거든 임시로 당분간 여관이라도 잡아 들면

그만이었다. 또 그렇게라도 해서 아무튼지 한시바삐 이 집을 뜨기는 뜨는 것이었다.

그렇지만 이 집을 뜨는 그 마당이 차마 박절하겠으니, 그게 난관이었다.

십 년 전 그날 밤, ××온천서 트렁크 하나를 집어 들고 도망을 빼던 그 때와도 달랐다.

떳떳이 이유가 있어야 할 것이었다. 그러나 아무리 떳떳한 이유를 백이나 천을 갖다가 대더라도, 이유는 되질 않을 것이었다.

자청해서 왔어. 피차에 한동안 있으려니 한 것. 오고 보니 괄시 못할 주객 간이어. 대접이 융숭해. 오래도록 있어 달란 부탁까지 받아. 한 것을, 무엇 때문에 단 사흘이 못되어서, 짐짝을 도로 꾸려가지고 나가다니, 그런 실없는, 그런 싱거운, 그런 박절한 도리라곤 없었다.

'어떡한다?'

궁리를 해도 묘책이 없고 망신은 당해 둔 망신이었다.

속도 모르고 여자는, 데워 온 국물과 찌개를 받아놓으면서, 살뜰히 식사를 권하기에 여념이 없었다.

울고 싶게, 차차로 죄스러 못하겠었다.

『제향 날』, 1946

맹 순사

맹 순사가 동양의 대현이라는 맹자 님과 어떤 혈통의 관계가 있는지 없는지, 또 우리나라 명재상 맹고불이 맹 정승과는 제 몇 대손이나 되는지, 혹은 아무것도 안 되는지, 그런 것은 상고하여 보지 못하였다.

"칼자루 십 년에, 집안 여편네 유똥치마[1] 하나 못 해준 주변에, 헐 말이 무슨 헐 말이우?"

증왕의 순사 아낙에 세 가지 특색이 있으니, 가로되 언변 좋은 것, 가로되 건방진 것, 가로되 옷 호사 잘하는 것이라고. 실로 이 계집의 허영으로 인하여, 순사들이 얼마나 더 악착히 '순사질'을 하였음인고. 맹 순사의 아낙 서분이도 미상불 언변 좋고, 똑똑하고(즉 객관적으로 바꾸어 치면 건방지고) 하기로는 좀처럼 남에게 질 생각이 없으나, 오직 옷 호사 한가지만은 어엿이 고개를 들 자신이 와락 없었다. 천하에 순사의 아낙 되어 옷 호사를 못하다니, 유감이 깊을지매. 자못 동정스런 노릇이었다.

그러나, 서분이가 순사의 아낙으로 옷 호사에 자신이 없다는 것이 결단코 서분이 스스로의 무능한 소치거나 과실이거나 한 것은 아니었다. 그 소위 칼자루 십 년에.실상은 팔 년이었다. 팔 년 순사에, 집안 여편네 유똥치마 한 벌도 해주지 못할 지경으로, 남편 맹 순사란 위인이 지지리 주변머리가 없었기 때문이었다.

---

1) 유똥치마: 비단으로 만든 치마.

8.15 바로 후에 칼을 풀어놓았고, 그래서 시방은 순사 적이라는 것이 이미 옛말같이 된 터이었지만, 그러니 놓친 찬스를 두고두고, 심하여는 임종하는 자리에까지 내내 미련 겨워하기를 마지아니하는 것이 항용 아녀자의 넓지 못한 속… 해서 오늘 아침만 하여도 하찮은 일로 시초가 되어, 쫑쫑대고 생동 거리고 하던 끝에 필경은 나오는 것이 그 유똥치마의 푸념이요 주변 없음의 공박이요 하였던 것이었었다.

"거, 옷은 그대지 많이씩 장만해 무얼 하는구? 입구 벗을 거면 고만 아냐? 난 참, 여자들 그러는 속 모르겠더라."

부드럽고 조용한 말씨다. 이와 정반대로 서분이의 음성은 높고 가시같다.

"입구 벗을 옷이 어딨어? 날 언제 옷 해줬길래, 옷 많이씩이냐는 건구?"

"아니, 해필 임자가 옷이 많다는 게 아니라, 보통 여자들이 말야,"

"넉살두 좋으이. 날 같으믄 입이 꽝우리 구멍이래두 헐 말 없겠네. 바보, 빈충이, 천치."

"못난 남편 싫여?"

"좋을 게 어딨어?"

"그럼, 갈릴까?"

"제발 좀."

"허!"

"아주 신물이 나요."

"그러든지, 순살 도루 댕기든지."

"집안 여편네 옷 한 가지 어엿이 못 채려 내놓는 사내가 무슨 사내값에 가는고."

"그러니깐 도루 순사 댕겨서, 유똥치마두 해주구, 깜장 낙타 두루마기두 해주구 양단 저구리두 해주구, 백금시계도 사주구…."

"그따위 주변에 순살 두 번 아냐 골백번 댕겨보지. 유똥치마는커녕 거지치마 한 감 얻어들이나."

"허허허허. 나물 먹고 물 마시고 팔을 베고 누었으니, 대장부 살림살이 이만하면 넉넉하고나, 이런 노래 들어보지 못했어?"

"정신 차려요. 괘니 인전 돈두 몇 푼 남은 거 없구, 무얼 가지구 살림은 해나가랄 텐구? 낼 모리믄 쌀 남구 들여와야 해요."

"나두 걱정야말루 그 걱정이로세."

그러면서 맹 순사는, 식후에 피워 물었던 담배를 재떨이에 비비고는, 출입할 채 비를 차리려고 푸스스 일어선다.

흐렸던 하늘이, 부슬부슬 가을비가 내리기 시작한다.

서분이는 올에 스물다섯, 새파란 젊은 색시였다. 열일곱에, 서른 살 난 맹 순사의 후취로 시집을 왔었다. 맹 순사는 그 전해에 상처를 하였었다.

서분이는 그의 호릿하고 가냘픈 외형대로, 성질도 날카로왔다.

이른바 신경질이요 요망스런 부류의 여자였다.

성질은 그러한 데다 겸하여 나이 많은 남편의 황차 후취요 하니, 응석을 삼아서도 남편한테 포달을 떨고, 볶아대고, 버르장머리 없이 굴고 하염즉은 한 노릇이었다. 맹 순사는 그것을 잘 받아주고. 맹 순사는 나이 서른여덟이었다. 열세 살이나 어린 아낙이 딸자식 같아서 더욱 귀여웠다. 자식이고 계집이고 간에 귀여우면, 흉이 흉이 아니요, 흉도 이쁜 법이었다.

맹 순사는 내일모레가 사십이다. 사람이 나이 사십이 되느라면, 속이 대개는 썩을 대로 썩고, 모나던 성질이 둥그러지고 하여, 감정생활이 누그러지는 것이 보통이었다. 이 나이가 시키는 외에 맹 순사는 타고난 천품이 본시도 유한 인물이었다. 웬만한 일에는 성 같은 것이 나지를 아니하였다. 남에게다 나의 의견이나 고집을 굳이 세우러 들 줄을 몰랐다. 그러고 싶지도 않고 그래지지도 않거니와, 그럴 필요를 느끼지도 아니하였다. 그렇기 때문에 남과 시비와 갈등 같은 것이 생기는 일이 드물었다. 좋게 말하면 원만이요, 사실대로 말하면 반편스럽고 지조 없고 무능이요 하였다.

아무튼 그런 성질의 그런 남편이고 보매, 아낙이 아무리 포달을 떨고 볶아대고 구박을 하고 하여도, 좀처럼 맞서서 언성을 높여 탄하고 싸우고 하는 법이 없었다. 아낙은 기를 쓰고 싸우자고. 대들어도, 시종여일하게 한목소리 한낯으로 순순히 대껄을 하고 할 따름이었다.

"좌우간, 내가 그만침이나 청백했기 망정이지, 다른 동간들 당했단 소리 들었지? 누구는 맞아 죽구, 누구는 집에다 불을 지르구, 누구는 팔대리가 부러지구."

푸스스 일어서다가, 비 오는 뜰을 이윽히 내어다보면서, 맹 순사는 곰곰이 그렇게 아낙을 타이르듯 한다. 서분이에게는, 그러나 그런 소리가 다 말 같지도 아니한 소리요 억지엣 발명이었다.

"흥, 가네모도 상은 그렇게 들이 긁어먹구두, 되려 승찰 해서 부장이 된 건 어떡허구?"

"며칠 가나."

"그렇게만 생각허믄 뱃속은 무척 편하겠수. 여주루 내려갔든 기노시다 상넨, 이살 해오는데, 재봉틀이 인장표루다 손틀 발틀 두 개에, 방안 짐이 여덟 개에, 옷이 옥상옷만 도랑꾸루 열다섯 도랑꾸드래요. 그리구두 서울루 뻐젓이 와서 기계 방아 사놓구 돈벌이만 잘 허믄서, 활개 펴고 삽디다. 죽길 어째 죽으며, 팔대리가 부러질 팔대린 어딨어?"

"그런 게 글쎄 다 불한당질루 장만한 거 아냐?"

"뱃속에서 꼬록 소리가 나두, 만날 청백야?"

"아무렴, 사람이 청백하면, 가난해두 두려울 게 없는 법야, 헴."

맹 순사는 마침내 양복장 문을 연다. 연방 청백을 뇌던 끝에, 이 양복장을 보자니 얼굴이 간지러웠다. 유치장 간수로 있을 때에, 가구장수 하나가 경제범으로 들어와 있었는데, 서분이가 쪽지 한 장을 그에게다 주어달라고 졸랐다. 못이기는 체하고 전해주었다. 그런지 이틀 만에 이 양복장이 방 웃목에 가 처억 놓여진 것을 보았으나, 그는 내력을 물으려고 아니하였다.

양복점 안에서 떼어 입은 대마직 국민복은 양복장보다도 조금 더 청백 순사를 얼굴 간지럽게 하였다.

작년 초가을, 좋지 못한 풍문이 들리는 파출소 건너편의 양복점에서 마추어 입은 것이었다. 공정가격 32원 각순데, 양복을 찾아들고는, 지갑을 꺼내는 체하면서

"얼마죠?" 하고 물었다. 지갑에는 돈이라야 3원밖에 없었다.

양복점 주인은, 온 천만에 말씀을 다 하신다면서, 어서 가시라고 등을 밀어내었다.

이 양복장이나 양복은 한 예에 불과하고, 팔 년 동안 순사를 다니면서, 그중에서도 통제경제가 강화된 이삼 년, 육십몇 원이라는 월급으로는 도저히 지탱해 나갈 수 없는 생활을 뇌물 받는 것으로써 보태어 나왔다. 몇십 원씩, 돈 백 원씩 쥐어주는 것을, 사양하다가 못이기는 체 받아 넣기 얼말는지 모른다. 자청해 주는 것을 따담기만 한 것이 아니라, 아쉰 때면 그럴싸한 사람을 찾아가서

"수히 갚을 테니 백 원만…." 하고 가져다 쓰기도 여러 번이었다.

술대접을 받기는 실로 부지기수였다. 쌀, 나무, 고기, 생선, 술 모두 다 그립지는 아니할 만큼 들어도 오고, 청해다 먹기도 하고 하였다. 못해 주었네 못해 주었네 하여도, 아낙의 옷감도 여러 번 얻어다 준 것이었었다. 공교로이 그 유똥치마만은 기회가 없고서 8.15가 덜컥 달려들고 말았지만.

이렇게 그는 작은 것이나마 뇌물을 먹지 아니한 것이 아니면서도, 스

스로 청백하였노라고 팔분의 자신이 있었다. 맹 순사의 생각엔 양복벌이나 빼앗아 입고, 돈이나 몇십 원, 돈 백 원 받아 쓰고, 쌀 나무며 찬거리나 조금씩 얻어먹고, 술대접이나 받고 하는 것은 아무나 예사로 하는 일이요, 하여도 죄 될 것이 없고, 따라서 독직이 되거나 죄가 되는 것이 아니었다. 그것이 적어도 독직이나 죄가 되자면, 몇만 원 집어먹고서 소위 팔자를 고친다는 둥, 허리띠를 푼다는 둥의 수준에 올라야 비로소 문제가 되는 것이었었다. 맹 순사는 몇만 원은커녕, 한 번에 백 원 이상을 얻어먹어 본 적이 없었다. 그런 고로 맹 순사는 스스로 청백타 하던 것이었었다.

주위의 동간들은 가만히 눈치를 보면, 열에 아홉은 들뭇들뭇한 한몫을 보고 늘어져 만 원짜리 집을 사느니, 오십 석 추수의 땅을 양주에다 사놓았느니, 상사회사를 꾸며가지고 대주주가 되어 사직하고 나가느니 하였다. 맹 순사는, 나도 제발 그런 거리가 하나 걸렸으면… 하다못해 집 한 채 살 거리라도 좀 걸렸으면… 하고 초조와 더불어 연방 그런 구멍을 여새겨 보았었다. 그러나 어인 일인지, 한 번도 걸리는 적이 없었다. 그래서 끝내야 쓰레기판만 뒤지다가, 소위 청백한 채로 칼을 풀어놓고 말았다.

큰 덩치를 먹을 욕심과 기대가 있기는 하였으나, 그 의사는 문제가 아니었다.

아무튼지 큰 것을 먹지 아니하였으니, 따라서 부자가 되지를 아니하였으니, 나는 청백하였노라, 이것이 맹 순사의 청백관이었다.

부슬비를 우산으로 가리면서, 맹 순사는 군정청 경찰학교로 향하였다. 품에는 진작부터 써가지고 다니던 지원서와 이력서가 들어 있었다.

8 · 15 직후, 줄곧 누가 몽둥이로 후려갈기는 것만 같아서, 으슥한 골목을 지나느라면 시퍼런 단도가 옆구리를 푹 찌르는 것만 같아서, 에라 사람 감수하겠다고 칼을 풀어놓기는 하였었다. 그러나 그것이나마 직업을

잃고 나니, 하루하루 다가든다는 것이 반갑지 아니한 생활난이었다. 아까 아낙이 하던 말이 아니라도, 수중에 돈냥 있는 것은 거진 밑바닥이 보이고, 비로소 쌀 나무 들일 길이 막연할 판에 이르렀다.

세상은 돈도 흔하고, 일거리도 많고, 퍽이나 풍성풍성한 것 같았다. 그러나 순사밖에 다닐 줄 모르는 전 순사 맹 아무에게는 그리 수월히 딴 직업이 천신되어지지를 아니하였다.

'배운 도적질이 그뿐이니 무가내하로다. 쯧, 세상도 새 세상이니, 설마 어떠리.'

마침내 이렇게 단념 같은 결심을 하기에 이르렀던 것이었었다.

모자도 정복도 패검도 다 옛것이요, 완장 한 벌로써, 해방조선의 새 순사가 된 맹 순사는… 파출소로 가기 위하여 종로를 동쪽으로 걸었다. 팔년이나 다닌 경험자라서, 그 경험을 증명할 만한 몇 마디 테스트를 하더니, 그 당장 채용을 하였고… 경찰서로 배속을 시켰다. 그리고 이튿날 출근을 하였더니, 파출소에 근무를 하라는 영이어서 시방 그리로 가고 있는 참이었었다.

옛날의 순사와 꼭같이 차리고 하였건만 맹 순사는 웬일인지 우선 스스로가 위엄도 없고 신도 나는 줄을 모르겠고 하였다. 만나거나 지나치는 행인들의 동정이, 전처럼 조심하는 것 같은, 무서워하는 것 같은 기색이 없고, 그저 본숭만숭이었다. 더러는 다뿍 적의와 경멸의 눈초리로 흘겨보기까지 하였다.

함부로 체포도 아니하고, 위협도 아니하고, 뺨 같은 것은 물론 때리지 못하게 되었고 하니, 전보다 친근스러하고 안심한 얼굴로 대하고 하여야 할 것인데, 대체 웬일인지를 모르겠었다.

걸으면서 곰곰 생각하여 보았다.

"전에 많이들 행악을 했대서?'

정녕 그것인 성싶었다.

'애먼 사람, 불쌍한 사람한테 못할 짓도 많이 했지.'

'쯧. 지금 와서 푸대접받아도 한무내하지.'

'화무십일홍이요, 달도 차면 기우는 법인데, 한때 잘들 해먹었으니 인제는 그 대갚음도 받아야겠지.'

무엇인지 모를 한숨이 절로 내쉬어졌다.

마침내… 파출소에 당도하였다. 여기서 맹 순사는, 백성들이 순사를 멸시하는 눈으로 보는 연유를 또 한 가지 발견하여야 하였다.

뚜벅뚜벅 파출소 안으로 들어서는 소리에, 테이블에 엎드려 졸고 있다가 놀라 깨어, 고개를 번쩍 드는 동간… 맹 순사는 무심결에

"아니, 네가 웬일이냐?" 하면서, 다시금 짯짯이 그를 바라다보았다.

노마.

볼때기에 있는 붉은 점이 아니더라면, 얼굴 같은 딴 사람인가 하였을 것이었다.

행랑아들 노마였다.

맹 순사는 금년 봄, 시방 사는 홍파동으로 이사해 오기까지 여섯 해를 눌러, 사직동 그 집에서 살았다. 그 행랑에 노마네가 전 주인 때부터 들어 있었고, 왼편 볼때기에 붉은 점이 박힌 노마는 열두 살이었다. 근처의 삼 년짜리 학원을 일 년에 작파하고서, 저무나 새나 우미관 앞에 가 놀다간, 깃대도 받아주고 삐라도 뿌려주고 하는 것이 일이요, 집에 들어와서는 어멈 아범한테 매 맞기가 일이요 하였다. 조금 더 자라더니, 우미관패에 들어가지고, 밤거리로 행패를 하고 다녔고, 사람을 치다 붙잡혀간 것을 몇 차례 놓이게 하여주기도 하였다.

노마는 계면쩍은 듯, 그러나 일변 반갑기도 한 듯, 싱글싱글 웃으면서

"이렇게 됐습니다, 나리. 많이 점 가르켜 줍쇼, 나리."

"동간끼리두 나린가, 이 사람."

나이가 시킴이리라. 맹 순사는 내색을 아니하고 소탈히 그러면서 같이 웃었다.

그러나 속으로는

'저런 것이 다 순사니, 수모도 받아 싸지.' 하였다.

무식하여서, 기록 같은 것을 죄다 대신 하여주기가 성가시기는 하였으나, 그 대신 순 같은 것도 제가 다 돌고, 사사 심부름도 시원시원 하여주고 하여서, 옛 노마를 부리는 양 실없이 해롭잖았다.

한 일 주일 노마 순사를 하인삼아, 맹 순사는 편안한 영감 노릇을 하였다. 그러자 노마 순사가 다른 파출소로 옮아가고서, 새로 뽑힌 후임자가 오게 되었다.

'대체 누굴꼬?'

노마 때에 겪음이 있는지라, 이런 궁금한 생각을 하면서 신문을 보고 앉았는데, 철그럭하더니

"안녕협쇼." 하는 소리와 더불어 한 장한이 척 들어섰다.

무심코 고개를 드는 순간 맹 순사는

"억!" 하고 놀라면서, 하마 뒤로 나가 자빠질 뻔하였다. 머리가 있는 대로 곤두서는 것 같고, 등에서는 식은땀이 흘렀다.

새 동간은 맹 순사를 더 잘 알아보았다. 그는 그 흉악한 상호를 싱긋 웃으면서

"외나무대리서 만났구려?"

"…."

"금세 상성을 했나? 얼음판에 자빠진 황소 눈깔처럼, 눈만 끄머억허구 앉어서… 남이 인살 하면 대답을 해야 아니해? 적어두 새 조선의 경관으로."

"평안허슈?"

"아무튼 지질힌 오래 댕기는구려."

강봉세… 살인강도, 무기징역수 강봉세였다.

재작년 맹 순사가 경찰서에서… 유치장 간수를 볼 때에, 이 강봉세가 살인강도질을 하고 붙잡혀 들어왔었다. 맹 순사는 반년이나 그를 간수하였다. 그러느라고 아주 숙면이 되었었다.

한 번은 이런 일이 있었다.

유치장 안에서 담배를 달라고 야료를 하여서, 낮번을 하던 간수가 점심과 저녁을 굶겼다.

강봉세는 밤번으로 들어온 맹 순사더러 밥을 달라고 졸랐다.

조르다 조르다, 성이 나가지고는 이를 북북 갈면서

"오냐, 두구 보자. 사형을 아니 받구서 무기증역이래두 살다가 요행 다시 세상 구경을 하게만 돼봐라. 네놈의 배때긴 칼루 푹 찌르면 꿔여지지 말란 법 있대드냐?" 하고 저주를 하는 것이었었다.

그러던 살인강도 강봉세였다.

맹 순사는 동간 강봉세가

"봐라 인석아." 하면서 패검을 뽑아 배를 푹 찌르는 것만, 푹 찌르는 것만 같아, 하루종일 간이 콩만 하였다. 다시 순사 된 것을 못내 후회하면서, 어서 시간이 되기만 기다렸다.

그 몇 시간이 하마 십 년 감수는 되는 것 같았다.

오후에 헐떡거리며 집으로 돌아온 맹 순사는, 정복 정모와 패검을 보따리에 싸놓고 사직원을 썼다.

"그새, 벌써 사직예요?"

아낙 서분이가 구박이었다.

"괘니, 과부 아니 된 것만 천행으루 알아요."

"…?"

"사상범, 정치범만 석방을 하라니깐, 살인강도꺼정 말끔 다 풀어놨으니, 그놈들이 그래 심청이 그래야 옳담? 심청머리가 그리구서야 전쟁에 아니 져?"

"살인강도가 났어요."

"난 게 아니라, 들어왔드라우."

"뉘 집엘?"

"파출소루… 칼 차구, 정복 정모 잡숫구."

"에구머니! 가짜 순사 말이죠?"

"흥, 빼젓이 사령장꺼정 받은 진짜 순사드랍니다요. 당당헌 경찰학교 졸업생이시구."

"절 으찌우? 그럼 인전 순사헌테두 맘 못 놓겠구료?"

"허기야 예전 순사라는 게 살인강도허구 다를 게 있었나! 남의 재물 강제루 뺏어 먹구, 생사람 죽이구 하긴 매일반이었지."

『백민』, 1945

낙조落照

1

모처럼 별식으로 닭 국물에 칼국수를 해서 식구가 땀을 흘려가며 먹고 있는 참이었다.

"이런 때 느이 황주 아주머니나 오셨다 한 그릇 훌훌 자셨드라면 좋을 걸 그랬구나… 말이야 없겠느냐마는, 그 마나님두 인저 전과 달라 여름 삼복에 병아리라두 몇 마리 삶아 소복이라두 하구 엄두를 낼 사세가 되들 못하구…. 내남적없이 모두 살기가 이렇게 하루하루 쪼들려만 가니…."

어머니가 생각이 나 걸려해 하는 말이었다.

어머니는 의가 좋고 해서 그러던 것이지마는 어버지는 어머니와 달라, 황주 아주머니가 별반 직성이 맞지를 않는 편이었다.

"그래두 그 마나님넨 느는 게 있어 좋습니다."

"온 영감두. 지금 사는 그 일본집두 30만 환에 내놨다는데 그래요? 한 30만 환 받아, 삭을세집을 얻든지, 문밖으루다 조그만한 걸 한 채 장만하든지 하구서, 남겨진 가지구 얼마 동안 가용이라두 쓰구 할 영으루다…."

"느는 게 조음 많으우…? 자아, 몸집이 늘지. 희떠운 거 늘지. 시끄런 거 늘지. 말 능란한 거 늘지. 따님 양개화洋開化 늘지. 아마 그 마나님은, 한때 그 국회의원이라드냐 하는 걸 선거하는 데 내세우구서, 누굴 추천하는 연설 같은 걸 시켰으면 아주 일등으루 잘했을 거야.”

“난 또 무슨 말씀이라구….”

어머니는 그만 웃고 만다.

아버지도 따라 웃으면서

“난 정말이지, 그 생철동이, 하두 시끄러 골치가 아파 못하겠습디다.”

“아따, 생철동인 생철동이루 씨어먹게스리 마련 아니우? 세상 사람이나 세상일이 다 그렇게 제제끔이요, 제 곬이 있는 법 아니우?”

어머니는 이렇게 원만하였다.

어머니가 만일 원만치 못한 어른이었다면 그런 대답이 나오는 대신 “영감두 말씀 마시우. 황주 마나님더러 느느니 몸집이네, 희떰이네, 시끄럼이네, 말 능란해 가는 거네 하시지만, 영감은 느느니 괴벽과 편성입디다. 난 영감, 그 남 비꼬아대기 잘하는 거, 미운 소리 잘하는 거, 하두 박절해 골치가 아파 못하겠습디다.” 하고 오금을 박았을 것이었었다. 그리고 그 끝에, 말이 오고가고, 티격태격하다 필경 싸움이 되고, 결과는 불화가 일고.

생각하면 어머니의 그렇듯 원만함은 우리 집의 고마운 보배였다. 솔성이 심히 박절하고 옹색한 아버지를 모시어 규각이 나지 않고, 잘 평화가 지탱되어 나가기는, 오로지 어머니의 그렇듯 남의 흠점이나 과실을 찬하지 않고 너그러이 보는 원만함의 덕이었다.

아버지는 나를 가리켜 어머니의 성정을 닮아 세상만사를 좋도록만 보려 들고, 그래서 사나이 자식이 소견이(시야視野가) 좁고 진취성積極性이 적으니라고 하였다.

미상불 나는 내가 생각하여도, 아버지의 편협하고 박절한 성품보다 어머니의 너그럽고 원만한 성품을 물려받은 것 같고, 따라서 모든 사물을 호의적으로만 보면, 인하여 시야가 좁고 진취성이 적음도 사실인 성싶었다.

그러나 나는 아버지보다는 차라리 어머니를 닮았음을 복되게 여기기를 꺼려하지 않는다.

아버지의 편협하고 박절함은 유난한 것이 있었다.

아무 이해상관이 없는 일이거만, 당신의 비위에 맞지 않는다든가 눈에 거슬린다든가 한다는 것으로, 미운 소리을 하고 비꼬아 대고 하여 남에게 실안심을 하고 경원을 당하고 하였다.

아버지는 크고 작은 일에 있어 당신이 보기에 그른 것에 대하여 둘러 생각을 한다거나 관용이라는 것이 전혀 없었다.

그르다… 혹은 보기 싫다… 여기까지는 그래도 상관이 없었다.

아버지는 그른 것을 그르다고 단정하는 데 그치고 말거나, 보기 싫은 것을 보기 싫어하는 데 그치고 말거나 하는 것이 아니라, 반드시 미운 소리를 하고 비꼬아 대고 하기를 좋아하였다. 일종의 악취미랄 것이 있었다.

해방까지는 아무러나 그것이 타고난 천품에서 오는 단순한 성격적인 것이요 악취미나마 취미적인 것이요 함에 불과하였으나, 해방을 고패로 아버지의 그 비꼬는 솔성은 경제적인 이해관계에서 우러나는 바로 육체적인 것으로 변하게 되었다.

3백 석 추수거리와 계동桂洞 복판에 있던 터전 넓고 고래 등같이 큰상하채의 기와집과 이것이 해방 전의 우리 집의 재산이었다.

이 집을 지니고 3백 석 추수를 받아 식량을 하고, 가용을 쓰고 하면서 우리는 넉넉지는 못하나마 남께 옹색한 거동을 보이거나 황차 빗 같은 것은 통 모르고 편안하고도 만족한 세상을 살아왔었다.

별안간 해방이 되었다.

소작료를 전 수확의 3분지 1만 받도록 마련이 나, 3백 석 추수가 2백 석으로 줄었다. 기본 수입이 3분지 2로 줄어, 우리 집에서는 2백 석 추수를 가지고 1년 가계를 삼아야 하였다.

추수는 3분지 2, 2백 석의 추수를 줄었는데 다른 물가는 다락같이 올라만 갔다. 3분지 2로 준 2백 석의 추수를 가지고, 옛 가용의 3분지 2조차 대기가 까마득하게 어려웠다. 추수한 벼 2백 석은 소위 공정가격으로 고스란히 공출을 하고서, 그 대금을 받아가지고, 용은 소위 야미값으로 사대어야 하기 때문이었다.

하기야 일제 말기에도 소작료 받는 벼를 죄다 공출에 바치고, 한 섬 10원씩의 공정가격으로 받지 아니한 바는 아니었으나, 그때의 야미 시세는 시방처럼은 공정가격과 사이에 엄청난 차이가 없었기 때문에, 겨우겨우 제 털 뽑아 제 구멍을 메꿀 수가 있었다.

해방 후에는 그러나 도저히 안될 말이었다.

지난해 가을에 2백 석에서 소작료 공출 대금으로 도합 25만 몇천 원인가를 받았다. 그중에서 토지 그것에 따르는 지세니 무어니를 까고 나면, 20만 원 남짓이 옹근 수입이었다.

식량 그 밖에 모든 비용을 줄이고 줄여도 1948년 현재의 화폐로 매달 4만 원의 가용이 든다. 20만 원인다 치면 다섯 달 치 가용이었다.

그 나머지 일곱 달은…?

내가 국민학교의 교원으로, 다달이 받는 월급이 한 7, 8천 원은 된다. 그러나 그 월급을 가지고 나의 일신에 관한 용, 가령 담배를 사 피운다든가, 책을 산다든가, 술은 먹지 않아서 그 방면에 낭비는 없다지만, 가다오다 친구 만나 점심 낱 먹고 찻잔 마시고 양말 켤레 사 신고 한다든가 하느라면 오히려 부족이 나서 옹색한 일을 당하는 적이 있을 지경이니, 단돈 백 원이라도 집안에 들여놓질 못하는 형편이었다.

아버지는 드러내놓고 말을 아니하나, 이왕 월급벌이를 할 바이면, 아무 변통성 없는 초등학교의 교원질보다도 종종 가다 뒷길로 딴 수입이 있고, 배급 물자 같은 것도 동떨어지게 후하고, 그리고 권도權力도 부릴 수가 있고, 그 권도를 묘리 있이 잘 부리거드면 큰 수를 잡아 일조에 팔자를 고치는 수가 있고… 이런 관리 방면으로 터를 바꾸어 앉았으면 하는 눈치가 없지 않았다.

나는 그러나 아버지의 그런 뜻을 받들 생각이 없었다.

관리 그것이 나쁠 머리는 없었다. 그렇지만 관리를 다니면서, 사를 써주고서 뒷길로 딴 수입을 보고 하는 것은 마땅히 군자의 할 도리가 아니었다.

더욱이 지체를 이용하여 아닌 권세를 부린다든가, 황차 권세를 부리어 불의한 재물을 긁어 들인다는 것은, 남이야 어떠했든 나로서는 감히 범하고 싶지 아니한 불의였다.

의 아닌 부와 귀는 나에게 뜬구름과 같으니라… 이 공자님의 말씀은 정히 나의 변할 수 없는 심경이요 태도였다.

관리가 됨으로써 그러한 불의를 범하고 하기가 뜻에 없을 뿐만 아니라, 반면 나는 현재의 교원이라는 직업을 천직으로 여기고 있는 자이었다.

천진난만한 어린이들을 데리고 그들을 가르치며 잘 지도한다는 것, 이것은 내가 사람으로서 할 바의 다시 없는 사명이었다.

지금은 나라를 새로이 세우는 아침이었다. 앞으로 우리나라를 두 어깨에 메고 나갈 사람은, 시방 내가 가르치고 지도하는 어린 사람들인 것이었다.

그런 새로운 우리나라의 일꾼을 가르치고 지도하고 한다는 것은 한결이나 기쁘고 자랑스러운 노릇이었다.

나는 장차에 우리 집안이 더욱더 몰락이 되어, 가사 조석이 어려운 지경에 이르른다고 하더라도, 나는 끼니를 줄이고 누더기를 걸치면서라도 이 천직을 지키되 버리지 아니할 터이었다.

우리 집은 빚을 지기 시작하였다. 1946년 봄부터 1948년(금년) 봄까지만 2년 동안에 진 빚이 30만 원이 넘었다.

토지는 팔자 하니, 작인들이 장차에 토지분배가 있을 것을 생각하고서 값만 잔뜩 깎고 앉아 사려고를 아니하였다. 작인들로는 당연한 타산이었다.

할 수 없이 계동 집을 팔아 지금 사는 가회동의 이 방 세 개의 단채 집을 사고 빚을 대강 갈무리하였다.

큰 집을 팔아먹고 작은 집으로 옮아앉아, 빚을 갚고 하였다고 그것으로써 전과 같이 수지의 균형이 도로 맞고, 생활이 안정이 되었느냐 하면 아니었다.

수입보다 지출은 여전히 컸다. 금년 1년을 지나고 나면, 또다시 몇십만 원의 빚이 앞채일 참이었다.

다시 집을 팔거나 아주 헐값으로 토지를 팔거나 하는 수밖에 없었다.

우리 집은 앞으로 3년이 못하여, 토지는 물론이요 집도 터도 없는 철빈이 되고 말 번연한 운명의 선 위에 당시랗게 놓여 있는 것이었었다.

일반 가용은 말할 것도 없거니와 아버지는 당신의 모든 씀씀이를 줄이고 갈기었다.

봄과 가을 두 철, 친구들과 작반하여 승자로 유람 다니는 것을 뚝 끊어 버렸다.

다달이 한 번씩 모여 놀고 하는 시회詩會를 한 달 혹은 두 달씩 거르곤 하였다.

정월과 8월의 양 명절 때를 비롯하여 한식, 단오, 9월 9일, 동지, 그리고 시월 초사흗날인 당신의 생신날, 이렇게 1년이면 대여섯 차례를 좋은 술과 안주 많이 장만하여 더러는 기생까지 곁들여 친한 친구 청하여다 대접하면서 (풍월風月: 詩) 읊어가며 홍그롭게 놀던 것을 처음에는 양 때 명절과 시월 초사흗날의 당신 생신날과의 세 차례로, 그다음엔 당신 생신날의 한 차례로 줄이었다. 그러나마 음식 차림새도 극히 간소하게 하고 기생은 일체로 부르지 아니하였다.

간구한 친구가 출출해서 찾아왔을 때, 석양배 한잔 내기에도 두루 주저를 하지 아니지 못하였다.

친구와 술과 풍월과 승자 찾아 유람 다니기와, 이것이 이 아버지에게서 일시에 전부 혹은 태반이 없어진 셈이었다.

친구와 술과 풍월과 승자 찾아 유람다니기와, 이것이 있음으로 해서 아버지는 노래老來의 인생이 즐거웠었다. 그리고 그것이 없어짐으로 해서 아버지는 위안과 낙을 잃어버리고 만 것이었다.

집안 살림은 나날이 졸아들어, 끝장이 눈앞에 내어다보이고… 친구도 술도 풍월도, 승지 찾아 유람도 죄다 잃어버린, 그래서 세상 살아가는 재미라고는 하나도 없이 다 없어진 만년… 아버지는 이른바 앙앙불락怏怏不樂이었다.

아버지는 세상의 크고 작은 모든 일이 당신에게 직접 이해 상관이 있는 일이고 없는 일이고 간에 하나도 정당하거나 당연한 것이 없고, 모두가 옳지 못한 일이요, 사리에 어그러지는 일이요 하였다.

아는 사람이고 모르는 사람이고 간에 남이 하는 일, 하는 말 치고 하나도 마음에 맞거나 비위에 거슬리지 않는 것이 없었다.

아버지는 그래서 불평이요 불만인 것이었었다.

이 앙앙한 심사라든지 불평과 불만은, 그러나 어디다 대고 어떻게 부르댈 바이 없는 울분이요 불평과 불만이었다.

천품으로 이미 좁고 비꼬인 것이 있는 아버지였다. 가뜩이나 거기에 당신의 허물이라고 생각되지 않는 외부적인 원인으로 하여 당하는 몰락과, 불여의不如意에서 오는 울분과 불평불만이… 그러나마 풀 길도, 부르댈 대상도 마땅히 없는 울분과 불평불만이, 앞채이고 보매, 비꼬인 솔성이 더욱 심각하여질 것은 차라리 당연한 노릇이었다.

친한 여러 친구 중에서도 유난히 더 친하고, 아버지를 잘 알고 하는 윤 씨라는 이가 있었다.

"용 못 된 이무기가 심술만 남드라구… 가사 세상이 좀 불여의하기로소니, 장부가 마음을 좀 활달히 가지는 게 아니라 복닥복닥 속을 고이구, 사람이 그 웨 그렇드람? 그리군 무단히 남더러 미운 소리나 하구… 그게 그대지 쾌할 건 무어람."

그 윤 씨라는 이가 핀잔 삼아 권고 삼아 아버지더러 한 말이었다.

아무튼 아버지가 그런 어른이고 보매, 황주 아주머니만 하더라도 도무지 여자답지 못하게 시끄럽고 실속 없이 말이 많고도 능하고, 그리고 번접스럽고 한 것이 작히 아버지의 눈에 벗음직도 하기는 한 것이었다.

2

호랑이도 제 말을 하면 오더라도 막 그렇게 이야기를 하고 있는데, 당자 황주 아주머니가 거기에 당도를 하였다.

"아유, 아우님은 그래, 어쩌면 그렇게두 꼼짝두 아녀신단 말씀요…? 난 하두우 고만 궁금해서…."

일본 씨름꾼이 생각날 만큼 거창한 몸집으로 대문 안을 들어서면서, 그 동네가 울리도록 큰 목소리로 우선 인사가 이쯤 요란하였다.

황주 아주머니는 한 달이면 적어도 세 번 좋은 우리 집엘 오곤 하였다.

반드시 와야 할 볼일이 있어서 온다느니보다도, 황주 아주머니의 말대로, 그 아우님이 보고가 싶어서 자주 그렇게 다니곤 하던 것이었었다.

어머니가 출입이 없네 없네 하여도, 한 달에 한 번 종은 역시 황주 아주먼네 집을 가곤 하였다.

두 분은 그래서, 멀어야 열흘, 잦으면 대엿새에 한번은 으레 만나는 터이었었다. 그 대엿새에 한번, 열흘에 한 번이 황주 아주머니는 하도 그만 궁금하였고, 그것을 아버지의 말을 빌면, 황주 아주머니는 그쯤 엄살이 대단한 것이 있는 마나님이었다.

"형님 어서 오시오, 그리지 않어두 지끔 형님 이야길 하든 참이드라우."

어머니가 반겨 일어서면서 이렇게 맞이를 하고.

황주 아주머니는 뒤우뚱거리고 마당을 걸어 들어오면서 일변 분주히 "온 어쩐지, 구기가 가렵더라니…. 아제두 마침 기시군. 아젠 요새 이 더위에 어떻게도 지나시죠? 날두 하두우 극성으루 더우니깐…. 오오, 조카님두 집에 나와 있군. 참, 요새 방학을 해서 한가하겠군…. 오냐, 새아기, 잘 있었드냐? 난 널 보면 꼭 귀여 죽겠드라…! 뫼시구, 더위에 얼마나 앨 쓰느냐…? 어멈은 여전히 부지런하군. 아무렴, 나야 늘 태평이지…. 그래, 아우님은… 아니, 신관이 좀 못하셨구려? 사람들이 너나없이 더위에 부대껴 그래."

식구라는 식구는 있는 대로 깡그리 흠선하고도 불일성 있이 인사를 건네고 받고 하면서 황주 아주머니는 마루로 올라왔다.

어머니와 두 분이 연방 아우님, 형님 해쌓는데, 남이 듣기엔 퍽 가까운 집안 간인 듯도 하겠으나, 실상 촌수를 따진다면 훨씬 먼 일가끼리였다.

어머니와 열두 촌인가, 열네 촌인가 된다고 하였다. 나와는 그래서 외가로 열세 촌이나 열다섯 촌뻘의 아주머니였다. 그러니 일가를 내어도 그만 아니 내아도 그만일 일가요, 혼인도 하여 무방한 집안끼리였다.

일가란 그러나 대체가 촌수야 좀 멀고 하더라도, 가까이 살면서 상종이 서로 잦고, 일변 뜻이 맞는 데가 있고 하게 되면, 사이도 자연 가까워지고 하는 것이어서, 이 황주 아주먼네와 우리가 정히 그러하였다.

황주 아주머니가 지나간 (기사년己巳年: 1929년) 아이들을 데리고 서울로 올라와 살다, 맏아들 박부장朴部長 재춘在春을 뒤쫓아 황해도 황주로 내려가던 (경진년庚辰年: 1940년)까지의 열두 해 동안과, 그리고 황주에서 살기 7년 만인 (병술년丙戌年: 1946년), 그 전해의 8·15 해방으로 생겨진 방해선妨害線 38선을 넘어 서울로 다시 온 이후 오늘날까지, 우리 두 집안은 한 서울 안에서 살면서, 남의 사촌이나 친숙질 부럽지 않게, 서로 왕래가 잦고, 가까이 지냈다.

황주 아주머니는 황주로 내려가 사는 동안에도 일 년에 두세 차례는 아우님… 우리 어머니가 보고 싶어서(더 많이는 서울서 출가하여 서울서 살고 있는 맏딸 송자가 보고 싶어서) 이름난 황주 사과를 몇 상자씩 가지고 서울을 다니러 오기를 즐겨서 하였다. 출입이 어려운 어머니도, 두 번인가 세 번인가 황주로 그 형님을 찾아갔었고, 어머니와 황주 어머니는 몸이 크고 뚱뚱하고 얼굴도 우툴두툴한 것이 수염만 났다면 여자보다도 남자에 더 가까운 양반이었다.

어머니는 몸이 가냘프고 여자답게 곱살한 얼굴이었다. 올에 쉰두 살인데 아직도 젊었을 적의 고운 태가 가시지 않고 많이 그대로 남아 있었다.

생김새가 그러한 것과 같이 성질도 하나는 남성적으로 괄괄하고 적극적이요 활동적이요 하고, 하나는 여성적으로 차분하고 소극적이요 내면적이요 하였다.

이렇게 서로 공통된 점이 없고 상극진 성격과 생김새의 두 분 마나님이었으면서, 그러나 잘 적성이 맞고 의가 좋고 하였다.

두 분이 의가 좋은 것에는 단순히 적성이 서로 맞는다는 것 외에, 어머니가 성품이 너그러워 남을 포용을 한다는 것과, 황주 아주머니가 우리 집… 특히 어머니에게서 받은 바 조그마한 경제상의 원조에 대하여 은혜를 저버리지 않는 의리와, 이것의 영향이 일변 작자가 아니하였다.

황주 아주머니는 아버지의 폄貶이 아니라도, 그야 흠이 없는 바가 아니었다. 무단히 시끄럽고 희떱고 번접스럽고 다변하고… 그러나, 그런 반면 족히 취할 점도 없는 것이 아니었다.

여장부라는 말이 있거니와, 기사 여장부토록은 몰라도 대단히 씩씩하고 용감한 것이 있었다.

좋은 조건 밑에서건 절박한 조건 밑에서건 생활과 맞겯고 서서 굽힐 줄을 모르고, 퇴각이라는 걸 모르는 황주 아주머니였다.

소도 언덕이 있어야 비빈다고 하거니와, 그러나 아무리 언덕이 있기로니, 소가 대들어서 비비지 않는다면 언덕은 소용이 없는 것이었다.

어머니가 아버지의 양해를 얻어 계동 목판의 우리 집 가까이, 방이 안방 말고 다섯 개가 있는 집 한 채를 전세로 얻어 준 것이 (기사년己巳年: 1929년), 그해 봄에 상부를 하고 이어서 가을에 젖먹이를 등에 업고 세 아이를 손목 잡고 서울로 황주 아주머니를 위하여 우선 조그마한 언덕이었었다.

황주 아주머니는 당신이 꽁꽁 허리춤에 매어 가지고 온 2백 원을 풀어, 그릇과 밥상과 수저를 장만하여 가지고 학생 하숙을 시작하였다.

방이 다섯이면 다 제대로 차야, 열 명의 학생을 쳐 너댓 식구가 겨우 목구멍을 얻어먹을까 말까 한 영세한 벌이였다.

황주 아주머니는 겨우 목구멍이나 얻어먹자는 데에 만족하려고 아니하였다.

목구멍을 얻어먹어 가면서 한옆으로 자녀를 교육시켜야 한다는 더 큰 대망이랄 것이 있었다. 황주 아주머니는 허리띠 졸라매고 대들었다.

학생들이 먹다 남기는 찬밥덩이를 마다 아니하였다.

옷은 겨우 살을 가릴 정도로써 만족을 하였다.

물 한 지게 전 하는 1물을, 물장사를 대지 않고 손수 머리로 여날랐다.

젖먹이 영춘을 밤이나 낮이나 등에 매어달고 밥 짓고, 밥상 나르고, 설거지하고, 다섯 아궁에 군불 지피고, 물 긷고 빨래하고 하였다.

세탁장이를 거절하고, 열 명 학생의 빨래를 죄다 맡아 빨아 줌으로써 아이들의 월사금이며 학자를 벌었다.

기사년(1929년)으로부터 (경진년庚辰年: 1940년), 시집 고향 황주로 다시 내려가기까지, 열두 해 동안을 그렇게 약삭빠르고도 부라퀴로 납뛰었고, 납뛴 보람이 역력히 있었다.

(갑술년甲戌年: 1934년)에는 맏아들 재춘이 좋은 성적으로 중학을 졸업하였다.

재춘은 재주도 있고 영리하기도 하였고, 겸해서 모친의 격려와 열성에 감동이 되고 하여 부지런히 공부를 하였었다.

스물한 살에 중학을 마친 재춘은 이어서 전문학교로 올라갈 수가 있기는 있었으나, 모친이 그런 희망이요, 그럴 각오였으며, 재춘 자신도 마음이 당기지 아니함은 아니었으나, 영리한 그는 집안의 형편이며 모친의 고생을 생각하여 일찌감치 실생활 방면으로 나아가기로 하였다.

졸업하던 그해 바로 순사 시험을 보아 교습을 마친 후 서울 본정경찰서에 근무를 하였고, 다음다음해 (병자년丙子年: 1936년)에는 백주白株짜리 사과밭이 딸린 고향의 황주 규수와 결혼을 하였다.

(무인년戊寅年: 1938년)에는 마침 재춘의 칠촌숙七寸叔 되는 사람이 해주海州에서 경부를 다니며 서둘러 준 덕에 재춘은 고향 황주로 전근이 되어 젊은 내외가 우선 환고향을 하였고. 재주가 있고 영리하고, 그리고 뒷줄 좋은 칠촌숙이 있고 하여, 이듬해 (기묘년己卯年: 1939년)에는 부장으로 승차를 하여 이웃 고을 중화中和 경찰서에서 근무를 하였다.

황주 아주머니의 맏딸 송자松子는 오라비 재춘이 황주로 내려가던 무인년(1938년)에 고등여학교를 마치었고, 이듬해 기묘년(1939년)에는 은행에 다니는 전문학교 출신과 결혼을 하여 지금까지 서울서 잘살고 있고. 황주 아주머니가 맏아들 재춘을 뒤따라 황주로 내려가던 경진년(1940년) 현재로 둘째 딸 춘자春子는 고등여학교 2년급이요, 막내둥이… 젖먹으면서 어머니의 등에 업히어 고달프게 서울로 올라오던 그 막내동이 영춘은 나이 이미 열세 살에 국민학교 5년급이었고. 이만하면 황주 아주머니는 거의 맨손이다시피, 올망졸망 동서 불변의 4남매를 데리고, 막막히 서울로 올라와 그 먹지 않고 입지 않고 자지 않고 쉬지 않고 그러면서 부라퀴로 납뛰며, 열두 해 동안 고생을 한 보람은 넉넉히 났었다.

동시에 혼자엣 남의 어머니로서 인생으로서, 8, 9분 성공이었다고 하여도 무방하였다.

오로지 황주 아주머니의 그 생활과 맞부딪쳐 굽히지 않고 씩씩하게 싸워 마지않는 기개의 덕이었다.

3

몸집이 부대한 사람은 추위를 덜 타는 혜택이 있는 반면, 여름이면 남달리 더위를 타고 땀을 많이 흘리는 대갚음을 치르게 마련이어서, 황주 아주머니도 아버지와 나만 아니더면 적삼 치마 단속곳 다 벗어 던지고, 속곳 바람으로 앉았고 싶어할 만큼 더워하면서 부채질이 바빴다.

안해가 칼국수를 한 대접, 딴 상에 김치 등속과 하께 놓아 올리는 것을 어머니가 받아 황주 아주머니의 앞으로 놓으면서 권을 한다.

“형님 어여 좀 드시우… 혼자 먹으려니깐 걸려, 뫼시려래두 보낼까 하는 참인데.”

“발이 효자야, 허어허허허.”

황주 아주머니는 웃음 웃는 것도 남자처럼 걸걸하고 너털스러웠다.

한바탕 너털웃음을 웃고는 수저를 들면서

“여름엔 이게 젤이지… 더운 국물 해서 먹구 난다 치면, 먹을 땐 더워두 속이 후련하구 더위가 가시구.”

“자시구 더 자시우, 형님. 많이 있으니.”

“양대루 먹죠. 내가 언제 이 댁에 와 먹는 거 사양합디까?”

마침 아버지가 수저를 놓고 상을 물렸다.

황주 아주머니가 건너다보면서

“아제는 벌써 다 지셨수?” 한다.

혹시 당신이 와 자시기 때문에 식구의 차지가 덜린 것이나 아닌가 싶어 하는 말이었다.

아버지는 트림을 길게 하고 나서

“내야 이걸 어디 질겨하나요? 전엔 저깔두 아니 댄걸… 지끔은 마참, 궁졸해지니깐, 입두 궁기가 들어 그런지 이런 것두 곧잘 걸어들이군 하지만서두.”

“아따 가만 기시우. 이재네두 인전 도루 옛날처럼 기 펴구 힘 펴구 사실 날이 가차웠으니.”

황주 아주머니는 자신 있이 그러다 문득 기쁨이 얼굴에 넘치면서

“참 이승만 박사루 대통령 난 거, 둘 아시죠?”

“…?”

“아, 이승만 박사가 대통령으루 올라앉으셌다구, 나지오루 곧장 방송두 하구, 신문사선 호윌 들입다 박아 돌리구 했는데, 여태들 모르구 기셨

어? 알뜰두 하시지들."

오늘 국회에서 대통령 선거를 한다는 것은 미리서 알았으나, 라디오의 스위치를 꽂지 않고 있었다는 것은, 미상불 책망을 들어 싼 일이었다.

아버지야 범연한 어른이라지만 적어도 나만은 적지 아니한 등한히 아닐 수 없었다.

"아무튼 그러면, 아주머니의 그 예언이 영락없이 들어맞인 심이군요?"

이윽고 아버지가 하는 말이었다.

빈정대는 말씨가 역력하였으나, 황주 아주머니는 그런 눈치를 채기보다는 신이 나서

"아, 영락없이 들어맞구 말구요. 내가 그날두 무어랍디까?"

유래가 있는 말이었다.

한참 선거로 사람이 둘만 모여도 그 이야기로 판을 짜던, 지나간 4월 그믐께의 어느 날이었다.

석양 때, 그 날도 역시 아버지도 계시고 나도 학교로부터 돌아왔고 한 자린데, 그 자리에 황주 아주머니가 와 참석을 하여 역시 선거 이야기가 벌어졌다.

"거저, 덮어놓구 이승만 박사한테 투표해여 합넨다. 이승만 박사한테 투표해서, 그 으런을 대통령으루 뫼셔앉혀야 우리 죄선 사람 살 길 나서지, 그렇잖구는…."

그러면서, 황주 아주머니는 그야말로 덮어놓고 이승만 박사에게 대통령 투표를 해야만 한다는 것이었었다.

아버지는 어처구니가 없어서 물끄러미 앉아 듣다가

"난, 이번 선거가 국회의원을 뽑는 선거루 알았드니, 이승만 박사 대통령을 뽑는 선거로군요?"

"글쎄, 인제 두구 보시우. 한 열흘 남았으니 두구 보시우마는, 38 이남

의 죄선 사람은, 열에 아홉까지는 이승만 박사한테루 투표 해서, 당장 그 자리서 대통령으루 뽑힐 테니 두구 보세요."

그 날 저녁 황주 아주머니가 저녁을 자시고 돌아간 뒤에 아버지는 혼잣말처럼

"허! 반식자 우환이라드니, 선불리 조끔 아는 게 탈야…. 그런 우김 속, 그런 떡심, 그런 이거지…. 병중에 만일 그 마나님 같은 사자 귀신을 만났단, 한 시간 못 배겨나구, 끌려가구 말 게야." 하고 짐짓 고개를 내저었다.

38 이남의 조선 사람이, 열에 아홉까지가 5월 10일의 선거에 이승만 박사에게 대통령 투표를 하였거나, 그런 것이 아니요, 그 뒤에 국회에서 국회의원끼리 이승만 박사로 대통령을 선거하였거나, 아무렇든 이승만 박사가 대통령으로 뽑히기는 뽑혔은즉, 황주 아주머니는 장담을 쳐도 좋은 것이었었다.

황주 아주머니는 땀을 물 쓷듯 흘려가며 후루룩후루룩 먹성 좋게 칼국수를 자시면서 어깨가 으쓱하였고, 아버지는 담뱃대에 담배를 붙여 물고 앉아

"그래 이승만 박사가 아주머니 예언대루 대통령이 되구 했으니깐, 인전 그럼 우리 조선 사람이 살길두 생기겠군요?"

"살길이 생기구 말구요."

"아주머니, 오시는 길에 싸전이랑 나뭇장이랑 들러보셨읍디까?"

"싸전엘요? 나뭇장엘요?"

"쌀 금세가 천 원 넘던 것이 한 5백 원으루 떨어지구, 남구두 한 마차 한 2천 원으루 떨어지구, 광목두 한 자 5, 6십 원으루 떨어지구, 다 그랬어야 할 게 아네요?"

"무슨 물건 금새가 별안간 그렇게 떨어지구 합니까?"

"이런 답답한…. 이 박사가 대통령으루 뽑혀야만 조선 사람은 살게 되

느니라구 접때두 그리셨죠? 오늘두 방금 이 박사가 대통령으루 뽑혔으니깐, 인전 살 길이 생겼느니라구 하시구."

"그야 그렇죠."

"그동안 백성이 못 살구 죽을 지경을 한 것이 달리 그랬나요? 쌀은 한 말 천원이 넘구. 남군 한 마차 6, 7천 원이죠. 광목 한자에 4백 원이요, 설렁탕 한 그릇이 백 원이요, 다 이래, 백성들이 살기가 어려웠든 게여든요. 그러니깐 아주머니 말씀대루, 이 박사가 대통령으루 뽑혀 백성이 살 길이 나서자면, 제일 첫째 백반 물가가 뚝뚝 떨어져야 할 게 아니겠냐구요?"

"오온 우물에 가서 숭늉 달래시겠수. 오늘 겨우 대통령이 났는데, 오늘루 당장 물건 금세가 떨어지는 수야 있나요?"

"들은다 치면 외국선 나라가 어지럽구, 물가가 비싸 백성들이 살기가 어렵다가두, 훌륭한 사람이 임금이든 대통령이든 된다 치면, 그 시각 그 당장에 물가가 떨어진다구 하길래 하는 말이죠."

"정부나 생기구 그래야죠. 자끔은 아직두 미국 사람이 자기네 맘대루 이럭저럭 하는 군정 아네요."

"옳아, 정부가 생기면이라… 정부만 생기면 그땐 쌀 금세두 내리구, 남구랑 광목두 금세가 내리구 해서 백성들이 살게 되는 판이군요?"

"그러믄요."

"작히나 고마운 노릇이겠소… 저 거시키, 그 멀쩡한 도둑놈들… 탐관오리, 그것들두 죄다 엮어 감옥소루 보낼 테죠?"

"엮어 보내구말구요…. 지끔두 연방 붙잡히잖어요? 여니 관리들은 새려 이번 참엔 즉 참 헌다헌 경찰관이 다 들려났나봅디다. 노盧 무엇이라구, 수도경찰청 무슨 과장이라드냐…."

"노덕술이 말씀인감? 그 사람은 독직 사건은 독직 사건이라두, 뇌물 먹은 독직이 아니라, 사람을 붙들어다 고문을 해 죽인 사건이랍디다."
"그래요…? 그렇지만 그것두 죈 죄죠. 뇌물 먹은 거허군 좀 달라두."
"공산당을 고문해 죽였대지 아마?"
"공산당을요? 그렇다면 잘했죠. 잘했죠. 죽여예죠. 고문 아냐 찢어라두 죽여예죠. 그리구 노 씨 그인 상금을 줘서 당장 놔줘예죠. 공산당 때려죽인 게 죄가 무슨 젭니까?"
닿으면 썩둑 베어질 만큼 졸지에 황주 아주머니의 기세는 맹렬한 것이 있었다.
"과히 염려하실랸 마시우. 본다 치면 대갠 앞문으루 묶어들면 뒷문으루 풀어놔 주군 하니깐."
아버지는 그러고 나서 잠깐 사이를 떼였다 다시
"이왕 그 공산당 말이 났으니 말이지만, 나는 실상 금년허구 명년허구 이태만 지나구 나서 내명년쯤일랑, 거 공산당을 좀 해볼까 하는 참인데…."
"오온 말씀만이래두."
황주 아주머니는 기급을 하게 놀란다. 입에 국수를 듬뿍 문 채 야단스럽게 고갯짓, 눈짓, 손짓을 갖추 하며 아버지를 가로막으면서
"제발 덕분, 제발 덕분, 말씀이래두 그런 끔찍하구 숭헌 말씀일랑 애야 입 밖에 내지두 마시우. 오온 글쎄, 어떡허시자구 세상에 그런, 세상에 그런."
"그야 낸들 어디 그, 내 토지 약간 조금 있는 걸 거저 뺏어설랑 촌 무지랭이 농사꾼 눔들한테 노나주자구 드는, 멀쩡한 불한당 패엘, 하 그리 탑탑해 참엘 하자구 들겠소만."
"그럼! 그러시다뿐이겠에요? 불한당허구두 그럼 불한당이 어딨에요!"
"내가 금년엔, 이 집, 이걸 마저 팔아먹구. 명년엔 토지 2백 석거리 그

걸 안 팔아먹구…. 할 수 있나요. 집이래두 팔구, 논이래두 팔아 위선 당장 입에 풀필을 해야죠…. 그래, 그렇게 다 팔아먹구 난다 치면, 내명년쯤 가선, 한 푼 껀지 없는 가난뱅이가 될 판이어든요. 뺏길래 뺏길 거 없는 사람이니 공산당 두려 거 없잖아요?"

"공산당, 좌익, 빨갱이, 그 눔들 말만 들어두 난 차가 떨려요! 에이 불공대천지 원수…. 그눔들은 내가 갈아먹어두 분이 아니 풀려."

황주 아주머니는 과연 몸을 푸르르 떨었다.

눈에서는 곧 불이 튀어나오는 것 같았다.

아버지는 그냥 못 본 체

"그런데, 듣자니깐 공산당은 가난뱅이끼리 모여 부잣눔의 걸 우격으루 뺏어설랑 고루 노나 먹잔 노릅이라구요. 집 팔아먹구 논 팔아먹구, 한 푼 껀지 없이 된 가난뱅이가 게라두 들어서 부잣눔의 걸 뺏어 노나먹는 축애 끼면 조음 좋아요? 목구멍이 포도청이라구 않습디까?"

"거짓말예요. 새빨깐 거짓말예요. 속임수루 마련해낸 새빨간 거짓말예요. 그 눔들이 빨갱이가 돼놔서, 새빨깐 거짓말을 잘 지어내거든요…. 아무렴 뺏기야 뺏지요. 있는 사람의 걸, 들이 뺏구말구요. 그렇지만 고루 노나 먹는닷 소린 멀쩡한 거짓말예요. 노나먹을 게 어딨에요. 저이끼리, 저이들 두목 서는 눔들끼리만 노나 가지구 저이눔들이 새루 부자질을 해요. 새루 부자질을… 그러니깐 고루 노나먹는다는 바람에, 속구 들어간 진짜 가난뱅이들은 그만 헷대릴 짚구 나가떨어지죠."

황주 아주머니는 단숨에 그리고 불을 뿜는 듯 주욱 그렇게 이야기를 한다기보다도 고함을 치고 나더니, 조금 사이를 두었다 별안간 목소리를 뚝 떨어뜨려 지성스럽게

"아잰 그런 생각 저런 생각 하실랴 마시구 한국민주당이나 독립촉성회에 드시우. 그게 젤 숩넨다."

"허어 넬모레 집두 터두 없는 가난뱅이가 될 사람이, 부잣 양반들끼리 모여 수군덕거리는 한국민주당이나, 독립촉성엔 들어 무얼 하나요? 가, 청지기나 살련다면 몰라두…. 난 그 한 푼 껀지 없는 녀석들이, 한국민주당에 들어 어쩌구 어쩌구 하는 년석들, 천하 시러베 개아들 년석들입데다. 없는 놈 한국민주당 하는 건 부잣놈이 공산당 하는 거보담두더 소갈머리 빠진 짓야."

"아재네야 어째 가난뱅이우? 집이 있구, 전답이 있구."

"한국민주당두 소위 그 강령이란 걸 본다 치면, 토진 분배한다구 그랬습디다. 독립촉성은 별거겠소?"

"거저 뺏나요? 처억척 값을 주구 사서 농민한테 값을 받구 노나 준다는데요."

"땅값으루다 돈이나 몇십만 원 받으면, 그걸 가지구 평생 먹구 살아가나요? 원체 큰 부자루, 땅값이라두 몇천만 원 받는다면 몰라두."

"아따, 걱정 마시구 이승만 박사만 믿구 기세요. 오늘 그 으런이 대통령으루 들어앉으셨으니깐, 다 사는 길이 생깁니다."

"이승만 박사가, 소작률 3분지 1만 받든 걸, 3분지 2루 올려받으란 영이나 내리기 전엔, 날 같은 사람은 온 살길이 트일까 싶지두 않습디다."

"그래두 인제 두구 보시우, 아재…. 이승만 박사루 대통령이 났으니깐, 이내 곧 정부가 생기구. 이어서 독립이 되구. 그리군 국방경비대가 쏟아져 나가서 38선을 뚜드려 부시구…. 우리 영춘인, 이 박사께서 쳐랏, 호령만 내리시면 지금 당장이래두 뛰어가, 38선을 무찌를 테라구. 저이 동간들허구두 늘 얘기하느니 그 얘기라구 비번날 집일 다니러 오는 족족 그리면서 벼른답니다. 아유, 난 그 원수의 공산당 그놈들 잡아 죽일 일을 생각하면, 사흘 아니 먹어두 배가 부르니."

다른 일에는 엄살과 허풍이 노상 없다고는 할 수가 없었으나, 황주 아주머니의 공산당… 좌익에 대한 증오와 반감은 지금 보이는 분노 그대로였지, 조금치도 애누리가 없는 것이었었다.

1945년 8·15의 해방 바로 전 7월달에, 나는 은율殷栗의 처가엘 다녀오던 길에 황주에도 들러, 이틀이나 묵으면서 눈으로 보고 하였지만, 황주 아주먼네는 소리치게 잘하고 살고 있었다. 그전 해 가을에도 어머니가 다녀와 잘하고 살더란 이야기를 하여 대당 짐작을 하기는 하였었으나 실지로 보고는 깜짝 놀랐다.

넓은 터전에다 기와집을 상하채로 날아갈 듯 지어놓았었다.

물자가 극도로 귀할 무렵에 그 좋은 재목하며 유리하며 고급의 도배지와 장판지며, 어디서 골고루 그렇게 구해다 썼는지 몰랐다.

방방이 들여논 조선식 서양식 일본식의 각종 가구며, 벽에 붙이고 걸리고 한 고전미술이며 모두가 귀하고 값진 것이었었다.

마침 붉은벽돌로 빙 둘러 담을 쌓고 있는데, 흙 파다 쓰듯 흔하게 쓰는 시멘트를 보고, 나는 시멘 한 되빡을 구하지 못해 부뚜막을 맨흙으로 바르고 지내는 우리 집을 생각하였다.

설탕, 상품의 왜간장, 옥 같은 입쌀밥, 생선, 고기, 맥주, 일본주, 나라 상감님이 구해 바치라고 하여도 구하기 어려운 물건만 마치 예사에 것처럼, 그리고 풍부히 있었다.

고무신, 광당목, 순목의 양복천, 각종의 비단, 양말, 고급의 화장품, 또한 없는 것이 없었다.

이런 의복감이야. 아무려면 장롱 속을 열고 보았을까마는, 황주 아주머니가 자랑삼아선지 모두 구경을 시켜 주었다.

그 끝에, 안주 항라로 아버지의 두루막 한 감, 어머니의 치마 적삼 한 감, 나에게는 옥양목으로 와이셔츠 두 감, 이렇게를 선사로 주었다.

그 옥양목으로 만든 와아샤쓰는 아끼고 아껴 지금까지도 나는 입고 있다.

아무튼 그렇게 황주 아주먼네는 일반으로 하여금은 양말 한 켤레 제대로 얻어 신지 못하고, 비웃 한 꽁댕이 반반히 얻어먹지 못하게 할 만큼 물자의 바닥을 내다시피 하는 그 전쟁이, 대체 어느 구석에서 전쟁 바람이 부느냐 할 지경이었다.

사과밭이, 박재춘이 결혼 때에 처재妻財로 탄 백 주짜리 말고도, 8백 주짜리가 또 하나 있었다.

결실이 잘 되었고, 모두 봉지를 지었고, 이른 종자는 오래잖아 딸 것도 있었다.

사과밭 외에 논이 고래실 상답으로 4천 평가량이나 되는 것이 있었다.

황주 아주머니의 설명을 들으면, 집과 새로 샀다는 사과밭과 논과 이런 것이 모두가 재춘이 처재로 탄 사과밭에서 나은 수입과, 재춘이 연말 상여금이니 출장 여비니 임시수당이니 하는 월급 이외의 수입을 저축한 것과, 그리고 황주 아주머니가 서울서 내려오면서 몽똥그려 가지고 온 2천 원과 이렇게를 가지고 장만한 것이라고 하였다.

박재춘은 (계미년癸未年: 1943년)에는 다시 경부보로 승차를 하는 동시에 중화경찰서로부터 겸이포경찰서로 전근하여, 햇수로 3년째 경제계 주임의 요직에 앉아 있었다.

창씨創氏를 박촌朴村이라 하였다.

박촌 경부보는 황주에다 집을 짓고 사과밭과 논을 사고 하여 영주의 근거를 장만하면서, 근무하는 겸이포에는 간단한 세간을 가지고 내외 양주만 가서 관사에 들어 살고 있었다.

박촌 주임은 내가 당도하던 날 소식을 듣고 석양에 자동차를 몰고 와 나를 데리고 겸이포로 가서, 큰 일본 요리집에다 일본 기생, 조선 기생 많이 불러 크게 잔치를 배설하고 나를 환대하였다.

그 자리에서 술이 거나하니 취한 박촌 주임은, 이 몇 가지를 몇 번이고 강경하게 주장하고 맹세하고 하였다.

조선 사람은 일본과 떨어져 살지를 못한다는 것. 그러므로 조선 사람은 하루바삐 진심으로 일본 사람이 되어야만 그는 하루바삐 행복할 수가 있다는 것. 그리고 박촌 주임 자신은 서른세 살까지엔 기어코 경부가 되고 서른아홉 살까지엔 기어코 경시가 되고 한다는 것, 이런 것이었다. 때의 그의 나이 겨우 서른한 살이요 나보다 두 살이나 아래였었다.

가을에는 전검시험專門學校檢定試驗을, 명춘 일찍이는 고문시험高等文官試驗을 칠 터이고, 준비는 다 되어 있노라는 말도 하였다.

그의 발랄한 재기와 영리함과 그리고 민첩한 수완과 넘치는 패기와에 나는 경복치 아니치 못하였다.

나이 두 살이나 위요, 명색이 전문학교까지 나왔으면서 아무런 광채도 야심도 패기 없이 한낱 초등학교의 교원 자리에 만족하고 있는 나를 생각할 때에 한편으로는 부끄럽기도 했고, 그에게 비하여 어린아이 같기도 하였다.

잔치가 피하고 나서는 밉지 않게 생긴 일본 기생 하나를 자꾸만 나에게 떠안기려고 가진 수를 부려쌌다.

술은 먹기로 들면 쓸쓸히 먹는 편이나, 서른세 살의 나이가 되기까지 남의 계집이라고는 손목 한번 본 좋게 붙잡아본 일이 없는 나였다.

팔자에 없는 오입 대접을 모면하기에 한동안 땀을 빼었다.

둘째 딸 춘자는 스물두 살이요, 그전 해에 고등여학교를 마치고 시방 결혼 준비를 하는 참이라고 황주 아주머니가 말하였다.

춘자는 다른 남매와 달라, 어머니를 닮지 않고 아버지 편을 닮아 본시도 예쁘장스런 얼굴이었다.

황주로 내려오던 열일곱 살 적에 갈리고 이번이 처음인데, 그동안 활짝 피어 좋은 신붓감이었다.

그러나 무슨 일인지 몹시 침울한 기색을 드리우고 있었다.

나는 이 춘자가 무척 반가왔다.

그렇도록 춘자가 반가우리라고는 나 스스로도 생각지 못한 노릇이었다.

짧은 동안이었지만, 제일 많이 춘자와 사과밭을 거닐면서 이야기하고 놀고 하였다.

춘자도 나를 깜빡 반가와하였고, 나와 함께 있는 시간만은 그 침울한 기색이 가시고 명랑하게 웃으면서 이야기하고 놀고 하였다.

막내둥이 영춘은 그동안 벌써 나이 열일곱에 몰라볼 만큼 자랐고, 겸이포의 일본 사람 중학엘 통학하고 있었다.

영춘은 일본 사람 중학엘 다니게 하는 형 박촌 경부보에 대하여 나더러 불평 이야기를 하였다.

일본 아이들한테 갖은 구박을 받는 설움을 갖추 호소하면서… 하여커나 그런 사소한 것은 말고, 이렇게 황주 아주머니는 네 남매가 다 잘 자라났고, 공부도 하고 하여 남의 축에 빠지지 아니할 만큼 성장을 하였다.

그중에서도 큰아들 재춘은 겨우 30에 그만한 지체에 올랐고, 앞으로 더욱 대성할 길이 환히 트여 있었다.

재산이 이루어졌다.

이 판국에 백만 금을 누리는 부자로도 감히 생의치 못할 풍족한 생활을 하였다.

열여섯 해 전 (기사년己巳年: 1929년) 가을의 어느 날, 젖먹이 등에 업고, 세 아이 걸려가지고, 막막히 서울 거리에 서던 날의 일을 생각하면, 참으로 감개 없을 수 없는 노릇이었다.

오늘의 이 기초는, 그날로부터 시작하여 먹지 않고, 입지 않고, 자지 않고, 쉬지 않고, 심지어 한 지게 1전 하는 물까지도, 등에다 아이 업은 머리로 여다 먹으면서 열 명이나 되는 남의 집 선머슴 아이들의 밥 심부름을 열두 해 동안 두고 하루같이 하여 온 거기에 있는 것이었다.

그러한 노력과 고초를 기초로 하여 이루어진 바가 오늘이었음을 생각할 때에 황주 아주머니로서는, 오늘의 안정과 성취가 남달리 더 뜻이 깊고 소중하였을 것은 당연한 일이었다.

따라서 그것을 하루아침 꿈결같이 잃어버렸음에 대한 안타까움과 노염이 한결이나 컸을 것도 또한 당연한 인정일 것이었다.

황주에 최라고 하는 초등학교 적의 제자 하나가 있었다.

보통학교를 5학년부터 6학년까지 내가 맡아 가르쳤고, 중학이 내가 다닌 ××중학이요, 하여서 최 군은 나의 제자인 동시에 중학 후배 동창이기도하였다.

그런 관계도 있고 하여 의가 서로 자별한 것이 있었다.

최 군은 본시 서울 태생이었으나, 최 군의 말로써 하면 일본제국의 기만적인 폭압정치… 불합리하고 추악한 세상과 타협 · 굴종하기가 싫어 특히 학병學兵을 기피하기 위하여 병을 창탈하고 전문학교를 중도에 폐한 후, 동무의 반연으로 황주에다 조그마한 사과밭을 마련하여 가지고 홀어미나와 함께 과수나 가꾸면서 죽은 듯 엎드려 독서와 사색으로 때를 기다리고 있는 청년이었다.

사과밭 가운데의 모종에서, 최 군은 뜻하지 아니한 나를 반가이 맞이하여 주었다.

조촐한 술상이 나오고, 손 닿는 사과나무에서 아직 맛이 덜 든 대로 사과를 따 소주잔을 주고받고 하면서, 오래 적조한 이야기로, 먼 소학교 시절의 회고담으로, 때의 시국에 대한 비판으로, 둘이는 시간 가는 줄을 몰랐다.

최 군은 독일이 패전을 하여 일본과의 동서호응작전東西呼應作戰의 전렬로부터 떨어져 나간 것과, 그 영향 말고도 일본이 독자적으로 지칠 대로 지친 여러 가지의 구체적인 실증과, 소비에트 러시아가 대일작전에 참가할 것과, 이런 여러 가지의 사실을 기초로 일본이 멀지 않아 항복을 하고 말 것을 자신 있어 단언하였다.

최 군은 또 단지 소극적으로 세상을 피하여 과수 재배나 하면서 독서와 사색으로 무료히 세월을 보내고만 잇거니 여겼던 것은 나의 잘못 짐작이었고, 실상은 그러한 캄플라지 밑에서 적극적으로 무엇인가를 일하고 있는 눈치가 보이는 것 같았다.

중국 연안延安에 독립동맹獨立同盟이라는 조선 사람의 적색 해방 투쟁단체가 있고, 조선 안에서는 여운형이 그와 기맥을 통하여 있다는 꿈같은 이야기를 나는 얼마 전에 서울서 들은 것이 있었다.

당시의 나에게는 별을 따려고 드는 사람들의 일같이 허황하고 부질없은 이야기였다.

최 군이 그런데, 역시 그 독립동맹에 대한 이야기를 하였다.

이야기를 하되, 들은 풍월로, 제3자적인 처지에서 이야기 삼아 옮기는 그런 것이 아니라, 어디라 없이 그 자신이 일맥의 간여가 없고는 그토록 절절하게 이야기를 할 수가 없을 아주 육체적인 것이 엿보였다.

나는 어젯밤 겸이포의 요정에서 이름 드날리는 경부보 박재춘의 앞에 서와는 한 다른 의미에서, 이 최 군의 앞에서도 나 자신의 하잘것없은 위인임을 또한 뼈아프게 느끼지 아니지 못하였다.

최 군은 나의 제자요 후배요, 나이 10년이나 어린 사람이건만, 시국과 세계 대세에 대하여 세밀하고도 예리한 관찰을 하는 밝음이 있고, 그것을 명석하게 판단 결론하는 정확한 판단력이 갖추어져 있었다.

거기에 대면 나는 맹추였다.

적의 군함을 몇 척을 깨트리고, 비행기를 몇십 대를 쏘아 떨어트리고, 몇백 명을 죽이고, 몇천 명을 사로잡고 하였고, 그리고 '아방의 피해 근소하다'고 하는 소위 대본영 발표를 그대로 곧이듣는 멍텅구리였다.

최 군은 침략자 일본에 대하여 어떠한 정도의 힘인지는 모르겠으되, 가사 그것이 지극히 미약한 것이라고 하더라도 종시 부질없고 허황한 노릇이어서 성과에 기대를 둘 것이 못되는 것이라고 하더라도, 그러나 아무튼 그는 민족의 해방을 위하여 한몫을 거들고 있는 사람인 것만은 사실이었다.

반대로 나는 조선의 어린 사람들에게 일본이 조선을 침략정복한 것이 옳은 것이라는 것을 가르치고, 조선말을 금하며 일본말을 쓰도록 나무라고, 조선 사람이기를 버리고서 일본 사람이 되기를 강요 혹은 유인하고, 매일같이 고고꾸신민노세이시皇國臣民の誓詞를 외우게 하고 덴노헤이까반사이天皇陛下萬歲를 부르게 하지 아니지 못하는 한 비루하고 무력한 인간에 지나지 못하였다.

조선의 어린 사람들을 잘 가르치고 지도하고 하겠다는 그 관념은, 역사의 앞에 이미 그 내용의 발전을 구속하는 방해물로 전화가 되었것만, 그것을 뿌리치고 일어서지 못하는 것이 나의 타성적惰性的인 용렬스런 지아비임을 말하는 것이었었다.

날이 어느덧 저물었고, 최 군의 집으로 들어가 저녁을 같이 하면서였다.

최 군은 지난 말처럼

"그 박 씨네완 가차운 일가신가요?" 하고 물었다.

나도 심상히

"두 집 마나님끼리 사이가 가차워 그렇지 나완 외가루 열 5, 6촌이라니깐 무어…."

"그럼, 남이나 다름없군요?"

"그렇겠지."

"…."

최 군은 무엇을 생각하면서 잠깐 말이 없다가
"여러 날 묵으시나요?"
"내일 아침 차루 떠날 예정은 예정인데, 그 집에서 자꾸만 더 놀다 가라구 만류 해싸서…."
"선생님?"
"응."
"눈칫밥 잡숫지 마시구 내일 아침 차루 떠나시죠."
최 군의 말에는 자못 단정적인 것이 있었다.
나는 뻐언히 최 군을 건너다보다가 물었다.
"눈칫밥이라니? 설마 그 집에서…."
"설마 그 집에서 눈칠 할 리야 없을 테죠…. 남들이 눈칠 합니다."
"남?"
"며느리가 미우면 발꿈치가 달걀 같은 것두 숭이라구 아니합니까? 이 황주 중화 겸이포 세 고장 사람들 치구, 그 박 씨네가 밉지 아니한 사람이 없답니다. 박 씨네가 미우니깐, 그 집 일가나 손님으루 온 사람두 밉구요."
"오오!"
나는 비로소 깨칠 수가 있었다.
"아모리나 일가 간이요, 큰 사모님과는 사이가 가찹다시는 선생님 면전에서 차마 박절합니다만 서두, 박재춘이 그 사람, 잘못하다 인제 와석 종신하기 어려울 겝니다. 옛날 민××가 평양감사루 와 하든 갈퀴질이, 어데 박재춘일 따릅니까? 신랄하구 악착하구 광범위하구, 그리구 단작스럽구…. 오죽해 순사 적엔 정거장 앞에서 채밀 팔구 있는 채미장사 껄다 긁어먹었대잖습니까?"
"…."

"그 집 사과밭, 큰 거 있는 것 보셨을 겝니다. 겸이포 사람의 것인데, 그 사람을 옭아넣군, 거저 빼앗다시피 했죠. 이 황주 바닥에서두 젤 치는 좋은 사과밭이죠. 정당한 매매라면 10만 원에두 내놓지 아녈 사과밭입니다…. 대체, 매달 40몇 원의 월급이나 받구 처재루 탄 백 주짜리 사과밭, 그러나마 3급 4급밖에 아니 되는 그 백 주짜리 사과밭에서 나는 걸 가지구, 대관절 그런 홀란스런 집이 지어지며, 10만 원짜리 사과밭이 사지며, 1등 옥답으루 4천 평의 논이 사지며 합니까? 또, 제왕두 어려운 그런 호화로운 식생활을 하며, 옷치레를 합니까."

"…."

듣고 생각하니 미상불 그러하였다. 박재춘의 월급 수입과 처재로 탄 사과밭에서의 수입과 황주 아주머니의 2천 원과, 이것만으로는 도저히 흉내도 내지 못할 노릇인 것을 알겠었다.

"황주, 중화, 겸이포 세 고장 사람으루 박재춘이 좋다는 인간 녀석이 없읍니다. 가슴에 칼을 머금구, 북북 이를 갈아대는 사람이 얼만지를 모릅니다…. 겉으룬 다들 혼연하구 내색을 아니합니다. 잘못하다 애꿎인 봉변을 할 테니깐요. 저두 실상, 종종 만나, 바둑두 두구 술두 먹구 보비위두 해주구, 명절땐 잊지 않구 두둑히 선살 하구 하면서, 절친히 지나는 척합니다. 그리구 덕분에, 아직껏은 증용두 아니 가구, 주목두 아니받구 무사히 지나긴 합니다. 그렇지만, 박재춘이가 만일 그 집 그 전장을 지니구 늙두룩 편안히 살다 와서 와석종신을 한다면, 그야말루 천도가 무심하죠…. 박재춘이 별명이 이완용이 서잡庶子니다. 이완용이 똥방자라구두 부르구요. 역적놈 이완용이가 일본다 나라 팔아먹은 뒷추릴 하는 녀석이래서 생긴 별명이죠. 조선말 절대루 아니씁니다. 심지어 제 계집허구두 일본말루다 곧잘 지껄이는걸요. 일본이라면 덮어 놓구 위대하구 좋구, 조선놈은 다 도둑놈이요 나쁜 놈입니다."

"…."

"20여 일 전에, 평양 있는 치구한테서 편지가 왔어요. 박춘자의 집안에 관한 것을 정확 세밀히 알려 달라구. 박춘자가 평양으루 혼인이 얼린다구 하더니, 아마 그 친구의 집안 누구던가 봐요. 처지가 퍽 곤란하겠죠. 해두, 거짓말을 했다, 남의 일생의 큰일을 그르쳐 주어선 아니 되겠어서 사실대루 편질 했죠. 아마 그 혼인 깨졌기 쉴 겝니다. 벼랑 큰 죄두 없는 박춘자 그 당자한테야 미안한 노릇이지만, 어떡헙니까?"

"연앨 했던가?"

나는 춘자가 결혼할 준비를 한다면서 몹시 침울하던 것을 생각하고 그렇게 물어보았다.

"연애나 했다면 저두 차라리 덜 미안하죠. 연애하는 남녀 사이라면야 가정이 좀 무엇하더래두, 그래서 반대가 있더래두 저이끼리 우겨 혼인이 그런 대루 얼리는 수두 있으니깐요…. 양편 집안에서 서둘러서 하는 혼인이던가 봐요. 맞선은 보았다더군요."

이튿날 아침, 나는 황주 아주머니가 못내 섭섭하여 하는 것을 겨우 뿌리치고 예정대로 황주를 떠났다.

춘자와 동행이 되었다.

내가 행장을 수습하여 가지고 나서려니까, 춘자가 저도 마침 챙겨놓았었던 모양으로, 보스톤백을 들고 양장으로 차리고서 따라나섰다.

황주 아주머니는 잠깐 저마를 하더니, 데리고 가 집에 두어두고 한 달만 있다 내려보내라면서, 춘자의 가방에다 여비를 두둑히 넣어주었다.

춘자는 한 보름 우리 집에서 있다 나와의 그 편지 사단이 있던 날 우리 집을 나가 어디론지 가버렸다.

가슴에 울화를 품은 처녀를 함부로 지향없이 나가게 하기가 조심이 되고 황주 아주머니한테 민망한 노릇이었으나, 그렇다고 부득부득 나가는 사람을 허리 매어두는 수도 없었다.

며칠 있다 8 · 15의 해방이 오고, 38 '방해선'이 생기고 하였다.

서울서 사는 송자가 하루 걸러큼씩 와서 고향집 소식을 몰라… 모른다기보다고 어떤 불길한 예감에 울며불며 조바심을 쳤다.

이윽고 소식이 들려오기 시작하였다.

정확성도 없고, 겸해서 먼저 소식과 나중 소식에 사이에 공통성이나 연락성도 없고 한 것은 한 것이었으나, 심히 상서롭지가 못하다는 한 점에는 일치가 되었다.

나는 아무에게도 입 밖에 내지는 아니하였으나 무시로 최 군의 하던 말 "박재춘이가 와석종신을 한다면…." 하던 그 말이 머리에 떠오르면서 참담한 광경이 눈에 서언히 밟히곤 하였다.

박재춘은 양주가 겸이포에서는 요행 무사히 몸을 빠져나왔으나 황주로 오기가 잘못이어서, 황주 경내의 어떤 동네에서 형체를 분간키 어려울 만큼 참혹한 죽음을 당하였다는 구체적이요 자상한 경위는 이듬해 봄 황주 아주머니가 영춘을 데리고 서울로 올라와 직접 이야기를 하여서야 비로소 알았었다.

황주 아주머니는 산산이 부서진 바 된 집에서 그래도 집과 전장을 부둥겨 잡고 늘었으나, 재산을 몰수하고 추방을 시킨다는 강제명령의 앞에서는 어떻게 하는 도리가 없어, 집에다 두었던 현금 10만 원만 지니고 영춘과 함께 월남越南을 하여온 것이었었다.

사람이란 대개가 자신이 저지른 바 원인으로 하여 그 필연적인 보과報果를 받음에 있어서, 그 저지른 바 원인일랑 고려에 넣지를 아니하고, 받는바 보과만을 억울타 하는 약점을 가지도록 마련인 듯싶어, 황주 아주머니도 그 테를 벗어나지 못하는 이였다.

황주 아주머니는 어찌해서 박 재춘이 양주가 함께 그처럼 참혹한 죽음을 당하였으며, 어찌해서 재산을 적몰을 당하고 쫓기어 왔으며 하였다는 원인에 대하여는 전혀 참작함이 없었다.

다만 생때같은 아들이, 애탄가탄 길러 그만큼이나 성장을 하였고, 앞으로 더욱 발신이 될 훌륭한 아들이 난민의 손에 참살을 당한 것이, 이것만이 원통하고 분할 따름이었다.

평생 두고 잘 살고, 대대손손 물려가며 잘 살 수 있는 재산을, 온갖 신고를 다 하던 끝에 겨우 그만큼이나 이루어논 재산을, 하루아침 꿈결같이 빼앗겨버린 것이, 그것만이 미련겨웁고 안타깝고 절통하고 한 것이었었다.

그리고, 그리하여 공산당은, 좌익은, 빨갱이는 황주 아주머니와는 하늘을 더불어 일 수 없는 원수요, 갈아먹어도 분이 풀리지 않는 원한의 과녁이요 한 것이었었다.

4

사흘인가 지나서였다.

점심 후 진고개舊本町通의 헌 책사를 들러 명동 거리를 내려오다 국방경비대의 소위의 복장으로 차린 영춘을 퍼뜩 만났다.

반가와하면서, 그러지 않아도 상의할 말이 있어 일간 나를 한번 찾아오려던 참이라고 하여, 골목 안의 조용한 다방으루 데리고 들어갔다.

손위의 형도 없거니와 손아래로 동생이 없는 나는 이 영춘을 친동생처럼 귀애하였고, 영춘도 나를 잘 따르고 신뢰를 하고 하였다. 더러 복잡한 일이 있든지 하면, 나를 찾아와 상의를 하곤 하였다.

탁자를 사이에 두고 마주 앉아 나는 곰곰이 영춘을 바라다보았다.

키가 후릿하고 살이 알맞추 있고 표정은 분명하였다.

이 알맞은 살과 분명스런 표정은 3년 동안의 군대적인 강력한 훈련으로 다져진 것이었으리라.

체격과 기상은 그렇게 좋고, 국방경비대의 소위에 나이는 20… 거동은 그러나 나이보다 훨씬 어른스러웠다.

이렇게 어느덧 헌헌장부가 된 영춘이, 지금으로부터 열아홉 해 전 겨우 첫돌이 지난 젖먹이의 유아로 삐악삐악 울면서 어머니인 황주 아주머니 등에 업혀 고향 황주로부터 살길을 찾아 막막히 서울 거리에 나타나던 그 영춘이던가 하면, 희한도 하려니와 일변 감회 깊은 것이 없지 못하였다.

20이라는 어린 나이로는 흔치 못한 곡절의 연속이었다.

첫돌에 아버지를 여의고, 홀어미니의 등에 업혀 막막하고 고달픈 생애를 출발하였다는 것이 벌써 심상치 아니한 운명이었다.

열두 해를 가난과 고로苦勞와 싸우는 어머니 밑에서 찬밥덩이를 먹고 누더기를 걸치고 함께 고초를 겪으면서 자랐다.

고향 황주로 돌아가 살던 해방까지의 다섯 해 동안은 경제적으로는 매우 윤택하게 지낼 수 있는 시절이었다.

그러나 우울하고 늘 불안한 날을 보내야 하던 시절이었다.

형 박재춘이 일본인 소학교에다 전학을 시켰고, 중학도 일본인 중학에 입학을 시켰고 하였기 때문이었다.

일본 아이들은 '센징', '요보'를 텃세하고 구박하였다. 함께 휩쓸려 놀아주지를 않고 돌려놓았다.

마늘 냄새가 난다구'센징구사이' 하다면서 옆에 가까이 오지도 못하게 하는 아이까지 있었다.

숙제 같은 것을 잘하여 선생의 칭찬을 받는다 치면 시새워[1] 한결 더 구박을 하였다.

한 아이와 시비가 나면, 먼저 잘못이야 어는 편에 있던지 동족인 일본 아이의 편역을 들어 여러 놈이 몰매를 때리곤 하였다.

해방되던 해요, 중학 3년급에서 4년급으로 진급하던 무렵이었다.

그날 치 한 학과에 예습이 미흡한 것이 있어 통학하는 차 중에서 노트에 적기를 하다 연필심이 부질러졌다.

둘러보는데 마침 저편 짝 구석자리에서 역시 통학생인 일본인 고등여학교 생도 하나가 연필을 깎고 있었다.

열서너 살이나 되었을까 한 소녀였었다.

영춘은 가 칼을 빌려다 연필을 깎고는 이내 돌려주었다.

이날 학교가 파하여 정거장으로 오는 길에서, 영춘은 여남은이나 되는 일본인 생도들에게 으슥한 곳으로 끌려가 늑신 매를 맞았다.

표방하는 죄목은, 중학생 녀석이, 더구나 주둥이가 새파란 녀석이 벌써부터 그런 풍기 아름답지 못한 거동을 하니 괘씸하다는 것이었었다.

저희들은 아주 노골하고 심각한 장난을 여생도들과 하면서… 그러므로, 푸기 어쩌고 하는 수작은 억지엣 구실일 따름이었다.

두들겨 패면서 그들은 연방 '센진노 구세니, 나이찌진노 죠세이도니 모숑오 가께루난떼 나마이끼'라고, '요보노 구세니, 붕기오 시라나이야쓰'라고 하였다.

정히 민족적인 집단성集團性을 띤 성적 질투性的嫉妬였었다.

영춘은 억울한 매를 맞고도 분함을 꿀꺽꿀꺽 삼켜야 하였다.

형 재춘더러 말을 하면 그야 분풀이를 하여 주기는 할 것이었다. 그러

---

1) 시새우다: 자기보다 잘되거나 나은 사람을 공연히 미워하고 싫어하다.

나 그 대신 영춘은 형에게 못생긴 녀석이라는 가혹한 꾸지람과 무서운 매를 맞아야 할 것이매, 차라리 혼자 꿍꿍 참고 말기만 못한 노릇이었다.

처음 입학하던 1년급 때에 일본 아이들한테 몰매를 맞고 돌아와 형에게 일렀다 사정없는 꾸지람과 매를 맞은 전감이 있었기 때문이었다.

아무튼 그리하여 소년 영춘은 학업이 싫은 바는 아니면서도 학교가 싫어 우울하고 늘 불안한 마음을 놓지 못하였다.

8 · 15의 해방이 왔다.

영춘의 해방의 고마움을 살이 아프도록 느낀 사람 가운데 한 사람이었다.

그 기승스럽고[2] 야속히 굴던 일본 아이들이 그만 풀이 꺾여버리는 것이며, 죽은 소리도 못하고 봇짐을 싸는 것이며… 주먹덩이 같은 것이 여러 해 동안 뭉쳤던 가슴이 단박에 후련히 씻겨내려가는 것 같았다.

해방의 기쁨은 그러나 순간이었다. 형 박 재춘이 형수와 함께 참살을 당하였다.

현장에 가 시체를 거두어 올 염두조차 못하고 있는데 군중이 집을 습격하였다.

모자가 피하여 산에서 이틀을 지내고 내려왔을 때는 집은 지붕과 기둥만 앙상하니 남아 있었다.

사람은 없고 맹수만 시글시글한 고장에 있는 듯싶은 공포와 불안 속에서 해가 바뀌고, 이듬해 2월에는 재산의 몰수와 추방명령이 내리었다.

모자는 꿈에도 뜻하지 아니한 고달픈 남행南行을 다시 한 번 해야만 하였었다.

영춘은 타고난 천품도 천품이었지만, 아울러 일찍부터 그러한 생활상의 신고와 곡절을 유난히 치른 것으로 하여, 그는 20이라는 나이보다 훨

---

2) 기승스럽다: 억척스럽고 굳세어 좀처럼 굽히지 않으려는 데가 있다.

씬 어른스러워진 것이 있던 것이었었다.

영춘은 월남越南하여 와서 이내 국방경비대에 들었다.

돈이나 조금 가지고 왔다곤 하지만, 그것을 장대고 배포 유하게 공부나 하고 앉았을 수도 없고, 그렇다고 취직을 하자 하니 중학도 미처 마치지 못한 이력이매 우난 직업자리가 얻어질 리가 없고, 그래서 차라리 군인이라도 될까 하는데, 형님은 의견이 어떠시요 하고 나에게 상의를 하였었다.

나는 그렇더라도 학업을 계속하는 편이 옳겠다고 하였으나, 고쳐 생각하겠노라고 하더니, 역시 경비대엘 들어가고 말았다.

3년 반이나마 중학을 다닌 기초가 있고, 체격이 좋고, 다부진 구석도 있고 한 것으로 연해 술술 승차를 하더니, 오늘은 본즉 소위였었다.

시원한 차를 마시면서 피차의 집안 안부를 묻고 그러고는 시국 돌아가는 이야기도 하고, 훨씬 그런 뒤에 영춘은 비로소 애틋한 황해도 사투리와 악센트가 섞이는 말로

"형님을 좀 뵙자든 것은 다름이 아니구요…." 하고 상의엣 말이라는 것을 꺼내었다.

"전 아무래두 집에서 나와야 할 거 겉애요."

"…."

모친 황주 아주머니와 뜻이 오락 맞지를 않아 가끔 의견의 충돌이 있고 한 줄은 나도 알고 있었다.

나는 잠자코 다음 말을 기다렸다.

"첨에 제가 경비대에 들어간 것은, 형님두 아시다시피 뚜렷한 목적이나 어떤 신념이 있어가지구 그랬던지가 아니라, 막연히 그저 들어가 보았던 게 아니나요…? 했던 것이 지금 와선 저두 조금은 철두 들구, 또 군인이라는 것에 대한 인식이라던지 자각이라던지가 그동안 서진 것이 있

구 해서, 전 제 한 몸을 군인으루서 나라에 바치겠다는 굳은 각오가 생기구 말았어요. 그런데 오마인 글쎄 자꾸만 절더러 경비댈 고만두구 나오라구 조르구 성활 대시느만요."

"어머니가?"

나는 부지중 이마를 찡그리면서 되물었다. 엊그저께서 황주 아주머니가 와 칼국수를 자시면서

"… 이승만 박사루 대통령이 났으니깐. 이내 곧 정부가 생기구, 이어서 독립이 되구. 그리군 국방경비대가 쏟아져 나가서 38선을 뚜드려 부시구…. 우리 영춘인, 이 박사께서, 쳐랏 호령만 내리시면 지끔 당장 이래두 뛰어가서 38선을 무찌를 테라구. 저이 동간들 허구두 늘 얘기하느니 그 얘기라구, 비번날 집일 다니러 오는 족족. 그리면서 벼른답니다…."

하던 말로 미루어 아들 영춘이 국방경비대로 있는 것을 은연중 자랑도 스러워하는 눈치였지, 마땅치 않아 하는 기색은 전혀 없지 않았던가.

"오마이 말씀은 이거야요. 오래잖아 인제 국방경비대가 북조선을 치게 될 텐데, 네가 만일 나갔다 죽기나 한다면 나는 누구를 바라구 살더란 말이냐? 그러니 일찌감치 지끔 나오구 말게 해라, 이거야요."

"어머니의 처지루 생각한다면 그럭허시는 것두…."

"형님…."

영춘은 급히 말을 가로막으면서

"전 오마이 생각과 대단히 불순不純하다구 보아요. 오마인 늘 말씀이, 어서 바삐 이승만 박사께서 북조선을 쳐라 하는 영을 내리서야 우리 국방경비대가 38선을 직쳐 넘어가서 그놈들 공산당… 살인강도 놈들을 모주리 쳐 죽여, 형의 원술 갚구 우리 재산을 도루 찾구 하느라구, 머 노래 부르듯 하신답니다. 그리시면서두 절더런 북조선을 치다 죽으면 안 되겠으니, 슬머시 자끔 빠져나오라구 졸라대시니, 말씀이죠, 형님. 나는 위

험한 데서 빠지구 남이 피 흘려 가면서 일해놓는다 치면, 가만히 앉았다 그 덕이나 보자는 교활한 타산이 아냐요? 그렇잖아요 형님?"

"…."

"그것이 우리 오마이뿐만 아니라, 우리 조선 사람들이 아주 나쁜 버릇이야요. 나는 안전한 곳에 편안히 앉어 구경이나 하다, 나중 가서 떡이나 얻어먹자구 드는 심보. 그거가 나랄 망해 먹은 장본예요. 조선 사람이, 그 버릇 그 심보, 내다 버리기 전엔 독립이 돼두 이내 또 망하죠. 대체, 희생정신과 민족관념이 없는 민족이 어떻게 자주독립을 길게 지탕하나요?"

"…."

"오마인 불순한 것이 또 있어요. 오마인, 남조선이 북조선을 치게 되면, 공산당을 모조리 잡아 죽이구, 그래서 죽은 형의 원술 갚구, 그리구 뺏긴 집이랑 사과밭이랑 논이랑 다 도루 찾구 할 테니깐, 그래 오마인 밤이나 낮이나 앉아서 어서 바삐 북조선을 들이쳐야지 하구, 노래 부르듯 하는 거야요. 그러니깐 오마인, 남조선이 북조선을 친 그 결과를 관심하는 거지, 아들의 원술 갚구, 뺏긴 재산을 도루 찾구 한다는 것이 문제의 중심이지, 남조선이 북조선을 치는 사실 그 자체에 대해선 아무런 관심두 흥미두 없거든요. 또 남조선이 북조선을 치는 것이 옳으냐, 옳지 못하냐 하는 것두 전혀 오마이한텐 문제가 아니구요… 그러니깐 오마인 결국 남의 불에 겔蟹 잡자는, 아조 게으르구 이기적인 그런 타산(打算) 아냐요? 내 아들은 죽을까 무서니깐 슬며시 빼돌리구, 남이 필 흘려 주길 기대려 가만히 앉았다 원술 갚구, 재산을 도루 찾구 하는, 덕만 보자는 교활하구 이기적인… 그렇잖아요, 형님? 형님은 오마이의 그런 맘상과 행동에서, 조선 사람 전체에 배 있는 망국 민족의 기질을 발견하신다구 생각지 않으시나요?"

"…."

"물론 전 명령 일하에 총을 잡구 나설 테야요. 38선 무찌르구, 북조선을 치구 할 테야요. 그렇지만 지가 북조선을 치는 데에 참가하는 건, 그것이 통일 독립이라는 우리 조선 민족의 지상 명령, 그 지상 명령을 실현하는 수단이란는 걸 잘 알구 있기 때문야요. 다른 건 없어요. 형의 원술 갚는다는가, 그런 건 저한텐 문제가 아냐요… 그야 저두 사람인 이상…."

영춘은 부지중 흥준하였던 음성을 차악 갈앉히면서, 곰곰

"필 노눈 형이 그런 악찬스런 죽음을 당한 것이 분하기두 하구 애처로운 맘두 없지 않아 있구 하긴 해요. 해두, 전 복술 할 생각은 없어요. 도대체 형이 잘못을 했으니까요. 너무 무도한 짓을 했으니까요. 방법이 좀 잔인했을 따름이지, 형은 자기가 저지른 죄과의 당연한 댓가를 치른 거야요. 제가 그 고장 사람들이라구 하더래두, 도저히 박재춘일 용서하고픈 도량까지는 나질 않았을 거야요. 재산은 더구나 말할 것두 없어요. 정당한 재산이라구 한다면, 형이 처가에서 탄 백 주짜리 사과밭 한 뙈기허구, 오마이가 서울서 가지구 내려가신 돈 2천 원허구 그것뿐야요. 월남할 때 현금 10만 원 가지구 왔으니깐, 그 두 가지만큼은 넉넉히 찾은 심이 아냐요? 그 밖에 집이라든지 논이라든지 큰 사과밭이라든지 다시 찾구퍼 하는 맘부터가 벌써 죄야요. 이다음 그것이 우리 것으루 돌아올 기회가 있다구 하더래두 전 절대루 그걸 받지 않을 테야요. 절대루…."

"으음…."

나는 저절로 이런 탄성이 흘러져 나오면서 몇 번이고 고개를 끄덕이었다.

영춘을 좋게 본 나의 눈이 무디지 않았음이 기뻤다.

일변, 그러나 나는 마음이 문득 어두워지는 것이 있었다.

'남조선이 북조선을 치는 날이면?'

혹은 북조선에서 남조선을 먼저 칠는지도 모르는 것인데, 한번 사단이

이는 날 우리는 남북을 해아리지 않고 대규모의 동족상잔, 골육상식이라는 피의 비극 속에 휩쓸려 들고라야 말 것이었다. 제주도의 사태가 전조선적인 구모로 확대가 되는 것이었었다.

"영춘아?"

"네?"

"너허구 나허구쯤 백날 앉아서 그런 걱정을 한댔자 아무 소용두 없는 노릇은 노릇이지만서두, 그 남조선이 북조선을 친다는 것 말이다. 그런 수단이 아니군 달린 남북통일을 할 도리가 없을 거나? 동족 도포끼리 서루 죽이구 필 흘리구 하질 말구서 말이야."

"그야 슬픈 일이죠. 허지만 그밖엔 아무 도리가 없을 땐 그렇게라두 해서 남북은 통일을 해놓아야 할 게 아니겠어요?"

"남북이 반드시 통일이 돼야만 한다는 건 나두 절대 주장이지만, 아무래두 필 흘려야만 된다?"

"전, 최고 지도잘 믿습니다. 이승만 박살 믿습니다. 평화적인 방법으루다 하다 못하는 날이면, 그때 비로소 비상수단을 취한다는 어짐과 총명이 있을 줄 믿습니다. 그리구, 그러니깐 전 명령이 나리는 날이면, 이건 어쩔 수 없는 최후의 수단, 피치 못할 막다른 수단인 걸루 전적 신뢰를 하구서 총 잡구 선으루 달려간다는 38 것뿐입니다. 핀 흘리더래두, 통일을 하는 편이 차라리 나을 테니깐요."

"…."

"형님은 어떻게 생각하시나요?"

"영춘아?"

"네?"

"남조선이 북조선을 치다 만약 불행해서 실패 하는 날이면?"

"글쎄요. 전 그럴 리가 없다구 생각합니다만…."

"무슨 근거루…? 미군이 남도선에 그대루 주둔해 있을 테란 걸루?"
"형님?"
부르는 영춘의 기색은 문득 강경한 것이 있었다.
"형님은 우리 남조선에 미군이 앞으루 언제까지구 주둔해 있길 희망하십니까? 정부가 서구, 독립이 되구, 국제적으루 승인을 받구, 그런 독립국가 조선에 말씀야요. 형님은 미군이 그대루 주둔해 있길 희망하십니까?"
"희망토록은 아니지만… 희망이라니보다두, 지금 형편 돌아가는 눈치가 어쩐지…."
"외국 군대가 주둔해 있는 독립두 그것두 독립이나요? 보호국이지, 독립국은 아닌 거 아냐요?"
"그야 물론…."
"이승만 박사께서, 미국 신문기자한테 남조선에 독립정부가 서드래두, 미군은 눌러 그대루 주둔해 있어 달라구 할 테라구 말씀을 하셨다는 신문 기살, 허긴 저두 보긴 봤습니다. 그렇지만, 전 이승만 박살 믿는 만침, 그으런이 절대루 그런 말씀을 하셨으리라군 믿구 싶질 않어요. 그으런이 그런 생각을 가지구 기실 이치가 없어요. 아마 미국 자신이 어떤 정치적 필요에서, 의식적으루 꾸며낸 정치적 제스추어기 쉴 겁니다."
"그럴까?"
"소위 북조선 인민해방군이 남조선을 친다는 걸 가상하구서 난 말인 것이 분명한데 말씀이죠…. 형님, 가사 그런다구 합시다. 그런다구 하드래두 우리 사상이나 정치 노선은 상극이라두, 다 같은 우리 조선 사람한데 압박이면 압박, 창피면 창필 받구 살아야 합니까? 내 땅을 외국 군대가 차지하구 있는 총칼 밑에서, 이름만 독립이요, 실상은 보호국 노릇을 하구 살아야 합니까…? 전 노골한 말이지, 요새두 연방 북조선에서 남조선으루 오구 있는 사람들더러, 저 독도사건獨島事件을 비롯해서 개인적인 살인, 강도질, 강간, 천시, 모욕, 비방, 중상 이런 갖추갖추의 우릴 개도야지만큼도 못 여기는 그런 밑에서 살기와, 북조선에서 노동자 농민에 의한 독재獨裁 밑에서 핍박받구 살기와 그 어느 편이 더 괴롭구 원통하구 섧구 하느냐구, 전 그 월남해 오는 북조선 동포들더러 한번 물어보구파요."

"…."

나는 영춘의 말이 노상 편협한 감정인 것이라고만 볼 수는 없었다.

"그러니깐 이상적으루야 외국 군대가 물러가구 남조선이 자력으루 북조선을 쳐 빼젓하게 남북통일을 해치우구 하는 게 이상적이긴 이상적인데 말이다. 그러니깐 우선 그럼, 미국 군대가 물러갔다구 가정을 하자꾸나 하구서, 남조선이 북조선을 치는데… 치다 그만 불행해서 실패 하는 날이면 어떡헌다?"

"그런 것두 한번은 생각을 해봄직한 일은 일이죠만, 저 자신이 있습니다."

"넌 군인이니까 신념이 그래야 할 것이지만, 전쟁이란 실력으루 승패가 결정나는 거지, 감정이나 희망으루 되는 건 아니니깐. 너나 나나 남조선이 북조선을 쳐 승릴 하길 바라구 또 그래야만 하긴 하지만, 지끔 남조선의 실력두 미지수, 북조선의 실력두 미지수, 따라서 승패두 미지수가 아닌가? 그러니 불행히 북조선을 쳤다 실팰 하는 날이면… 이것두 한번은 생각해볼 문제가 아니냔 말야?"

"남조선이 승릴 하면, 남조선 정부의 호령이 압록강 두만강까지 미칠 테구, 실팰 하는 날이면 북조선 정권이 제주도까지 미치구 할 테죠…. 남북 사이에 전단이 이는 날이면 그날루 38선이란 건 아무튼지 없어지구서, 다신 유지되신 못할 테니깐요. 미국의 남북전쟁이 그랬구, 신라新羅

의 백제百濟에 대한 통일전쟁이 그랬구 한 것처럼, 이번의 남북통일 전쟁두 둘 중에 하나가 결정적으루 쓰러지구 마는 그날까지 계속이 될 것이지, 그래서 남조선이 없어지거나 북조선이 없어지거나 하구서, 단지 조선이 남구 말 것이지, 절대루 둘이 다시 남아 있겐 아니 될 게 아니겠어요?"

"당연히, 북조선이 없어질 것이요, 그러길 우리는 희망하구 있지만, 아차 해서 북조선의 정권이 제주도에까지 미친다면…? 생각만 해두 안타까운 노릇이 아냐?"

"그렇더래두 통일은 된 거 아냐요?"

그러면서 영춘은 딴 속 있어 벌쭉 웃는 것이었다.

그러고는 내가 퍼뜩 놀라 짯짯이 저의 얼굴을 건너다보는 것을 보고는 또 한 번 벌쭉 웃으면서

"염려하실 거 없어요. 빨갱이가 된 건 아니니깐요. 전 공산주인 절대루 싫어요." 하고 잠깐 말을 끊었다가 다시,

"그렇지만, 형님. 제가 공산주의가 싫다는 것과 대세大勢완 다르지 않어요? 가령 여름날이 더워서 더운 것이 육체상으루 고통이요 싫다는 것과, 그러나 여름이란 더웁기루 마련이라는 것과 즉 더운 것이 대세라는 것과는 다르드끼 말씀야요. 저 한 사람이 공산주의가 아무리 싫다구 하드래두 북조선 정권이 제주도까지 오는 것이 모든 조건에서 대세란다면 전 그것을 적어두 이론상으룬 승인을 해야 하는 거라구 생각해요."

"…."

나는 그것을 부인할 아무런 조건도 가진 것이 없었다.

"그러니깐 형님. 전 불행히 북조선 정권이 제주도까지 온다면, 감정상으룬 싫으나따나 이론상으룬 승인을 하긴 하겠지만 한 가지 조건이 있어요…. 소련의 위성국가루서의 조선인민공화국이 아니라, 어떤 방면에

있어서두 소련방의 간섭이나 그 제압을 받지 않는 완전 자주독립의 조선인민공화국이란 조건에서 승인을 하겠어요."

"…."

"그리구 말씀에요, 형님. 전 비단 북조선 정권에 대해서만 그리는 것이 아니라, 이 남조선, 대한민국에 대해서두 마찬가지야요. 옛날 비율빈[3] 처럼, 실권은 여전히 미국 재벌이 쥐구 앉었는 그런 독립은 일없어요. 일제 강점기의 만주국 독립 같은 그런 독립은 일없어요…. 만일 어떤 놈이구 간에 그따위 정불 만들어 가지구 내용으룬 외국에다 나라와 민족을 팔아먹으면서 수염을 쓰다듬구 앉어선 독립을 했습네 하구 국민을 호령하는 놈이 있다면, 전 그런 놈 면점 때려죽이구서 북조선을 치러 갈 테야요, 단연코 용설 안 해요."

탁자 위에 놓였던 주먹을 하마 터질 듯 불끈 쥐면서 푸르르 떨었다. 눈은 불이 활활 타는 것 같았다. 그러면서 덧붙여 하는 말이었다.

"제가 만일 일한합병 때 나서 있었다면, 이완용이, 이용구, 송병준이 그런 놈들을 살려두질 않아요."

차를 다시 가져오게 하여 마시면서 오래도록 서로 말이 없었다.

나는 여기서도 '무서운' 후진을 봄과 아울러 범속凡俗하고 용렬한 나 자신을 다시금 발견하였다.

훨씬 만에 영춘은 조용한 음성으로 새로운 말을 꺼내었다.

"춘자 누나를, 걸 어떻게 했으면 좋아요?"

"…."

춘자라면 나는 여러 가지 착잡한 감정이 일지 아니할 수사 없었다.

"동기간 의리에 불쌍하다군 생각을 해요. 그렇지만 차라리 전 청산카

---

3) 비율빈: 필리핀의 일본식 명칭.

리靑酸加里 같은 거라두 앵겨주구파요."

"…."

"인전 도저히 헤어날 수 없는 데까지 타락이 되구 말았어요."

"…."

"해방되는 해 형님이 황주 오셨을 때, 제가 왜놈의 학교엘 다니면서 온갖 구박과 설움 받는 이애기하지 않았어요? 그리구 통학열차에서 일본 계집아이한테 칼을 빌려쓰군, 왜놈의 아이들한테 무리맬(몰매) 맞인 이애길 했죠? 들으셨죠."

나는 잠자코 고개를 끄덕이었다.

"전 그때, 왜놈의 아이들이 절 그렇게 몹시 때린 심정이 지금야 이해가 되는 것 같아요…. 대체 연애면 연애, 유희면 유흴, 조선놈허구나 한다면 구태라 누가 무어래겠어요…? 어째서 그 ××놈들허구…."

춘자가 바람이 나기는 재작년 겨울부터였다.

미국 사람과 팔을 끼고 거리를 걸어오는 춘자와 딱 마주친 일이 있었다.

나는 알은체를 해야 옳은지, 모른 체해야 옳은지를 몰라 주춤주춤하는데, 춘자는 보아란 듯이 고개를 꼿꼿이 쳐들고 지나가 버렸다.

미국 사람과 찌프카에 앉아 달리는 것도 두세 차례 보았다.

춘자네 집 아래 찌프카가 놓여 있는 것을 보았다는 사람이 종종 있었다.

마침내 지나간 유월인가는 춘자가 아이를 뱄다는 소문이 좌악 퍼졌다.

그 소문이 퍼지면서, 춘자의 그림자는 거리에서 보이지 아니하였다. 나도 그 뒤로는 만나지 못하였다.

춘자가 타락이 되고 만 데는 그 책임이 한 부분은 나에게 있다면 있을 수가 없지 아니할 내력이 있었다.

황주서 맞선까지 보았다는 그 평양 청년과의 혼인이 깨어진 것은 춘자에게 커다란 타격이었음일시 분명하였다.

연애는 없었다고 하더라도 맞선까지 보았고, 저편은 모르겠으나 적어도 춘자만은 그 사람이 마음에 들었던 모양이고, 혼담이 상당히 익었고 했던 것을, 남자 편에서 파혼을 선언하였으니, 셈 들 대로 다 든 숫처녀로서 당하기엔 견딜 수 없는 실망이 아닐 수 없을 것이었었다.

나를 따라 서울로 한 보름 동안 우리 집에 있으면서 차차로 나에게 하는 태도가 매우 자연스럽지 아니한 것이 있었다. 생각건대 한 잠자던 감정이 문득 파혼의 앙앙한 반감과 절망에서 오는 하나의 자포적이며 의식적인 반동으로 인하여, 그것이 비로소 불붙어오른 것일는지도 몰랐다.

우리 집에서 나가던 바로 그 날 아침이었다.

안해는 여느 때대로 부엌에서 어멈과 함께 조반 분별을 하였고, 나만 건넌방에서 혼자서 책을 읽고 있는데, 그러자 앞문 밖에서 춘자의 음성으로 "오빠, 나 어제 신문 좀 주세요." 하였다. 그러면서 앞 미닫이가 손 하나 드날만큼 바깃이 열렸다. 그 열린 사이로, 툇마루에 가 모로 걸터앉았는 춘자의 소매 짧은 폴로샤쓰 소매 아래로 포동포동 드러난 팔이 내어다 보였다.

처음 보는 바도 아니었으면서, 그렇게 보는 춘자의 팔은 그날 아침 따라 심히 매혹적인 것이 있었다.

책상 위에서 신문을 집어 열린 문 사이로 내밀어 주는 신문과 바뀌어 무엇이 문턱 안으로 사풋 떨어졌다.

배 볼록한 하얀 각봉투였다.

나는 가슴이 울렁거리고 피가 와락 얼굴로 쏟혀 올랐다.

어른 미닫이는 닫혔으나, 편지… 각 봉투는, 기쁘면서도, 일변 방바닥에 흘린 숯불덩이같이 뜨거울 것이 무서워 손이 움츠러들었었다.

아까 춘자의 폴로샤쓰를 입은 드러난 팔이 매혹적이어 보인 것이나, 시방 그 편지를 바라다보면서 기뻐하는 것이나, 그것은 한가지로 나의 가슴속에서 진작부터 움터 가지고 있던 어떤 특수한 한 개의 감정상태에서 우러나는 것이었다. 일컬어 연애라고 하는 것이었다.

세상에 난 지 33년 처음이었다.

나는, 그리고 춘자보다도 내가 먼저 춘자에게 연애를 하고 있었던 것이 속일 수 없는 사실이었다.

1945년 여름, 황주에 갔을 때 그때부터였든지 모른다. 아니, 그보다도 더 멀리 춘자가 서울서 황주로 내려가던 열일곱 살 적, 햇물의 은어처럼 발랄하고 귀염성스럽고, 나를 따르고 하던 그 춘자 적부터였을는지 모른다.

나는 떨리는 손으로 편지를 집어 들었다. 앞에다 '송 선생님' 뒤에다 '춘' 이렇게 썼었다.

나는 편지를 뜯을 용기를 문득 내지 못하였다.

그 속에는 내가 일찍이 들여가 본 적이 없는 화려한 세계가 담겨 있을 터이었었다. 그러나 그것은 동시에 무서운 세게이기도 한 것이었다.

나는 눈을 감았다.

나는 나 스스로가 몸을 단정히 가져 나의 어린 사람들에게 본받이가 되어야 할 직책에 있는 사람이었다. 의 아닌 행동을 하면서 어린 사람들을 가르친다는 것은 양심의 자살이었다.

나는 안해가 있는 사람이었다.

나의 안해는 연애를 한 것도 아니요, 도타운 애정이 서로 간 있는 바도 아니었다. 보통학교를 겨우 마쳤을 뿐이니, 속에 든 것도 없고 인물도 별반 보잘것이 없었다.

그렇지만 그는 나의 안해임에 틀림이 없고, 나는 그의 남편임에 역시 틀림이 없었다. 좋으나 낮으나, 안해가 있는 사람이 한 다른 여자와 연애를 하고 어쩌고 한다는 것은, 나의 윤리로는 허락할 수 없는 패덕悖德이었다.

고운 장미꽃을 완상하기 위하여, 꽃에 달린 가시에 살을 찔려야 하느냐, 꽃을 내다 버려야 하느냐 하는 것을 가지고, 비록 30분에 지나지 못하는 시간이었으나 심각하기로는 다시없이 심각한 암투를 치러야 하였다.

나는 편지를 종이에 싸가지고 춘자가 거처하는 뜰아랫방으로 내려갔다.

춘자는 내가 대뜰에 서는 것을 보더니 고개를 푹 숙이고 들지 못하였다.

옆 볼때기로, 귀로 부끄럼이 새빨갛게 달아올라 있었다.

나는 그 고개를 푹 숙이고, 볼때기와 귀밑이 새빨개서 앉았는 이때처럼 춘자는 어여뻐 보인 적이 없던 것 같았다.

"왜, 쓰잘데없는 장난을 하는 거야?"

낮은 음성으로 나무라면서 나는 종이에 싼 편지를 돌여뜨리고 돌아섰다.

나는 나의 음성과 말씨가 내가 들어도 몹시 매섭고 얼음같이 찬 데에 스스로 놀랐다. 결코 그다지 냉혹하게 말을 할 생각인 것은 아니었었는데 말이었다.

남들도 그런지는 몰라도 연애란 이상한 물건이었다. 그렇게 드는 칼로 베듯 선 자리에서 잘라버렸으면서도, 그날 그 시각 이후로 춘자의 영상은 나의 가슴에 지진 듯 박혀가지고 말았다.

나 혼자서 나 자신도 모르게 연애를 하고 있던 연애에다 춘자가 비로소 그런 모션을 보인 것으로 하여 볼에다 기름을 부은 소리치라고나 할 것인지.

잊으려고 하나 잊혀지지가 아니하였다. 무시로 불현듯 생각이 나고, 심한 때는 좌우간 얼굴이라도 좀 보았으면 싶을 적도 있었다.

늘 거취가 궁금하고 행동이 염려스럽고 하였다.

타락한 줄을 알았을 때는, 나는 울기까지 하면서 일변 가슴 아프게 책임도 느꼈다.

조반을 먹었는지 아니 먹었는지, 춘자는 행장을 참겨가지고 우리 집을 나갔다. 우리 집에서 나간 춘자는 일자로 발걸음을 끊었다.

그 뒤, 황주 아주머니가 월남하여 와 살면서부터는 종종 만날 기회가 저절로 있고 하기는 하였다.

춘자는 가족이나 아는 이가 있는 자리에서는 인사도 하고 이야기도 하면서 내색을 아니하였으나, 혹시 나와 단둘이 만나는 때는 뾰로통해 가지고 인사도 변변히 하지 않았다. 겨우 마음 내켜야 한단 소리가, 피 도덕군자님 행차시군이었다.

5

이승만 박사로 대통령이 선거가 되고, 황주 아주머니가 마침 왔다.

칼국수를 자시면서 믿고 기다렸던 대로, 이승만 박사가 대통령으로 들어 앉았는즉, 인제는 조선이 독립이 되는 정부나 조직이 되고 하면, 그때는 조선 사람도 살길이 나서느니라고 말만 들어도 갈증이 개는 푸짐한 이야기를 한바탕 늘어놓고 간 것이 7월 스무날.

이어서 며칠 잇다 국무총리가 나고, 달이 바뀌어 8월이자 바로 이틀 사흘날에는 조각이 발표되었고, 13일은 미국과 중국이 우리 대한민국 정부를 승인하였고, 그리고 해방기념일인 8월 15일의 복날을 날받아, 일본 동경으로부터 온 맥아더 장군까지 참석한 자리에서, 대한민국 정부는 국민과 외국에 대하여 정식으로 한국의 독립을 선포하는 성대한 식전을 거행하였다.

이로써 우리 조선은 위선 마쪽 한 토막이나마 우리의 정부를 가진 독립국이 된 것이었다.

한편 북조선에서는, 거기서도 8월 25일 날 총선거를 할 것을 선포하였다.

이 북조선의 총선거는 북조선에만 실시하는 것이 아니다, 남북조선의 전체적인 선거로 하기 위하여 남조선에서는 소위 지하선거地下選擧라는 비밀선거를 한다고 하였다.

그러는가 하면, 삼남지방에는 큰비가 와 논밭이 휩쓸리고, 집이 떠내려가고 사람이 많이 상하고 하였다. 범위의 넓고 또한 큰 품이 근년에 드문 재앙이었다.

그리하여 이래저래 세상과 감격과 아울러 인심은 겉으로 혹은 속으로, 한결 더 심각한 갈등과 긴장과 소란과 초조와 불안 가운데서 용솟음치고 있었다.

나는 8월 15일 날 일찌감치 학교의 아이들께 태극기를 들려 데리고 기념식장에 나아가 해방과 대한민국의 탄생을 함께 축하하는 축하를 진심으로 축하하였다.

누가 무어라고 하건 나에게는 뜻깊고 감격의 날이었다.

석양 녘에는 어머니의 전갈을 가지고 황주 아주먼네 집엘 갔다.

장충단 공원을 가까이 끼고, 조촐한 정원을 가진 아담스런 일산 주택이었다.

위치, 정원, 집 재목과 모든 꾸밈새, 이런 것들에 고비 샅샅이 집을 진 주인의 알뜰한 마음성이 깃들어 있는 주택이었다.

누구였던지는 모르겠으나 정복한 이 땅에서 이 집을 지니고 백 년 천 년 살 마음으로 집도 이렇게 정성을 들여 오밀조밀 잘 지어놓았던 것이거니 하면, 인사의 영고榮枯가 문득 감회스럽기도 하였다.

황주 아주머니는 재작년 봄, 이 집을 권리금으로 3만 원을 주고 물려받았다.

10만 원 지니고 온 것에서 3만 원으로는 집을 장만하고 한 7만 원 남은 걸 가지고 금년 봄까지 그럭저럭 살아나왔다.

황주 아주머니쯤의 규모와 억척으로 하다못해 야미 보따리라도 싸 들고 나섬직한 노릇이지, 수중에 있는 돈을 곶감 빼먹듯 빼먹고만 앉았다니 모를 소리라고 하겠으나, 첫째로 황주 아주머니는 믿고 기다리는 것이 있었다.

오래지 않아, 곧 오래지 않아 곧 38선이 터지고 황주로 돌아가 빼앗긴 집과 전장을 찾아가지고 산다…. 이렇게 믿으면서 날이 날마다 그것만 기다리고 있었다. 그러하기 때문에 황주 아주머니는 가진 돈이 하루하루 졸아드는 것도 그다지 마음에 시장스런 줄을 몰랐다.

황주 아주머니는 일변 늙기두 하였다. 올해 쉰셋.

일찍이 네 아이들 데리고 맨손 쥐다시피 하고서 서울로 올라와 학생 하숙을 하면서 생활과 단판씨름을 하던 서른넷으로부터 마흔너댓, 그때와는 이미 다른 것이 있었다. 좀처럼 시방은 그럴 체력도 용기도 낼 기력이 없었다.

오늘 내일, 이달 새달 하고 금년 봄까지만 이태 동안을 기다리는 동안에 수중의 돈은 다 밭아버렸다.

금년 봄부터는 큰딸 송자의 도움, 그리고 춘자의 소위 노린내 나는 수입으로 입에 풀칠을 하였다.

춘자는 그동안까지는 단순히 방탕을 위한 방탕이었다.

파혼과 뒤미처 다시 실연, 이 거듭하는 타격의 반동으로 생긴 실망과 자포자기, 그리고 천품의 불량성, 거기에다 호기심, 이런 것으로 인한 장난이요 방종이요 오입에 불과한 것이었었다.

그러다 춘자는 생활이 절박하여지자 장난과 오입을 손쉽게 직업으로 바꾸었다.

미군의 옷, 피륙, 화장품, 담배, 설탕, 과자, 만년필, 약품, 이런 것들을 버터제物物交換制로 받아, 남대문 옆댕이와 배오개 장터의 소위 사설 피엑스私設(PX) 꾼들을 불러 조선은행권으로 바꾸고 하였다.

이 노린내 나는 춘자의 수입은, 그러나 지나간 유월부터는 배가 너무 불러 올랐음으로 하여 일단 수입이 막히지 아니치 못하였다.

황주 아주머니는 오로지 큰딸 송자의 가느다란 도움으로 겨우 연명을 해야 하였다. 막상 어려운 노릇이었다.

이런 군색한 사정이며 춘자에 대한 이야기는, 앞서 번 명동의 다방에서 영춘에게서 자상히 들어 안 것이었다.

황주 아주머니는 여전히 희망을 버리지 아니하였다. 여전히 오래지 않아 곧 오래지 않아 곧 38선이 트이고, 트이는 그 날로 공산당이 몰살을 당한 이북以北 땅 황주로 달려가, 집과 전장을 도로 찾아가지고 편안히 다시 살 것을 믿으며 기다리기를 마지아니하였다. 그것은 눈앞의 생활이 궁하여짐에 반비례하여 더욱 조급성을 띠고 강화되었다.

거기에다 겹쳐서, 객관적으로 남조선에 5·10 선거가 실시되어 국회가 생기고, 이승만 박사가 의장이 되어 헌법을 마련하고, 마침내 이승만 박사가 대통령으로 들어앉고 하는 것으로써 황주 아주머니의 희망과 기대는 드디어 움직여지지 않는 일종의 신앙이 되었다.

그러나 내일 황주로 가 떵떵거리고 살망정이라도 오늘을 굶을 수는 없었다.

그리하여 아쉰 대로 우선 집을 팔아 작은 것으로 줄이든지, 이왕 오래지 않아 곧 서울로 뜨게 될 터인즉, 조그마한 사글세 집을 얻든지 하고서, 처지는 돈으로 한동안 생활을 지탱할 마련을 하기로 한 것이었었다.

가회동 우리 집에서 한참 올라가 조그마한 집이 한 채가 사글세로 난 것이 있었다. 안방 간반, 부엌 간반, 마루와 건넌방이 각 한 칸, 도합 다섯 칸짜리의 소꿉 같은 집으로, 6만 원 보증금에 월세가 3천 원이었다.

납작한 고가에 마당은 손바닥만 하고, 수통은 멀고, 두루 마음에 어설프기는 하나 단출한 식구니 구태여 큰 집이라야 할 머리도 없고, 겸하여 전세가 아주 사는 것이 아니니, 아무 때라도 서울을 훌 떠나기에 집 처분으로 붙잡혀 앉히울 까닭도 없고 해 황주 아주머니한테는 차라리 제격이었다.

어제 오후에 어머니는 나를 데리고 가 집을 둘러보고 돌아오는 길에 이만한 자리도 쉽기가 어려우니 속히 서둘러 놓치지 말고 붙잡도록 하라고, 내일 부디 가서 전갈을 하여 주라고 하였다.

시방 사는 집은 30만 원은 몰라도 25만 원이면 당장이라도 살 사람이 있다고 하였다.

25만 원 받아 한 3만 원 들여 명의 변경시켜 주고, 6만 원 보증금 주고, 이사 비발이 돈 만 원이나 날 것이고, 15만 원은 고스란히 떨어질 것이다.

15만 원 가졌으면 1년은 견딜 터.

그 안에 38선이 트이면 돈으로 가지고 가서 해로울 까닭 없는 것이고.

나는 황주 아주머니가 대한민국이 탄생하는 오늘을 누구보다도 희망과 기쁨으로써 맞이하였을 것이려니 하는 생각을 하면서 현관문을 열었다.

내가 현관을 열고 무심코 한 걸음 들어서는 것과, 안의 열려 있는 장지문 뒤로 좇아 알락달락한 원피스 안에다 둥근 청동호박을 한 덩이 밀어 넣은 것 같은 무서운 배가 불쑥 나오는 것과가 거의 동시였었다.

배는 다음 순간 질겁을 하여 나오던 장지문 뒤로 도루 들어가 버리고.

나는 그 괴물 같은 배가 불쾌하기보다는 눈시울이 매우면서 가슴이 뿌듯하여 오름을 어찌하지 못하였다.

잠깐 진정을 하여

"아주머니," 하고 불렀다.

황주 아주머니의 대답 대신 춘자의 히스테릭한 음성이

"멋 허러 오는 거예요? 당장 가요!" 하였다.

망설이다가 나는 또 한 번 아주머니 하고 불렀다. 종시 황주 아주머니의 대답은 없고 일단 더 높은 춘자의 음성이

"괜히 물 끼얹을 테니깐 알아 해요." 하였다.

황주 아주머니는 집에 있지 않은 모양이었다.

나는 저마를 하다가 구두를 벗고 올라갔다. 기다려서 황주 아주머니를 만나자 함이 아니었다. 춘자를 만나자 함이었다. 그러나 만사서 어떻게 한다는 것은 없었다.

내가 방으로 들어오는 것을 본 춘자는, 아까처럼 질겁하여 피하는 대신 똑바로 서서 나를 쏘아보면서 쌔근쌔근하였다.

춘자는 만삭滿朔된 임부姙婦가 대개 그러하듯이 부석부석하고 광택을 잃은 얼굴은 삐뚤어지고, 눈시울은 틀어지고 하였다. 그 이쁘장스럽던 모양을 찾을 길이 없었다.

저 뱃속에서 시방 눈 새파랗고 머리터럭 노랗고 코 오뚝하고 한 것이 수만 리 태평양 저편 짝을 향수鄕愁하면서 꿈틀거리고 있거니 할 때에 비로소 나는 견딜 수 없는 혐오와 추악감醜惡感이 솟아오르고, 하마 국역이 넘어오려고 하였다.

나는 전후를 생각지 않고 제풀에 말이 흘러져 나왔다.

"차라리 죽어버리구 말지…!"

탄식조의 차악 갈앉은 구슬픈 음성이었다. 나는 의식하고서 그런 구슬픈 말로써 말을 한 것은 아니었다.

나의 눈에서는 눈물이 글썽거렸다.

춘자의 표정은 암상으로부터 잔뜩 시니칼한 것으로 돌변을 하였다.

"홍! 도덕군자님, 장하십니다…. ××놈한테 ××했다구? ××놈의 자식 애뱄다구? 그래 더럽다구…? 홍, 더러우니 어쩧단 말씀이신구, 말씀이. 박

춘자 년이 더러운 양갈보면, 어떤 양반 출세 못하실 일 났나? 정가 맥히실 일 났나?"

"…."

"흥! 나더러 죽으라구? 더럽다구 죽으라구…? 왜? 어째서 죽어?
더러울 게 어딨어? 이 세상 깨끗한 사람 별루 없습디다. 별루 없어."

"…."

"외국 놈한테 정졸 팔아먹는 년이 더러면, 외국 놈한테 절갤 팔아먹는 서방님네들은 무엇일꾸? 외국 놈의 자식을 애밴 년이 더러운 년이면, 제 뱃속으루 난 제 자식을 외국 놈을 만들 영으루 하는 서방님네들은 무엇일꾸…? 말을 해봐요. 바루 터진 입으루 말을 해봐요."

춘자는 어느덧 다시 한 번 변하여 눈은 분노로 불타고, 사납게 들이 육박이었다.

"흥, 할 말이 없기두 할 테지. 그럼 내가 대신 말을 하지…. 자기가 데리구 가르치는 철없는 어린 아이들더러 왜놈이 되라구 시킨 건 누구신구? 조선말을 내다 버리구 왜말을 쓰라구 딱딱거린 건 누구신구? 하루두 몇 번씩 황국신민서살 외우게 하구, 걸핏하면 덴노헤이까 반사일 불러준 건 누구신구…? 그뿐인감? 왜놈이 물러가니깐 이번엔 왜놈 대신 온 놈란한테 붙어서 ××, 조선 아이들을 ××놈의 노예를 만드느라구 온갖 짓 다 하구 있는 건 누구신구?"

"…."

"난 양갈보야. 난 ××놈한테 정졸 팔아먹었어. ××놈의 자식 애뱄어. 그러니깐 난 더런 년야…. 그렇지만서두 난 누구들처럼 정신적 매음은 한 일 없어. 민족을 팔아먹구, 민족의 자손까지 팔아먹는 민족적 정신 매음은 아니 했어. 더럽기루 들면 누가 정말 더럴꾸? 이 얌체 빠진 서방님네들아!"

생각하면 춘자의 공박도 노상 억지엣 공박은 아니었다. 차라리 지당한 말일 수가 있었다.

이조초李朝初에 고려의 유신으로서 이 씨 조정에 벼슬을 한 한 사람이, 말을 아니 듣는 기녀妓女더러, 동가식同家食 서가숙西家宿하는 몸으로, 사람을 가릴까 보냐고 꾸짖었더니, 계집이 천연이 대답하기를, 오아 씨를 섬겼다 가릴까 보냐고 꾸짖었더니, 계집이 천연이 대답하기를, 왕 씨를 섬겼다 이 씨를 섬겼다 하기와 다를 거냐고 하여서, 그만 무렴을 당하였다는 이야기를 나는 생각하고 있었다.

"내가 잘못했으니 노염 풀구려."

진작부터 떨어뜨리고 섰던 고개를 들고 겨우 푹 죽은 목소리로 이 한 마디를 하고는 나는 돌아섰다.

춘자가 우르르 앞을 가로막았다.

눈과 눈이 마주친 채 한참 서 있었다.

춘자의 얼굴에서는 분노가 물 쓰이듯 가시면서 대신 조용히 슬픔이 퍼져 올랐다.

"무슨 원수라구, 두구두구 날 어디지 모욕이세요? 두구두구."

음성은 힘없이 차악 갈앉은 음성이었다.

"편지 뜯어보지두 않구서 도루 집어 내던져 주는 거, 숫기집애루 그런 부끄럼이 또 있어요? 모욕이면 이만저만한 모욕예요?"

그것이 모욕이었으리라고는 나는 꿈 밖이었다. 그러나 듣고 보니 또한 지당한 말인 것도 같았다.

눈물 글썽글썽한 눈으로, 똑바로 나의 눈을 보면서 넋두리하듯 말을 이었다.

"이 배만은 당신한테만은 보이구 싶잖었어요. 당신한테만은, 이 배만은. 당신은 더럽다구 죽으라구 했지만, 난 부끄러서 죽어야 해요, 당신이 부끄러서."

목이 메더니 울음이 터지면서 두 손으로 얼굴을 싸고 그대로 접질려 쓰러지면서 흐느껴 울었다.

창자가 끊이는 듯 애달픈 울음이었다.

나는 울기조차도 못하여 등신처럼 망연히 선 채 있었다. 망연히 서서 열린 유리창 밖으로 보는 데 없이 눈이 가는 곳, 정원의 해당화 가지에

매달린 두어 송이의 시들고 퇴색한 월계꽃이 눈에 들어왔다. 넘어가는 햇살이 힘없이 그 위에 드리웠고.

우연한 일치였지만 심술스러운 부합이었다.

드르릉 현관문이 열리었다.

이어서 시끄런하게

"아유 더워, 사람이 곧 미치겠구나…! 작은 아이, 나와, 이거 좀 받아라…. 대체 쌀 한 말에 1천5백 원이니, 이런 무도한 녀석에 세상이 있단 말이냐? 쌀장산 죄다 공산당인 게야, 분명…." 하고 떠드는 소리는 묻지 않아도 황주 아주머니였다.

매정스런 까마귀가 까옥까옥 지붕 위로 울고 지나간다. 시든 월계꽃에는 낙조落照가 마지막 가물거리고.

『잘난 사람들』, 1948

소망少妄

남아거든 모름지기 말복날 동복을 떨쳐입고서 종로 네거리 한복판에 가 버티고 서서 볼지니… 외상진 싸전가게 앞을 활보해 볼지니… 아이, 저녁이구 뭣이구 하두 맘이 뒤숭숭해서 밥 생각두 없구… 괜찮아요, 시방 더우 같은 건 약관걸.

응. 글쎄, 그 애 아버지 말이우. 대체 어떡하면 좋아! 생각허면 고만.

냉면? 싫여, 나는 아직 아무 것두 먹구 싶잖어. 그만두구서 뭣 과일집果實汁이나 시언하게 한 대접 타 주. 언니는 저녁 잡섰수? 이 집 저녁허구는 괘 일렀구려.

아저씨는 왕진 나가셨나 보지? 인력거가 없구, 들어오면서 들여다보니깐 진찰실에도 안 기실 제는… 옳아, 영락없어. 그 아저씨가 진찰실에두 왕진두 안 나가시구서, 언니허구 마주 안 붙어앉었을 때가 있다가는 큰일 나라구?

원 눈두 삐뚤어졌지. 우리 언니 저 아씨가 어디가 이쁜 디가 있다구 그래애! 시굴뚜기는 헐 수 없어. 이따 저 누구냐 '쇄알'? 읽은 지가 하두 오래돼서 다아 잊었네, 뭣이냐 보바리이 부인 남편 말이야….

허는 소리 좀 봐요. 늙어가는 동생더러 망할 년이 뭐야? 하하하.

내가 웃기는 웃는다마는, 남의 정신이지 내 정신은 하나두 아니야.

양복장 새루 마쳤다더니, 벌써 들여왔구려. 아담스럽게 이뿌우.

제엔장! 나는 더러 와서 언니네가 모두 이렇게 재미나게 사는 걸 본다 치면, 새앰이 나구 속이 상해 죽겠어.

무얼? 양복장을 하나 사주겠다구? 언니두 참! 누가 그까짓 양복장 말이우? 그런 건 백날 없어두 좋아. 낡으나따나 한 개 있으면 고만이지 머.

가난해서 좀 고생허구 그러는 건 아무렇지두 않어요.

글쎄 다 같은 한 아버지 딸에 한 어머니 태 속에서 생겨나 가지굴랑, 꼭 같이 자라구, 꼭같이 공부허구, 그랬으면서두 언니는 이렇게 안존허게 아무 근심 없이 사는데, 나는 해필 그이 때문에 육장 애가 발구 맘이 불안하니, 그런 고루잖을 디가 어디며, 생각하면 화가 더럭더럭 난다니깐.

구식 여자들이 걸핏하면 팔자니 사주니 하는 게 아마 그런 소린가 봐.

아닌 게 아니라, 미신이라도 좋으니, 오늘 같아서는 어디 무꾸리라두 가서 해보구 싶습디다.

그러나마 참 사람이라두 변변치 못했을세 말이지, 아, 유식하겠다, 기개 좋겠다 무엇 굽힐 게 있수? 부모 유산 넉넉히 못 타구 난 거야 어디 그이 탓이우? 돈이야 부자질 안 할 바에 기를 쓰구 모아서는 무얼해.

애개개!

그이는 이 집 아저씨더러 하등동물이란다우. 병자 고름 긁어서 돈이나 모을 줄 알지, 세상이 곤두서건 인간이 돼지가 되건 감각두 못허구, 거저 맛있는 음식에 좋은 옷, 편안한 집에서 호박 같은 마나님이나 이뻐허구, 그런 것밖에는 아무 것두 모른다구, 하하하. 언니두 그런 줄은 잘 아는구려? 참, 결혼을 하면 남편 성질을 닮는다는데, 그게 정말인가 봐? 우리가 어려서는 언니가 되려 신경질루 감정이 섬세허구 잔 결벽이 유난스럽구 했는데, 그리구 나는 털펭이구, 안 그랬수? 그랬는데, 시방은 꼭 반대니.

아무튼 나두 언니처럼 의사허구 결혼이나 했드라면 시방쯤 언니 부러워 않구서 엄벙덤벙 아무 근심걱정 없이 살아갔을 거야.

네에, 옳습니다. 이번에는 내가 언니한테 졌습니다. 가치價値는 어디루 갔던지 간에 당장 언니가 날보담 팔자가 좋구, 그걸 내가 한편으루 부러워하는 게 사실은 사실이니깐요.

그러나저러나 대체 어떡허면 좋수? 이 일을… 나 혼자서 두루두루 생각다 못해 이 집 아저씨허구나 상의를 좀 해볼까 허구서, 부르르 오기는 왔어두, 상의를 하자면, 그새 통히 토설을 않던 속사정을 다아 자상하게 언니한테랑 아저씨한테랑 설파를 해야 하겠구, 그랬다가 그런 줄을 그이가 알든지 헐 양이면, 성미에 생벼락이 내릴 테구, 멀쩡한 사람 가져다 미친놈 만들려구 헌다구.

그래서 섬뻑 엄두가 나진 않지만, 그래두 어떡허우. 증세가 좀처럼 심상털 않어 뵈구, 그러니깐 무슨 도리를 좀 차리기는 차려야지만 할 것 같은데.

이 집 아저씨 동창이든지 친구든지 누구 신경과神經科 전문하는 이 없나 모르겠어.

신경쇠약이냐구?

그렇지, 신경쇠약은 신경쇠약이지, 머. 그런데 시방은, 오늘버틈은 암만해두 여니 우리가 생각하는 신경쇠약에서 한 고패를 넘을 기미야.

언니네는 시굴서 올라온 지 얼마 안 되구, 또 내가 이것저것 털어놓구 설파를 안 했구 해서 모르기두 했겠지만, 실상 나두 그새까지는 좀 심한 신경쇠약이거니, 신경쇠약으루 저만큼 심하니깐 더 도질 리야 없구 차차 나어가겠거니, 일변 걱정은 하면서두 한편으루는 낙관을 허구 있었더라우.

아, 그랬는데, 글쎄 오늘은, 아까 즘심나절이야. 사람이 사뭇 십 년 감수를 했구려. 시방두 가끔 이렇게 가슴이 울렁거리군 하는걸. 내 온 참 어떻게 생각하면 어처구니가 없기두 허구.

아까 그게 그리니까 두 시가 조끔 못 돼서야. 부엌에서 무얼 좀 허구 있는 참인데, 뚜벅뚜벅 구두 소리가 나요.

무심결에 돌려다 봤지. 봤더니, 웬 시꺼먼 양복쟁이야, 첨에는 몰라봤어.

그래 웬 사람인가 허구 자세 보니깐, 그이겠지! 그이가 쇠통 글쎄 겨울 양복을 끄내 입었어요. 이 삼복중에 겨울 양복을.

저를 어쩌니, 가 아니라, 머 정신이 아찔하더라니깐.

그게 제정신 지닌 사람이 할 짓이우? 하얀 아사 양복을 싹 빨아 대려서 양복장에다가 걸어준 걸 두어두구는, 이 삼복 염천에 생판 겨울 양복이 어디 당한 거유. 겨울 양복허구두 그나마 머, 홈스 팡이라든지, 그 손꾸락같이올 굵구 시꺼무레한 거, 게다가 맥고모자며 흰 구두까지 멀쩡한 걸 놓아두구서 겨울 모자에 검정 구두에 넥타이, 와이샤쓰꺼정 언뜻 봐두 죄다 겨울 거구려.

그러니, 그렇잖어두 늘 맘이 조마조마하던 참인데, 문득 그 광경을 당허니, 얼마나 놀랬겠수? 내가 말이야.

그냥 가슴이 더럭 내려앉구, 어쩔 줄을 모르겠어. 팔다리 허며 입술이 사시나무 떨리듯 떨리구.

아이머니, 저이가아! 이 소리 한마디를 죽어가는 소리루 겨우 입술만 달싹거리구는 넋이 나간 년매니루 멍하니 섰느라니깐, 그이 좀 보구려! 마당에가 우뚝 선 채 나를 마주 빼언히 바라다보더니, 아 혼자서 벌씸허구 웃겠지! 웃어요 글쎄.

작년 가을 이짝 도무지 웃는 일이라구는 없던 사람이, 근 일 년 만에 웃는구려. 전에 혹시 무슨 유쾌한 일이 있든지 허면, 벌씸허구 웃던, 꼭 그런 웃음 쩨야.

일변 반갑기두 허구, 그리면서두 가슴이 더 두군거려 쌓는군. 그럴 게 아니우? 일 년 짝이나 웃덜 않던 사람이 갑자기 웃으니, 여편네 된 맘에 웃는 그것만은 반가워두 저이가 영영 상성이 된 게 아닌가 해서 말이야.

어떻다구 맘을 진정헐 수가 없구, 눈물이 좌르르 쏟아지는 것을, 그제서야 횡나케 마당으루 쫓아나가서 두 팔을 덤쑥 잡었대지만, 목이 미어 말이 나오우? 그이는 내가 사색이 질려가지구는 내 얼굴이 다아 죽었을 게 아니겠수? 그래가지구는 당황해 하다가, 끝내 울구 달려 나오니깐 첨에는 성가신 듯기 이맛살을 찌푸리더니, 용히 재갸 채림새가 생각이 나든가 봐. 실끔 아랫도리를 한번 내려다보더니, 좀 점직하다는 속인지, 피쓱 웃어요. 그 웃는 데 사람이 애가 더 발더라니깐.

"왜 그래? 여름에 동복을 좀 입었기루서니, 왜 죽는 시늉이야?"

혀를 끌끄을 차면서 얼굴 기색허며, 말 소리허며 아주 천연스럽구 전대루지, 죄끔두 공허空虛헌 데가 없어요. 사람이 실성을 허면은 어덴지 말하는 음성이며 태도허며 건숭이구 공허해 보이잖우?

"천민! 속물! 세상이 곤두서는 데는 태평이면서, 옷 좀 거꾸루 입은 건 저대지 야단이야."

속물이랏 소리는 노상 듣는 독설毒舌이구, 나는 그이 눈을 주의해 보느라구 경황 중에두 정신이 없지. 저 뭣이냐, 사람이 영 미치구 나면 눈자가 틀린다구 않수?

그런데 암만 찬찬히 파구 보아야 전대루 정기가 돌구 밝지, 머 아무렇지두 않어.

그래두 그걸루 어디 안심이 되우?

그래 팔을 잡아 흔들면서, 아이 여보오, 부르니까

"왜 그래 글쎄!"

하면서, 보풀스럽게 톡 쏘아 부딪는 것까지두 여전해요.

"대체, 이 모양을 허구서 어디를 나갔다가 오시우?"

분명 어디를 나갔다가 오는 참이야. 얼굴이 버얼겋게 익구, 땀을 흠뻑 흘리는 게. 탈은 거기 가 붙었어, 탈은.

아아니, 그이가 글쎄 갑작스리 의관을 동복은 동복이라두 단정하게 채리구서는 출입을 허다께. 그게 사람이 기색을 헐 노릇이 아니우? 이건 천지가 개벽을 했다면 모르지만.

그이가 작년 초가을에 신문사를 그만두던 그날버틈서 인해 일 년 짝을 굴속 같은 그 건넌방에만 처박혀 누워서는, 통히 출입이라고 하는 법이 없구, 산보가 다 뭐야. 기껏해야 화동花洞 사는 서 씨徐氏라는 친구나 닷새에 한 번쯤, 열흘에 한 번쯤 찾어가는 게 고작이더라우.

그리구는 허는 일이라는 게 책 디리파기, 신문 잡지 뒤치기, 그렇잖으면 끄윽 드러누워서, 웃지두 않구, 아야기두 않구, 입 따악 봉허구서는, 맘 내켜야 겨우 마지못해 묻는 말대답이나 허구, 그리다가는 더럭 짜징이 나가지 굴랑 날 몰아세기나 허구, 그럴 때만은 여전한 웅변이지. 그러니 나만 죽어날밖에.

아, 아무 데두 맨 데가 없는 몸이겠다, 조옴 좋수? 집 뒤 바루 중앙학교 후원으루 해서 조금만 가면 삼청동이요, 푸울이 있겠다, 마침 태호 녀석이 유치원두 쉬는 때라, 동무가 없어서 어린것이 심심해 못 견디기두 허구 허니 기직이나 한 닢 들구 그 애 손목이나 잡구, 매일 거기라두 가서 물에두 들어가 놀구 물에 지치거든 그늘 좋은 솔밭으루 나와 누워서 독서두 허구, 그러느라면 몸에두 좋구, 더우두 잊구, 또 아는 사람두 만나구 새루 사귀는 사람두 생기구 해서, 어우렁더우렁 만사 다아 잊구 지낼 게 아니겠수? 그런 걸 글쎄, 내가 혀가 닳두룩 말을 해두 안 들어요. 뎁다 날더러, 신경이 둔 한 속물이 돼서, 자꾸만 보기 싫은 인간들허구 섭쓸려, 돼지처럼 엄벙덤벙 지내란다구 독설이나 뱉구.

그뿐인가 머. 언니두 알 테지만, 집에서 어머니가 지난 첫여름버틈 벌써 네 번째나 편지를 하셨다우. 아이아범이 올에는 아무 데두 맨 데가 없다면서 예가 바루 해변이겠다, 넉넉진 못하지만 느이들이 서울서 지내느니보담야 다만 성한 생선 한 토막을 먹어두 나을 테니 집일라컨 예서 서울 속내 잘 알구 착실한 여인네 하나가 마침 있으니깐 올려보내서, 한여름 동안 집을 봐주게 하께시니, 부디 어린 놈 데리구 세 식구 다 내려와서 이 여름 덥잖게 지나라구, 제일에 내가 어린 놈이 보구 싶어 못하겠다구, 그리구 요전번 네 번째 하신 편지에는 혹시 여비라두 없어서 못 내려가는 줄 아시구서 내려오겠다면, 집 보아줄 사람 올려보내는 편에 돈을 얼마간 보낼 테니, 곧 기별허라구까지 하셨구려.

사우 이뻐할사 장모라구, 그게 다아 딸이나 외손주 놈보담두 실상 알구 보면 그 알뜰한 사우 양반 생각허시구, 그러시는 거 아니우?

그러니 말이우. 그렇게 살뜰스럽게 오래지 않는다구 하더래두, 딴 비발 써가면서 남들은 위정 피서두 갈라더냐. 거봐요! 언니네는 갈 맘이 꿀안 같어 두 못 가잖우. 그러니 글쎄 선뜻 내려갔으면 오죽 좋수?

그러나마 처가래야 처남인들 하나나 있으니, 어려운 생각이며 편안찮은 맘이 나겠수? 장인 장모 단 두 분이겠다, 참말이지 재갸 본가 집보담두 더 임의롭구 호강받이루 지낼 건데.

내가 얼마를 졸랐다구. 그래두 영 도래질이야. 그리구는 헌닷 소리가, 나를 목을 베어 봐라, 단 한 발이라두 서울서 물러서나, 이리는구려!

대체 무엇이 그대지 서울이 탐탁해서 죽어두 안 떠날 테냐구 캘라치면, 네까짓 것 하등동물이, 동아줄 신경이, 설명을 해준다구 알아들으면 제법이게? 설명해서 알 테면 설명해주기 전에 알아챌 일이지, 이리면서 몰아세요.

그리구두 졸리다 졸리다 못하면, 임자나 태호 데리구 가겠거든 가래는 거야. 웬만하거든 아주 영영 가버리라구. 시방, 세상이 통채루 사개가 벙그러지는 판인데, 부부구 자식이구 가정이구 그런 건 다아 고담古談 같대나? 내 어디서 온?

왜 혼자라두 안 가느냐구 말이지? 언니두 그런 말 마시우. 허기야 참,

몇 번 별르기두 했더라우.

그래두 차마 훌쩍 못 떠나가겠습디다! 그런 살람을 여기다가 띄어놔 두구서, 나 혼자 가다께 될 말이우? 것두 신경이 노말한 사람이면 몰라. 그렇지만 병인인걸, 병인을 혼자 남의 손에 맡겨두구서야 어디.

에구 무척! 언니는 아저씨라면 들입다 깨진 뚱딴지 위하듯 위하면서, 하하하, 내가 그이 물이 들어서 자꾸만 이렇게 입이 걸쭉해가나 봐.

신문사 나온 거? 머 누구 동료나 손위사람허구 다투거나 의견 충돌이 생겼던 것두 아니구, 거저 불시루 그 날 그 자리서 사직원을 써서는 편집국장 앞에다가 내놓구 나왔다는 걸. 그게 벌써 신경이 심상찮어진 표적이 아니우?

신문사서두 어디루 보구, 어떻게 생각했든지 첨에는 편지가 오구, 둘째 번은 정치부장이 오구, 셋째 번에는 사장의 전갈이라구 편집국장이 명함을 적어 보내구, 도루 사에 나오라는 권면이야.

그래두 번번이 몸이 건강털 못해서 일 감당을 못하겠다는 핑계만 대지, 종시 움쩍을 안했더라우.

남들은 다 같이 대학을 마치구 나와서두 삼사 년씩 취직을 못해 쩔쩔매는 세상에, 그해 동경서 나오던 멀루 신문사에를 들어갔구, 인해 오 년이나 말썽 없이 있어왔으니깐, 그만하면 신문사 인심두 얻구 또 사장두 자별하게 대접을 했답디다. 그런 것을 헌신짝 벗어 내던지듯 내던지구는 사람마저 저 지경이 됐으니… 허기는 눈동자가 옳게 박힌 놈은 이 짓 못해 먹겠다구, 그 무렵에 바싹 더 침울해 허기는 했었지만서두.

생활비?

머 거저, 작년 가을 겨울 두 철을 신문사서 나온 퇴직금 한 삼백 원 되는 걸루 그럭저럭 지냈구, 올봄으루 첫여름은 시댁에서 두 번인가 백 원씩 보낸 걸루 지내는 시늉은 했지만.

시댁두 별수는 없구, 막내 시아재가 작년버틈 금광을 해요. 그리 우난 건 아니지만, 동기간이 객지서 어려이 지낸다구 가끔 돈 백 원씩 그렇게 띠어 보내군 했는데, 그 뒤에 광이 팔리기루 됐다나 봐. 팔리기만 하면은 몇만 원 생길 텐데, 매매에 걸려가지구는 두 달 장간이나 오늘내일 밀려 나려오기만 허구, 돈이 들어오덜 않는대나 봐. 그걸 바라고 있다가, 우리두 고슴도치 오이 지듯 빚을 다뿍 짊어진걸.

그렇지만 괜찮아요. 영 몰리면 집은 우리 것이니깐 팔아서 빚두 가리구 한동안 먹구 살 거리만 냉기구서 시외루 오막살이나 한 채 얻어 나앉지. 그런 것은 나두 뱃심 유해졌다우. 의식주 같은 건 근심하지 말구서, 돼가는 대루 살아가기루.

정말이지 그런 건 죄꼼두 걱정두 안되구, 위협두 느끼잖어요. 거저 그이만 몸을 도루 일으켜가지구, 생화야 있든지 없든지, 남처럼 활달하게 나돌아다니구 허기만 해주었으면, 머 내가 어디 가서 빨래품을 팔아다가 사흘에 한 끼씩 먹구 살아두 좋아요.

흰말이 아니라우. 진정이야. 그런데 글쎄, 아유, 답답해! 아, 밖에 나가서 돌아다니구, 머 삼청동 풀에를 다니구, 그런 것두 외려 열두째야. 내 참…! 언니두 와서 봤으니깐 알 테지만, 우리 집 건넌방이라는 게 그게 방이우?

여름 한 철은 도무지 사람이 거처를 못해요. 앞문이 정서향으루 나놔서 오정만 지나면 그 더운 불볕이 쨍쨍 들이 쬐지요. 게다가 처마 끝 함석 채양에서는 후끈후끈 더운 기운이 숨이 막히게 우리지요. 북창 하나 없구 겨우 마루루 샛문이 한쪽 났다는 게 바람 한 점 드나들덜 않지요. 머 방 속이 아니라, 영락없는 한증가마 속이야. 날더러는 단 십 분을 들앉어 있으래두 죽으면 죽었지 못해. 어느 미장이 녀석이 고따우루 소견머리 없이두 집을 지어놨는지.

그런 걸 글쎄 그이는 꼬박 그 속에서 배겨내는군. 가을이나 겨울이나 또 봄철은 외려 괜찮아요. 아 이건, 이 삼복중에 그 뜸가마 속에서 끄윽 들박혀 있으니, 더웁긴들 오죽허며 여니 사람두 더위에 너무 부대끼면은 신경이 약해져서 못쓰는 법인데, 이건 가뜩이나 뭣한 사람이 그 지경을 허구 있다께, 멀쩡한 자살이 아니우?

제에발 마루루라두 나와서 누웠으라구, 경을 읽어두 안 들어요. 마룬들 그대지 신통헐꼬만서두, 그래두 건넌방보담은 더얼 허구, 또 안방은 앞뒷문으루 맞바람이 쳐서 제법 시원하다우.

단 두 내외에 어린 놈 하나겠다. 남의 식구라구는 없으니, 아녈말루 활씬 벗구는 여기저기 시원한 자리루 골라 눕던 못허우?

성가시구 다아 힘이나 드는 노릇이라면, 그두 몰라. 누웠던 자리에서 몸 한 번만 뒤치면 마루루 나와지구, 또 한 번만 뒤치면 안방 뒷문치루 옮아 누워지구 하는 걸, 웬 고집이며 무슨 도섭으루다가 고걸 꼼지락거릴랴구 않구서, 생판 뜸가마 속에만 늘어붙어설랑 육장으루 그 고생이우?

가슴이 지레 터지구, 내가 얼마나 폭폭 하겠수? 사뭇 살이 내려요.

허기야 사람이 전에두 고집이 세구 신경질이 돼서, 편성이구, 허기는 했지만, 시방 저러는 건 고집두 편성두 아니구서, 거저 나무토막이구 돌덩어리라니깐! 그러니 병이지, 병이 아닌 담에야 어디 그럴 법이 있수.

병원? 진찰?

흥! 그런 말만 내보우. 생사람 하나 죽구 말지 안돼요. 안되구, 아까 이야기하다가 말았지만, 여기 아저씨가 누구 잘 아는 이루 신경과 전문의사가 있으면 미리 짜구서, 그런 눈치 저런 눈치 뵐 게 아니라, 놀러 온 양으루 어물쩌억허구, 좀 보아 달래야지, 내 억척으루는 천하없어두 병원에는 데리구 가는 장사는 없어요.

이거 봐요, 글쎄, 오늘은 이런 재주를 다아 부려보잖었겠수?

오정이 조금 못돼서야. 태호 벙어리를 털으니깐, 제법 일 원짜리두 두 장이나 나오구, 죄다 해서 한 오륙 원은 돼요. 옳다구나, 태호허구두 구누를 해가지구서는 모자가 건넌방으루 그 양반이 농성籠城을 허구 있는 그 한징가마 속이었다. 글러루 처억 쳐들어갔구려.

들어가설랑, 아 날두 이렇게 몹시 더웁구 이애두 벌써 며칠째 어디를 가자구 조르구 허니깐, 우리 가서 수박두 먹을 겸, 풀에두 들어갈 겸, 안양安養이나 잠깐 갔다가 오자구. 듣자니 사람두 그리 많지두 않구, 조용한 자리두 얼마든지 있다더라구. 머 있는 소리 없는 소리 주어 보태가면서 은근히 추실르지를 안 했다구요. 태호는 태호대루 내가 외워준 말을 강한다는 게 '안양' 먹으러 '수박' 가자구 조르구 앉었구.

첨에는 대답도 안 해요. 그래두 자꾸만 앉어서 조르니깐, 겨우 한닷 소리가, 태호 데리구 갔다 오구려, 이러는군!

그러면서 슬며시 돌아눕는데, 글쎄 잠뱅이만 입구 알몸으루 누웠던 등어리가 땀이 어떻게두 지독으루 났든지, 방바닥이 훙그은해요. 오죽해서 내가 걸레를 집어다가 닦았으니. 천주학이라구는!

일 글른 줄 알면서두, 그리지 말구 같이 갑시다. 당신두 같이 가서 소풍두 허구 그래야 좋지, 우리 둘이만 무슨 재미루다가 가겠수. 자, 어서 일어나서 우선 냉수루 저 땀두 좀 씻구, 그리라구 비선허듯 애기 달래듯 하니깐

"재미?"

암말두 않구, 한참 있다가, 따잡듯 시비조야.

"재미라…? 게 임자네 재미 보자구 나는 고통을 받아야 하나?"

"그런 억짓 소릴라컨 내지두 마시우!"

나두 그제서는 속에서 부애가 치밀다 못해 대구 쏠밖에.

"원, 놀러가는 게 어쩌니 고통이며, 당신 말대루 설령 고통이 된다구 합

시다. 당신 좀 고통받구서, 머 나는 둘째야, 저 어린 것 하루 실컷 즐겁게 해주면, 그게 못할 일이우?"

"그것두 천하사를 도모하는 노릇이라면…."

"에구! 거저…."

"…."

"글쎄, 여보!"

"…."

"당신 이러다가 아녈말루 죽기나 하면 어떡허자구 그러시우?"

"헐 수 없겠지. 인간 목숨이 소중하다는 것두 요새는 전설 같아서 까마득허이!"

"드끄러워요! 내가 어디 가서 기두 맥두 없이 죽어버려야, 당신이 정신을 좀 채릴려나 보우."

"얄망거리지 않는 여편네는 넉넉 만큼 값이 있어, 아닌 게 아니라, 아씨의 그 다변은 좀 성가셔!"

"그렇다면은, 아무래두 나는 죽어야 하겠구려? 당신 성가시지 않게, 또 정신을 버쩍 좀 차리게. 소원이라면 죽어 드리리다."

"나를 위해서…? 죽는다…?"

"빈말이 아니라, 두구 봐요."

"남을 위해서 내가 죽는 것두 개주검일 경우가 많아! 제1차 세계대전 후에, 아메리카 녀석들이 무얼루 오늘날 번영을 횡재했게! 귀곡성鬼哭聲이 이천만이 합창을 하잖나! 억울하다구. 생때 같던 장정 이천만 명!"

"아이구 답답이야! 이 답답. 제에발덕분 하느라구 저기 마루나 안방으루라두 좀 나가서 누워요. 제에발."

"그만 입 다물지 못해? 이 하등동물 같으니라고."

소리를 버럭 지르면서 되사리구 일어나 앉어요, 화가 나설랑.

"이 동물아! 내가 이렇게 꼼짝 않구서 쳐박혀만 있으니깐, 아무 내력 없이 그러는 줄 알아? 나는 이게 싸움이야, 이래 뵈두. 더위가 나를 볶으니까, 누가 못견디나 보자구 맞겨누는 싸움이야 싸움!"

내 원, 어처구니가 없어서.

더 옥신각신해야 되려 그이 신경에만 해롭겠어서 벌떡 일어나 나와 버렸지. 속두 상허구, 허는 깐으루는 재갸 말대루 태호나 데리구 안양이라두 곧 가겠어. 그렇지만, 어디 그럴 수가 있어야지. 내가 애를 푹신 삭히구 말았지.

그러자 마침 생각하니깐 오늘이 말복이야. 그래, 온 여름 내내, 그 생지옥에 처박혀 있으면서, 연계 한 마리두 못 얻어먹구 꼬치꼬치 야윈 게 애차랍 기두 허구, 또 태호두 며칠 설사 끝에 눈이 빠아꼼하구, 에라 남대문장에나 가서 연계를 두어 마리 사다가 삶어 주리라구, 태호를 앞세우구 나섰지.

그이더러두 장에 가서 닭 사가지구 오마구, 좋은 말루 말을 허구 나가려니깐, 되부르더니, 내려가는 길에 싸전가게 주인더러 재갸가 엊그제 시굴서 올라오기는 했는데, 일이 여의치가 못했다구, 미안한 대루 이달 팔월 그믐꺼정만 더 참어달라구 일르라는군. 그런 걸 봐두 정신 말짱하잖우?

대놓구 먹던 아랫거리 싸전에 묵은 외상값이 한 이십 원 돼요. 그걸 지난봄부터 몇 번 밀어오다가 유월 그믐껜가는 재갸가 돈을 마련하러 시굴을 내려가니, 수히 올라와서 셈을 막어주마구 그랬다는군. 그래 놓구는 칠월 그믐을 문두름히 넹겼는데, 글쎄, 그이 하는 짓을 좀 봐요. 시굴 내려갈 줄루 거짓말을 하구서는, 그담부텀은 그 앞으루 지내 다니기가 안됐으니깐, 화동 서 씨네 집을 갈 때면은 곧장 내려와서 가회동으루 넘어가덜 못하구서는, 위정 중앙학교 뒤루 길을 피해 비잉빙 돌아다니는구려! 애초에 시굴이니 뭣이니 할 게 아니라, 그대루 이럭저럭 한동안 밀어가다가, 생기는 날 갚어 줄 것이지, 또 그래 놓구서, 그 앞을 얼찐 못할 건 무엇이며, 사람이 고렇게 소심허다구는! 그런 걸 보면 천하 졸장부야.

그래 아무려나, 시키는 대루 싸전엘 들러서 말을 그대루 이르구는, 전차를 타구 남대문까지 가서, 연계를 세 마리를, 털 뜯구 속낸 걸로 사가지구 그리구 돌아보니깐, 한시가 조꼼 못됐더군. 아마 한 시간 남짓했나 봐. 그런데 집에를 당도하니깐, 그이가 어디루 가구 없어요. 집은 텅 비워놓구 대문만 지쳐두구서.

그저 짐작에, 화동 서 씨네 집에나 갔나보다구 심상하게 여기구서, 별 치의 두 안 했지. 늘 동저구리 바람으루 시간 대중없이 주루루 가군 하니깐.

그랬지. 누가 글쎄 동복을 지성으루 끄내 입구, 그 야단을 떨었을 줄이야 꿈엔들 생각했수?

그랬는데, 그래 시방 부랴부랴 닭을 삶는다, 또 그이가 칼국수를 좋아허길래 밀가루를 반죽해가지구 늘여서, 썰어서, 삶어 건져놓는다, 양념을 장만한다, 거진거진 다아 돼가는 판에, 마침 들어오기는 때맞추어 들어왔다는 게, 쇠통 그 모양을 해가지구 처억 들어서지를 않는다구요!

하마 조꼼 뭣했으면 내가 미칠 뻔했다우, 허겁이 아니라. 시댁두 시댁이지만 집에서 만약 어머니가 아시면, 기절을 하셨지.

그래 겨우 정신을 채려가지구, 그 얼뚱애기를 데려다가 마룻전에 걸터앉히구서, 모자를 벗기구, 저구리를 벗기구, 조끼를 벗기구, 부채질을 해주구 하면서 대체 어디를 갔다가 오느냐구 제쳐 물으니깐, 종로! 종로를 갔다 온대요. 자그만치 종로를.

나는 기가 막혀서 울다가 웃었구려.

젊은이 망녕은 참나무 몽둥이루 곤친다는데, 이건 몽둥이질을 하잔 말두 안 나구. 아닌 게 아니라, 국수를 늘리느라구 거기 마루에 놓아둔 방망이가 돌려다 보입디다!

"아아니 여보, 말쑥한 여름 양복은 두어두구서 무슨 내력으루 이걸 끄내 입구, 종로는 또 무엇하러 가신단 말이요?"

"속 모르는 소리 말아. 이걸 떠억 입구 이걸 푸욱 눌러 쓰구, 저 이글이글한 불볕에! 어때? 온갖 인간들이 더우에 항복하는 백기白旗 대신 죄저 한도루다가 엷구 시원헌 옷을 입구서 그리구서두 허어덕허덕 쩔매구 다니는 종로 한복판에 가 당당하게 겨울옷을 입구서 처억 버티구 섰는 맛이라니!

그게 어떻게 통쾌했는데!"

연설조루 팔을 내저으면서 마구 기염을 토하겠지.

"남들이 보구 웃잖습디까?"

"그까짓 속충俗蟲들이 뭘 알아서? 어허허 그 친구 토옹쾌허다! 이 소리 한번 치는 놈 없구, 모두 피쓱피쓱 웃기 아니면 넋 나간 놈처럼 멍허니 입을 벌이구는 치어다보구 섰지."

보니깐 그 두꺼운 양복 밖으루 땀이 뱃겠지. 얼마나 더웠어!

"그리구 참, 내 올라오면서 싸전가게 앞으루 지내 와봤는데…."

"무어랍디까?"

"그저, 안녕히 다녀오셨느냐구. 그런데 말이야, 그 앞을 지내오면서, 가만히 생각하니까, 썩 유쾌하겠지!"

"진작 그러실 거지."

"응, 길을 피해서 돌지두 말구, 맘을 터억 놓구서, 고개를 들구서 팔을 커다랗게 치면서 그 앞을 어엿하게 지내왔단 말이야, 아주 당당히. 그래! 그게 해방이란 거야, 해방! 해방은 유쾌한 거야!"

사뭇 우줄거리는데 얼굴은 보니깐, 그새처럼 침울하기는 침울해두, 말소리는 애기같이 명랑하겠지!

재가 말대루 통쾌하구 유쾌하구 한 덕분인지 모르겠어두, 닭국에다가 국수를 말어 주니깐, 큰 바리루 하나를 다 먹구 또 주발루 반이나 먹더군.

그러니 말이유. 그게 요행 병을 돌려서 그러는 거라면, 오죽 기쁠 일이우.

그렇지만 불행히 병이 도져가는 증조라면 그 일을 장차 어떡헌단 말이우?

혈통? 없어요. 시방 당대구 선대구, 그런 일은 없어요. 아니야, 내가 글쎄, 그이허구 결혼한 지가 칠 년인데, 그이 학부 마칠 동안 삼 년허구 취직한 뒤에 살림 시작하기 전 이 년허구, 오 년이나 시댁에서 지냈는걸 아무런들 그이 집안에 정신병 혈통이 있는지 없는지 몰랐겠수?

옳아 언니 시방 하는 말이 맞었어. 나두 실상 그렇게 짐작은 했다우. 그러니 말이지, 사내 대장부가 어찌 그대지 못났수? 이건 과천果川서 뺨 맞구, 서울 와서 눈 흘기기 아니우? 제엔장맞을, 차라리 뛰쳐 나서서 냅다 한바탕… 응? 그럴 것이지, 그렇잖우?

그러구저러구 간에 시방 나루서는 병病 시초나 또 뿌렁구나 그게 문제가 아니야.

다뭇 그이가 정말루 못쓰게 신경 고장이 생겼느냐, 요행 일시적이냐. 만약에 중한 고장이라면은 어떻게 해야만 그걸 나수어주겠느냐, 이것뿐이지 그밖에는 아무 것두 내가 참견할 게 아니야. 날더러 그이를 이해理解를 못한다구? 딴전을 보구 있네! 그게 어디 이해理解를 못허는 거유?

마침맞게 아저씨가 들어오시는군.

내친걸음이니 아무리나 같이 앉어서 상의를 좀 해보구….

『조광』, 1938

작가 연보

채만식(1902~1950)

소설가, 극작가.

1902년 전북 옥구군 임피면 읍내리에서 채규판과 조우섭의 6남매 중 5남으로 출생.

1922년 중앙고등보통학교 졸업(4년제). 일본 와세다대학 부속 제1와세다 고등학원 문과 입학.

1923년 가세가 기울자 학업을 중단함. 처녀작 『과도기』 탈고.

1924년 강화 사립학교 교원으로 취직. 단편 『세 길로』가 『조선문단』 3호에 추천됨.

1925년 ≪동아일보≫ 정치부 기자로 입사함.

1926년 ≪동아일보≫를 그만둠.

1933년 장편 『인형의 집을 나와서』를 ≪조선일보≫에 연재함.

1934년 『레디메이드 인생』, 『인테리와 빈대떡』(희곡) 등 발표.

1936년 ≪조선일보≫를 그만두고 개성으로 이사함. 희곡 『심봉사』를 ≪문장≫에 연재하려 하였으나 전문 삭제당함.

1937년 『탁류』를 ≪조선일보≫에 연재함. 『祭饗날』(희곡) 발표.

1938년 『천하태평춘』(후에 『태평천하』로 개제)을 『조광』에 연재함. 『이런 처지』, 『치숙』, 『소망』 등 발표.

1939년 『金의 情熱』을 ≪매일신보≫에 연재. 『흥보씨』, 『패배자의 무덤』 등 발표. 『채만식단편집』이 학예사에서 출간됨.

1940년 개성에서 안양으로 이주. 『냉동어』, 『懷』, 『당랑의 전설』(희곡)

발표.

1941년 시나리오『무장삼동』탈고.

1942년 장편『아름다운 새벽』을 ≪매일신보≫에 연재. 단편집『집』상재. 안양에서 서울 광나루로 이주함.

1944년 친일적 작품『여인전기』를 ≪매일신보≫에 연재.

1945년 향리에 일시기거하다 해방 후 서울 충정로로 다시 이주함.

1946년『허생전』,『맹 순사』,『미스터 方』,『논 이야기』등 풍자적 소설 발표.

1947년 익산시 고현동으로 이주.『심봉사』(희곡) 발표.

1948년 장편『옥랑사』탈고.『낙조』,『도야지』,『민족의 죄인』등 발표.

1949년『소년은 자란다』탈고.『역사』발표.

1950년 익산시 마동에서 별세함. 임피면 계남리 선영에 안장됨.